メイド・イン京都

藤岡陽子

朝日文庫

本書は二〇二一年一月、小社より刊行されたものです。

メイド・イン京都　目次

メイド・イン京都

プロローグ

青みがかった透明なビー玉をしばらくじっと見つめていた。

自分で光を放つことをしないそのビー玉の周りに、雨に濡れた蜘蛛の巣のような透明な糸を張り巡らせていく。糸が切れないよう細心の注意を払いながら何重も、何重も。

やがてビー玉は透明な膜に包まれて姿を隠した。

すっかり見えなくなったビー玉は、それでも光を待っていた。

被膜の隙間から自分を照らす光を切望していた。

一筋でいい。光さえあれば自分の姿が外に浮かんで見えるはずだ。

ビー玉は、私だった。光を待ち続けるだけのふがいない、十九歳の私。


窓の向こうの富士山を眺めながら、美咲《みさき》はなぜか十年以上も前に創った『夢』というタイトルの作品を思い出していた。青みがかった山の透明感が、作品に使った水色のビー玉に似ていたからかもしれない。何者かになりたかった十九歳の自分は、いま三十二歳になり、もうすぐ人妻になる。自分には光が届かないことを受け入れ、諦め、でもいまは地に足のついた幸せを手に入れようとしている。

「ああ……見えなくなった」

二人で一緒に見ようと楽しみにしていた富士山は、わずか数分で視界から消えていった。せっかくE席を取ってスタンバイしてたのに……。小さくため息をつき、美咲は隣に座る和範《かずのり》の寝顔を見つめる。「富士山をバックに写真を撮ろう」と言ってたくせに、新幹線が新横浜を過ぎたあたりから目を閉じている。

爆睡じゃない、と呆れつつ、それも仕方がないかと思う。和範の父、古池功《ふるいけいさお》が亡くなってからの二か月間、彼は文字通り不眠不休で働いていた。九月、十月で引継ぎと得意先回りをすべて済ませ、六年間勤めていた銀行を退職したのだ。

「寒い……」

体を丸め、目を閉じたまま和範が呟《つぶや》く。唇を引き結び、自分の体を抱くように縮こまる仕草を愛しく感じ、「風邪が治りきってないんじゃないの」と荷物棚に置いてあるトレンチコートを掛ける。和範は半目を開けて美咲の顔を確認した後、また眠りに落ちていく。この様子だと京都に着くまで眠りっぱなしかもしれない。

美咲は流れていく窓の景色を眺めながら、自分もまたこの二か月間、怒濤のような日々を送っていたことを思い返す。

「美咲、おれと結婚してくれないかな」

四歳年下の和範から突然のプロポーズを受けたのは、彼の父親の葬式が終わってすぐのことだった。実家のある京都に一週間ほど戻っていた和範が東京に帰って来てすぐのことだ。

「どうしたの急に」

嬉しくなかったわけではないが、あまりに唐突だったので正直、面食らった。三十一歳の時から一年近く交際してきたが、「結婚」という言葉が出たのは初めてだった。

「実は銀行を退職して、実家に帰ることになった。家業を継ぐことになって」

彼の実家が、京都で飲食店を営んでいることは聞いていた。ただ、彼の父親が亡くなるまでは、ちょっとした食堂を営んでいるのだと思っていた。普段は夫婦二人きり、混み合う昼時だけパートを雇うような飲食店。それがつい先月聞いた話では、彼の父親が営む和食レストランは、京都で五店舗もあるのだという。レストラン以外にも土産物屋や老舗《しにせ》旅館の経営まで手広くやっていると和範が言い出し、この人は父の死のショックで妄想を語り出したのかと疑ったくらいだった。仲のいい女友達にその話をしたら「やったね玉の輿」と祝われた。それが本当に「やったね」なのか、美咲にはわからない。美咲が密やかに描いていたのは銀行員の妻として、仕事と家庭を両立させながら東京で生きる未来だった。

だが迷っている時間もなく結婚話は進んでいき、先月の末には彼の母親である古池真《ま》知《ち》子《こ》が、美咲の両親に会いに東京を訪れた。

「……美咲」

激《はげ》しく咳き込んだかと思うと、和範が苦しそうな表情で目を開けた。やっぱり風邪が治りきっていないのだろう。

「大丈夫？　熱あるんじゃないの」

「うん、ちょっとぼうっとしてる。悪いけどなんか飲み物買ってきて」

「オッケー。いま車内販売が通り過ぎたところだから追いかけるね」

財布を持って立ち上がると、和範が再び目を閉じた。あと一時間ほどで京都に着くが、大丈夫だろうか。

車両を出てすぐのところで車内販売のワゴン車に追いついた。なにがいいかな。冷たいお茶か、ジュース系か。具合が悪いのにコーヒーっていう選択はないよねぇ……。体調が悪い時に彼がなにを好んで飲むのか、美咲にはわからない。こんな状態で結婚を決める怖さもあるが、そんなものなのかもしれないとも思う。結婚は勢いだっていうし。

「はい、どうぞ」

座席に戻ると和範は目を覚ましていた。前の座席についているテーブルを引き出し、その上でノートパソコンを開いている。

「え、お茶？」

「なに、ジュースがよかった？」

「ポカリかアクエリがよかった」

「じゃあそう言ってよ」

「いや、普通そうかなと思って。風邪引いて熱っぽかったら、やっぱスポーツドリンクでしょ」

「……わかった、買い直してくる」

麦茶のペットボトルを手に持ったままくるりと背を向けると、「いい、いい。お茶でいいです。ありがと」と和範が手を伸ばす。

「なにしてたの。仕事？」

「うん、前の勤め先からまだいろいろと問い合わせがくるんだ。おれしか関わっていない案件もあったから、そういうの」

そういえば、スマホにもしょっちゅう電話がかかってきている。退職を申し出てから二か月以上が経つというのに、まだ引継ぎを終えられないのだろうか。

「いま実家の仕事は誰がやってるの？」

「とりあえずは母と……ほとんど叔父かな。まあ長く働いてくれてる従業員もいるから大丈夫だと思うよ。姉も時々は様子を見に来てるらしいし」

和範の姉が家業に携わっているという話は初耳だった。真知子と会って話した時は、お姉さんはたしか結婚していて、娘が一人いると言っていたような気がする。

「お姉さんっておいくつなの」

「おれより六つ上だから……三十四？」

「私の二つ上かぁ。お姉さんにいろいろ教えてもらわないといけないね」

「いいよ、姉のことはほっておいて」

「どうしてよ、親戚になるんだからお姉さんともうまくやっていかないと」

「いや、あの人、美咲とは人種が違うから。うちの姉は二十二歳で結婚して十一歳の娘がいるんだけど、外で働いたことがないんだ。しかも離婚してて、いまは実家の援助で生活してるし」

次々に新たな情報が目の前に差し出され、戸惑う。美咲と和範もとりあえずしばらくは実家で同居すると聞いていた。いい条件の新居が見つかれば引っ越しするが、それまでは実家で新生活をスタートするのだ、と。姉とその娘が時々実家に戻ってくるのなら、できるだけ早く新居を探したほうがいいだろう。

京都駅に着くと外はすでに薄暗く、美咲たちはタクシーが停まるロータリーまでスーツケースを引いて歩いた。高い建物がほとんどないせいか、空が広く感じる。

「すごい人ね」

東京の人混みとほぼ変わらない人の多さに目を見張る。駅前のロータリーにはバスが次々と入ってきて、長蛇の列をなす乗客たちをどこかへと運んでいく。

「京都に観光客が増えるのはありがたいけど、住人にとったらなかなか大変らしいよ。まあ東京も同じようなもんだけどね」

タクシー乗り場にも人が連なり、美咲たちはその最後尾に並んだ。目の前には京都タワーが見え、駅前のこんな繁華街に建っているのだと初めて知った。

「銀閣寺町まで」

　タクシーの後部座席に座ると、和範が運転手に行先を告げる。

　美咲は携帯をカメラモードに切り替え、外の景色を写真に収めた。何枚か撮ったうちの一番映りがいいものを会社の元同僚のグループＬＩＮＥに投稿する。美咲が勤めていたのは国内外の家具やインテリア用品を販売する会社で、みんないま頃はクリスマス商戦に向けて奔走しているはずだった。

「あ、ここで停めてください」

　タクシーが停まったのは、立派な屋敷ばかりが並ぶ住宅街の、その中でもひときわ大きな敷地を持つ邸宅の前だった。

「え……ここ？」

　これは数寄屋門というのだろうか。屋根瓦を載せた本格的な和風造りの門に「古池」という表札が掲げられている。

「うん、寒いから早く入ろう」

　横に長い御影石《みかげいし》造りの階段を三段上がって格子戸を引いて、和範が躊躇《ためら》いなく中に入っていく。門をくぐれば自然石のアプローチ階段が玄関まで続き、美咲はスーツケースを浮かしながら数メートル先まで歩いていった。

「なんか、すごいお宅だね」

　前庭に置いてある手彫りの石灯籠に目をやりながら、美咲は深呼吸する。裕福な家庭で育ったのだろうと、普段の彼の立ち居振る舞いや言葉の端々から感じてはいたが、まさかここまでとは思わなかった。

「ただいま」

重厚な格子戸を開けて和範が玄関内へと入っていく。電灯で照らされた玄関ホールは美咲の実家のリビングほどの広さはあるだろう。六畳ほどの広々とした三和土《たたき》には檜材《ひのき》の大きな下駄箱が備え付けてあった。

「おかえりなさい」

廊下の先からスリッパが床をこする音がした。音のほうに視線を向けると、ブルーのワンピースを着た真知子が小走りで近づいてくる。東京で顔を合わせた時は着物姿だったからか、初対面の時よりずっと若く見える。

「これからしばらくお世話になります。あの、これ、つまらないものですけど」

両親が持たせてくれた菓子折りを手渡すと、「いややわ、こんな気遣いせんとってや」と真知子は笑顔で受け取り、「スリッパ使ってな」と上がるように勧めてくれた。

長い廊下を歩いて通された部屋は、仏間だった。

「疲れてるとこ悪いけど、まずはお父さんにご挨拶してな」

十五畳の和室に仏壇が置かれていて、観音開きの奥に和範によく似た男性の写真が飾ってあった。蠟燭《ろうそく》立ての隣には、薄桃色の練り切りとお茶が供えられている。

美咲は和範に倣《なら》って仏壇の前で正座し、目を閉じて合掌した。本来ならば自分の義父になった人だ。

「美咲さん、ありがとう。主人も喜んでると思います。そやけどどうしはったん？　そんなに緊張せんでもええんやで」

「あ、いいえ……素敵なお宅だなと思いまして。すみません、ついきょろきょろ見てしまって」

　新居に合ったインテリアを見立ててほしい。仕事柄、何度かそうした受注を経験してきた。たいていは予算に余裕のある家主からの依頼で、新居の雰囲気や住人のコンセプトに合った家具や装飾品を提案するために、室内を見学させてもらったり、時には家の設計時から関わることもあった。家の内覧は美咲の好きな仕事のひとつだが、ここまでの豪邸には出合ったことがない。

「美咲はインテリア関係の仕事をしてたから、家の造りに興味があるんだよ」

　察しのいい和範が、思っていたことをそのまま言葉にしてくれる。

「あら、そうやったん。それやったら教えてあげるわ。こちらの仏間の床柱は、京都の北山杉の絞り丸太を使ってるんよ。床脇の違い棚、天袋、地袋は黒檀《こくたん》。天井は木曽の檜の無垢板を張ってるんや。和範の祖父がえらい凝り性やったから」

　今風の洒落《しゃれ》たものはないが、古くて良いものはいろいろあるからゆっくり見てな、と真知子は機嫌良く説明してくれる。

「まあそういうのは、おいおい」

長くなりそうな真知子の話を遮《さえぎ》り、和範が自分たちはどの部屋を使えばいいのかと真知子に聞いた。自分の部屋をいまは姪っ子が好きに使っていると知り、微かに眉をひそめる。

「なんでおれの部屋を乃亜《のあ》に使わすの？」

「そやからあの子が気に入ってしもて。あんたらは客間を使ってくれたらええやん。しばらくは不自由があるかもしれんけど、堪忍してや」

仏間の続きで二十畳の和室があるのでそこを使えばいい、と真知子が微笑む。和範が「客間かぁ。あの部屋、冷えるんだよな」と不服そうに呟き、「まあ新居が見つかるまでの仮住まいだしね」と美咲に笑いかけてきた。

客間に敷かれた布団に入ると、今日一日の疲労がじわりと滲《にじ》んできた。

「疲れた？」

隣の布団に横たわっていた和範が腕を伸ばし、美咲の手を握る。風呂上がりの温かい手に包まれると、自分が小さな子供にでもなったような心地になる。

「お風呂がすごかったから、疲れも吹っ飛んだよ」

高級旅館みたいだった、写真を撮ってうちのお母さんに見せてあげたい、と美咲が言うと、和範が「父親がやたら風呂にはこだわっててさ。おれは木なんか腐るんじゃないのって言ったんだけど」と頷く。

二年前にリフォームして、浴槽はもちろん、壁も湯桶も風呂椅子も風呂蓋もすべて木曽檜で統一した。浴室の窓から外を眺めれば竹林が見えるよう中庭も手入れし、「森林浴がしたい」という父親の希望を叶《かな》えた。その時はとんだ道楽だと無駄遣いに呆れたが、いまは父の願い通りにして良かったと思っている、と和範が寂しげに笑う。

「親父が亡くなった日、その数時間前までは風呂に入ってたんだって。上がってきた時に『極楽極楽』っていつもと同じように上機嫌だったって……」

後悔を滲ませた声で和範は語り、ごろんごろんと何度か寝返りを打って美咲の体を抱きしめた。

「親父に美咲を見せたかった」

和範が美咲の肩先に鼻を埋める。

「私もお会いしたかったな。家のお風呂で森林浴を楽しむお父さんに」

「もっと早く結婚を決めれば良かった。おれ、結婚は三十を過ぎてからしようって思ってたんだ」

いつもとは違う和範の髪の匂いを嗅ぎながら、美咲は「自分勝手な人だねー」と笑う。自分の髪もきっと和範のと同じ匂いがするのだろう。結婚が、夫婦が、どういうものかいまはわからないが、これから一生、自分たちは同じ匂いをまといながら生きていくのだろうと思った。

和範とは会社の先輩に連れて行かれた飲み会で出会った。

「お世話になってる銀行さんと飲むから、十川《そがわ》さんも来てよ。仕事の一環と思って」

五歳年上の一木《いちき》さんはパワハラめいた物言いで美咲を誘ってきたが、初めから和範を紹介するつもりだったと後で聞かされた。「職場と家の往復で、いっこうに彼氏を作ろうとしない後輩のためだ」と一木さんは笑っていたが、結果的にそのボランティア精神に助けられ、美咲は無事にパートナーを見つけることができた。

初対面での和範の印象は、別世界の人だなという一点だけだった。高級そうなスーツを着て、まるでいまから商談でもするかのように両手で名刺を手渡してきたので、「頂戴します」とこちらも両手で受け取った。和範も彼が勤務する支店の先輩と来ていたので、料理を注文したり酒を追加したりと、常に気を張って動いていた。

「古池さん、どう思う？」

お行儀のよい飲み会が終わり、二次会にも行かずに帰宅している途中で、一木さんに和範の印象を聞かれた。既婚のくせに一木さんは恋愛系の話題が大好きで、アイドルや韓流スターにも驚くほど詳しい。

「普通にかっこいいんじゃないですか。会話や振る舞いにそつがないし、仕事できるって感じで出世もしそう」

「だよねー。じゃ、十川さん的には合格点？」

「いえいえ、そういう目で見てませんから」

「なによー、じゃあ古池さんは無理ってこと？」

「だからそんな上からのジャッジはできないですよ。古池さんって二十七歳なんですよね。私より四つも年下ですよ。私がそんな目で見たらセクハラで訴えられますって」

最近は古美術にはまっている。たとえば仏像なんかのお顔を見ているとそれだけで幸せな気持ちになれる。三十を過ぎてからありとあらゆる煩悩から解き放たれたような気がするのだ、と美咲は一木さんに微笑みかけた。

「はっきり言いなさい。古池さんはだめなの？」

「だから、だめなんかじゃないですよ。良すぎですよ。あのなんともいえない第一線感。都銀に勤めるエリート臭が元美大生の私には息苦しいですが、素敵な方だと思います」

いつもより酔いが回っている一木さんと話しているうちに銀座駅に着いた。そして「じゃあまた明日」と帰ろうとした時に、なぜか目の前に黒色のチェスターコートを着た和範が立っていたのだ。あれはたしか十二月、クリスマス前の金曜日だった。

「おれさ、初めて美咲を見た時からこの人と結婚したいなと思ってたんだ」

掛け布団を頭までかぶり美咲の肩先に顔を寄せたまま、和範が口にする。

「またその話？」

たまたま和範が働く銀行に美咲が入店し、ＡＴＭを操作していた時だという。機械の操作がうまくいかず必死の形相で画面を睨みつけ、でも後ろに人が並ぶと「どうぞお先に」と順番を譲る姿が笑えた、と和範はことあるごとに話す。再び自分の番が回ってきたら一心不乱にタッチパネルを叩き、また機械に弾かれ、後ろを振り返り「どうぞお先に」を繰り返す。その気配りとガッツに心をつかまれたのだ、と。

「性格悪すぎでしょ。行員だったら手助けするべきでしょ」

「だっておれが手伝ったらできちゃうじゃん。そしたら『どうぞお先に』が見られなくなる」

「うわっ、最低」

この話には続きがあって、最終的には和範が手伝ってくれて振り込みは無事に完了した。その時に美咲は、彼に勤め先を聞かれ、業務的な質問だと思い答えたのだ。彼は支店の先輩に相談し、社名を手掛かりに美咲を探し当て、例の飲み会を開催したという。その執着には驚きを通り越し不気味さすら漂い、交際を始めた数か月後にこの話を聞いたからよかったが、もし初めに伝えられていたら引いていたかもしれない。

「一歩間違ったらストーカーだよ」

「いや、おれは大丈夫。どうやったってストーカーには見えないよ」

「なにその自信。そっちのほうがやばい」

「だから何度も言ってるだろ、一目惚れだったんだって」

美咲の布団に潜りこんできていた和範が枕元に手を伸ばしてリモコンをつかみ、電気を消した。

一章　結婚とお小遣い

目が覚めて数秒間は、いま自分がどこにいるのかわからなかった。まず板目の天井が目に入り、横を向けば人が起き出した形を残し、布団が膨らんでいる。ここが和範の実家であることを思い出し、美咲は慌てて飛び起きた。起こしてくれたってていいのに……。スマホで時間を確認すると、もう九時を回っている。

急いで着替えをすませ、化粧をして髪を整える。そして襖《ふすま》を開けて廊下を進み、突き当たりにある重そうなドアを開けた。

「あ、あのおはようございます。すみません、遅くなってしまって」

昨日は案内されなかったがここがダイニングなのだろう。広々とした洋間に縦長のテーブルが置かれ、そこに真知子と見知らぬ女性が隣同士に座っていた。

「ああ美咲さん、おはようさん。お部屋寒くなかった？」

「大丈夫でした。あの、和範さんはどちらに？」

起きてすぐ和範のスマホにＬＩＮＥを送ってみたが既読にならず、電話も繋がらなかった。自分を置いてどこかへ出かけたのだとしたら、冷たすぎる。

「和範は主人の弟に呼び出されて、もう出かけてしもたんよ。美咲さんだけ置いていって大丈夫か、て聞いたんやけど、寝かせてあげたい言うて。疲れてるやろからって」

朝ごはん出すからそのへんに座ってて、と真知子が立ち上がりキッチンに向かう。

「あの、私、自分でやります」

「ええよ、今日は。台所のことはこれからちょっとずつ任せていくし」

すみません、と言いながらテーブルの端に置かれた椅子を引いた。自分の常識にあるダイニングテーブルは四人掛け、大きくてもせいぜい六人掛けだが、古池家の食卓には十脚の椅子がついている。レストランや展示会場でしか目にしたことがない、天然大理石のテーブルだった。

「はじめまして。十川美咲と申します。挨拶が遅れてすみません」

さっきからじっとこっちを見ている女性に向かって、作り笑いを浮かべる。おそらくこの人が和範の姉なのだろう。あまり仲が良くないという前情報があるので、どうしても笑顔が引きつってしまう。この時間に顔を合わせるということは、泊まっていたのかもしれない。

「私は古池家の長女、古池知佳《ちか》です。今後ともどうぞよろしく」

だが予測に反して知佳と名乗った姉は友好的な笑みを浮かべ、とても丁寧に頭を下げてくれた。全体的に肉付きがよいからか、自分より二つ年上だと聞いてはいたが、三十代とは思えないほどの貫禄がある。

「なあお母さん、和範と美咲さんて結婚はいつしはるん？」

美咲の前に食事を載せた盆を運んできた真知子に向かって、知佳が聞いた。その問いかけは自分自身もしてみたかったので、助けられた気持ちになる。結婚式は喪が明けてからになると和範からは言われていたが、それがいつなのかがわからない。美咲としては宙ぶらりんの関係のままでいるのはなんとも心許《こころもと》なくて、できるだけ早く入籍をすませたいという焦りがあった。

「それはお母さんもはっきりわからへんねん。修《おさむ》さんと話してから決めよ思て」

冷めんうちに食べてや、と言われ、美咲は食事に箸をつけた。焼いた鮭にカブと蒲鉾のお吸い物、壬生菜《みぶな》のお浸しといった素朴なメニューだったがどれも美味しく空腹に沁《し》みる。「うちのお料理には梨木《なしのき》神社さんのお水使ってるんやで」と言われたがなんのことかさっぱりわからず、とりあえず「美味しいです」と頷いておく。

「美咲さんは、東京ではなんの仕事してはったん？」

朝のティータイムなのか、知佳が茶菓子を頬張りながらお茶を飲んでいた。働いていた頃からは想像もできないほどゆったりとした時間が、古池家のダイニングには流れている。

「家具やインテリア用品を販売する会社で働いていました。社員が十名ほどの小さな会社だったので、営業をやったり広報をやったり。時には取り引きのあるデンマークの工房に家具の買い付けに行ったりと、なんでもこなさないといけなくて」

「デンマークで買い付けやて。優秀やったんやねぇ」

「いえ、まったくそんなことないです。社員ならみんな順番に行かせてもらえるんですよ。社長がそれも経験だからって」

「ふうん。大学はどこ出てはるの？　和範と同じとこ？」

「いえ、私は美大を出てるんです。芸術学科の立体造形コースというところで学んでいました。もっと詳しく言うと、糸や針金、木とか石、金属、樹脂、ガラスなんかを使って立体を造ってました」

　絵を描いたり立体を造る以外にこれといった特技も資格もなかったので、就職では苦労した。四年生の秋を過ぎても就職が決まらず、途方に暮れていたところにようやく採用してもらえたのがこの前まで勤めていた会社だった。就職してからカラーコーディネーターやインテリアコーディネーターの資格を取らせてもらえたり、ありがたかったのだと美咲は話した。

「美咲さんは偉いやろ。あんたとは大違いや。あんな美咲さん、この子な、就職活動せえへんかったんよ。スーツ着て歩き回るなんて暑い、面倒くさい言うて。信じられへんやろ？」

　熱い番茶を茶碗に注ぎながら、真知子が冗談っぽく口にする。言われた知佳はどこ吹く風で羊羹《ようかん》の封を開けている。

「あ、でも私は実家が裕福じゃないもんですから、どうしても就職しなくてはいけなかったんです。だからただ必死に探してたというか……」

もし自分も古池家に生まれていたら就職はしなかったかもしれない。働かずとも食べていけるのなら、あのまま好きな作品を作り続けていられたのにな、と知佳のことを少し羨ましく思う。

「ごちそうさまでした」

自分が使った食器を洗い終え、さてどうしたら良いものかと美咲は立ち尽くした。自分はこの家でなにをして過ごせばいいのだろう。いくら迷路のように広い豪邸だといっても、他人の家なのでどうしても息が詰まる。家事を手伝おうにも、家の中を好き勝手触られるのは嫌だろうし……。

手持ち無沙汰になっているところに真知子が、

「美咲さん、この辺をお散歩してきたらどう」

と言ってくれる。

「そうですね。ちょっと歩いてみよっかな」

京都の地理がまったくわからないので、ぶらぶらしながらバス停の場所や最寄り駅なんかを把握しておくのもいいかもしれない。美咲は「それじゃ」と腰を浮かした。

「気いつけてな」

ダイニングを出ようとすると、真知子が声をかけてくる。

「ありがとうございます。いってきます」

とお辞儀をすると、羊羹を頬張っていた知佳が上目遣いで美咲を見てきた。「よろしいなぁ」と呟くその艶のある声がやけに意地悪く聞こえ、美咲はなにも返さずにドアを開けた。

古池邸から少し歩くと石畳の道があり、小さな川が見えてきた。川底の苔まで見える澄んだ水に大きな真鯉が何匹もいて、美咲は惹《ひ》きつけられるようにして川沿いの道をたどる。水辺には葉を落とし、冬芽を付けた桜が枝を伸ばしていた。

「おはようさん」

背後から声をかけられ振り向くと、小柄な老人が石造りのベンチに座っていた。八十歳は超えているだろうか。綿のような白髪に、可愛らしいリボンのブローチが付いたすみれ色の毛糸の帽子が載っている。

「おはようございます」

東京ではこんなふうに見知らぬ人に声をかけられることはほとんどない。このおばあさんは、美咲を近所の住人だと思ったのだろうか。

「あの、この川、風情がありますね。川沿いの道に植わってるのは桜ですよね」

「あんた、どこから来はったん」

おばあさんのしゃがれ声に「東京から来ました」と返す。

「あんなぁ、いくらよそから来たいうても、哲学の道を知らんかったら笑われるで」

「あ……ここが哲学の道ですか」

名前だけは知っていた。たしか桜の名所で、京都では有数の観光名所になっている。

「ほんでな、ついでに教えてあげると、これは川と違うで。見てみ、南から北に向かって流れてまっしゃろ？　京都の川はどれも北から南に向かって流れるんや、土地に傾斜があるからな。せやけどここの水は南から北、傾斜に逆らって流れてるやろ？　これはな、川と違って疎水や。琵琶湖疎水に通じてるんや。春はほんまに桜がきれいでな、あんた知ってるか、哲学の道の桜は、関雪先生が植えてくれはったんや」

それだけをひと息にまくしたてると、おばあさんは「よっこらせ」と立ち上がり、杖をつきながら、美咲のわきを通り過ぎていった。なにも知らない余所《よそ》者に腹を立てたのか、口を歪ませ歩いていく。

「カンセツ先生」がどなたかは知らないけれど、春になったらさぞかし桜が美しいのだろうと、葉の落ちた枝に視線を寄せながら川沿いの道を歩く。この道が薄桃色の花で満たされる頃、自分はもう花嫁になっているだろうか。まだまだ仕事がしたい、できればずっと働き続けたいと思っていたつもりだが、いざ結婚が決まると温かな暖色で全身を照らされているような幸福感がある。

なにをするでもなく川に沿ってゆっくりと歩いていると、近代的な洒落た建物が見えてきた。近づくと『白沙村荘　橋本関雪記念館』という看板があり、これがさっきのおばあさんが口にしていた「カンセツ先生」なのだとわかる。せっかくだから入ってみようかと開館時間を確認していたその時、スマホの着信音が鳴った。

「もしもし」

『ああ美咲、いまどこにいるの』

「哲学の道を散歩してるの。いまから橋本関雪記念館に入ろうかと……」

『悪いけど、すぐに戻って来て』

「え？」

『いますぐおれの家に帰って来て。紹介したい人がいるから』

和範は慌てた感じでそう告げると、彼にしては珍しく、美咲の言葉を待たずに電話を切った。


走って古池家の玄関前まで戻ると、中から真知子が顔を出し、「美咲さん、こっちこっち」と手招きしてきた。すみません、と言いながら自然石の階段を踏み、美咲は早足で家の中へと入っていく。通されたのは十五畳はあるだろう応接室で、その中央に置かれた黒い革張りのソファに、和範と見知らぬ男性が向かい合って座っていた。

「修さん、こちらが和範の婚約者、十川美咲さんですわ」

真知子が美咲の背をそっと押し出し、ソファに腰掛けるよう促す。

「はじめまして。十川美咲と申します」

修さん、と真知子が呼んだ男性が、美咲を見て口端を持ち上げる。

「美咲、この人は古池修さん。おれの叔父で、うちの会社、『柊月屋《ひづきや》』の専務をしている」

叔父というが、あまりにも若く驚いた。どう見てもまだ四十代前半にしか見えない。髪は薄いが肌の血色は良く、いかにも商売人という眼光の鋭さに萎縮してしまう。

「修さん、若く見えるだろう」

美咲の心を読んだかのように、和範が笑みを浮かべる。

「いやいや和範くん、実際に若いから。美咲さん、亡くなった兄と私は十も年が離れてますのや。私はまだ五十五歳です。そやから兄とは兄弟いうより親子に近いような関係でしたわ」

和範の父親には新入社員の頃から商売を叩き込まれたのだと修が苦笑いする。意見が食い違った時には容赦なく怒鳴られたものだ、と。

「それにしても古池家の嫁に、東京の人が入るなんてなぁ。社長は知っとったんか」

「いやそれが、父には会わせられなかったんです。ぼくもまだ二十八なんで、結婚はあと二、三年先でいいと思ってたんですよ」

「そうかぁ。早う結婚して落ち着くんもええで。なあ美咲さん、和範くんのことよろしく頼むわな」

修は声を張ってそう告げるとカップに紅茶を残したまま、「ほな、そろそろ行くわ」と立ち上がった。荒々しくドアを開け、大きな足音を立てて廊下を歩いていく。地声もだが動作も大きく、美咲はただただ圧倒されながら彼の背中を見送っていた。

「なにが『早う結婚して落ち着くんもええで』や」

声がしたので振り向くと、ドアの隙間から知佳が顔を出していた。あからさまに不機嫌そうな表情をしている。

「自分は結婚しても全然落ち着かんと、愛人ぎょうさん作ってるくせに」

口元を歪める知佳を「これ、美咲さんの前でなに言うん」と真知子がたしなめている。

「ごめんな美咲、急に戻って来いなんて電話して」

いつになく険しい表情で、和範がソファに凭《もた》れかかっていた。

「ほんで、修さん、なに言うてきはったん」

応接室に入ってきた知佳が、テーブルを挟んだ向かい側に腰を下ろす。

「親父が死んで、結界が崩れてしもたわ」

和範が沈鬱な表情で口にしたのは、美咲が初めて耳にする彼の京言葉だった。

和範と二人で客間に戻ると、ようやく肩の力が抜けた。和範も気が張っていたのか、和室に入るなり畳の上にごろんと横になり大きく伸びをしている。

「結界が崩れたって、どういうこと?」

美咲がひんやりとした畳の上に横座りすると、寝そべったままそばに寄ってきた和範が、膝に頭を載せてくる。

「親父が亡くなったとたん、修さんが会社経営に対する意見をしてきてさ。今朝からずっとその話だ」

「意見ってどんな？」

「一番大きなところでは、いまこそ観光客を取り込まないといけない、とかね。まあ親父の方針で、うちのレストランはこれまで外国の団体客を断るようにしてたんだよ。地元密着でやっているからこそ、地域の人たちが集まってくれるっていう考えで」

「まあそうよね。観光産業はいつなにがあるかわからないもんね」

「親父はもうずっと前から外国の団体客は受け入れないって頑《かたく》なに言っててね。京都の観光がピークだった頃は京都市長からの要請もあったらしいんだけど、それも断ってきたらしいんだ」

「京都市長って……それはけっこうな要請よね」

「親父は親父なりの考えがあったんだろう。でも結果的にそれで暖簾《のれん》を下ろさずにすんだ。どうしてそこまで断り続けたのか、その理由を聞く間もなく逝ってしまったわけだけど……」

一見さんお断り。そんな言葉は美咲も耳にしたことがある。京都の老舗の料亭ならそういうこともあるのだろうが……。

「修さんは、親父の経営方針にこれまでずっと不満を感じてたんだと思う。だから代替わりしたいま、自分の意見を前面に押し出してきてるんだよ。柊月屋で働いてきた年数は修さんのほうがはるかに長いわけだから、おれもなかなか逆らえなくて……。他にもレストランのメニューも変えたほうがいいって言い出してきてさ。柊月屋はもう長年和食を中心としたメニュー作りをしてきたんだけど、修さんは和食だけじゃなくて、もっと多種多様な食事を提供すべきだって言うんだ」

「洋食とか？」

「洋食はもちろん、中華やハラールフードまで手広く提供するレストランに変えていくべきだってね。コロナが終束して、これからまた増加するだろう外国人観光客を取り込むにはそのほうがいいって」

「ハラールフードってイスラム食のことでしょ？　そんな特殊なものまでメニューに入れるなんて大変じゃないの」

「大変なんてもんじゃない。豚肉はもちろん、鶏肉や牛肉も認証されたものしか料理には使えない。アルコール類や豚由来のゼラチン、乳化剤なんかも禁止。イスラム教の戒律は厳しいから、それを忠実に守っていたら調理場がパニックになる。そう何度言っても『柊月屋の転換期や』の一点張りで聞く耳も持たない。『和食にこだわってたらあかん』って」

和範が体を起こし、和室の隅に置いていた自分のブリーフケースからファイルを取り出してきた。中に挟まれていた用紙を畳の上に並べ、「これ見て」と言ってくる。用紙には細かな数字が並んでいるが、詳しいことはわからない。

「これは昨年と今年上半期の柊月屋の売上高なんだ。横這いじゃ話にならないって修さんに言われたよ」

「横這いってことは、現状維持できてるってことでしょう。それじゃだめなの？」

「おれも仕方ないんじゃないかと思ったよ。現状維持ができたんだから、ありがたいことだよ。でも修さんは、体力のない店が潰れていくいまこそがチャンスだって言い張ってさ。観光客が戻ってくる時期に合わせて事業を方向転換しておきたいらしい」

修とのやりとりを思い出したのか、和範が疲れきった表情で庭のある方角に目を向けた。縁側の雪見障子の向こうには小さな石灯籠が置かれた坪庭があり、光の明暗や風の音など、自然の変化がすぐ近くに感じられる。和範の誕生を記念して植えられたという、花を待つしだれ梅も、美しかった。

「おれ、そろそろ行かなきゃ」

「え、どこに？」

「会社。今日は鉾町《ほこちょう》の町衆に挨拶して回らなきゃ。夜までかかると思うから遅くなる」

京都の商家は「祇園祭の山鉾を受け継いでいる鉾町の町衆と、それ以外」にそれとなく区分されていて、今日はまず鉾町の着物関係、料理関係、お茶関係などの商家に挨拶に出向く。商家へのお目通りをひと通りすませた後は書や画などの文人に会いに行く予定になっている。柊月屋の本社は四条烏丸《しじょうからすま》という市内の中心地にあるので、もし美咲が行きたいところがあるなら途中まで車で乗せていくけど、と和範が言ってくれる。

「行きたいところか……」

畳に広げていた用紙を手早くファイルにしまうと、和範がブリーフケースを手に和室を出ていこうとする。ついさっきまで畳の上でだらけていたのに、背中には張りつめたものが滲んでいる。

「じゃあ西陣織を見られるところまで連れてって」

美咲は明るい声を出した。事業に関してはなにも手助けできないので、せめて彼の負担にならないようにしたい。

「なんでまた」

「だって京都の伝統工芸品といえば西陣織でしょう？　実は私、美しい織物って好きなんだよね。いつか実物を見たいと思ってたの」

「でもなあ……。京都の繊維産業はもうだいぶ前から下火だし、西陣も空洞化してるよ。室町も寂れてる。西陣織を見られるところと言われてもな……。百貨店の売り場面積も狭められてるって聞くし」

眉をひそめ、和範がスマホで調べ始めた。

「そんな、私はなにも西陣織の工房を見たいとかじゃなくて。京都らしい和布で作った小物なんかを見たいだけで」

「土産物とかでもいいの？」

「いい、いい。十分」

それなら、と和範が頷き、柊月屋が営む土産物屋に、西陣織の職人から和小物を仕入

れている店があると教えてくれる。そこなら西陣織を使った小物が置いてあるかもしれないと和範は言い、

「これお小遣い。欲しいものがあったら買っていいよ」

と長財布の中から一万円札を抜き出し、美咲の手のひらに載せた。

「あ……」

ありがとう、と言わなくてはいけないのに、喉に引っかかるものを感じて言葉が出なかった。どうしてか、素直に礼が言えない。そんな自分に戸惑いながら、美咲はゆっくりとした動作で一万円札を財布にしまった。

柊月屋の土産物屋は、北区にある大徳寺のすぐ近くにあるという。まだどちらが北か南かもさっぱりわからないが、和範の会社がある四条烏丸とは逆の方向らしい。

「ごめんね、忙しいのに遠回りさせちゃって」

車の運転をする和範が新鮮で、横顔をじっと見つめてしまう。普段は裸眼なのに運転する時は眼鏡をかけるようで、その姿がなかなかいい。

「別にいいよ。こっちこそ一緒にいられなくてごめん」

互いに謝罪を口にしながら小さく笑う。笑いの中に幸福感が滲んでいる。私は好きな人と結婚するために新天地にやって来た。そう頭の中で宣言すると、さっき一万円を手渡された時に覚えた妙な感じが遠ざかる。

大徳寺は広大な敷地に建つ立派な寺で、その外周を囲う石垣沿いに、豆腐屋や納豆屋、昆布屋といった古風な佇まいの店が並んでいた。

「あ、ここだ」

和範が町屋をイメージした、間口の広い店舗の前で車を停めた。店先に「古都の万華鏡」と書かれた木製の看板が立て掛けられている。

「可愛いお店」

「もう百年近く続いてる、古い店だよ」

帰りは一人で大丈夫かと和範が心配するので、「私もう三十二だよ」と笑い返しておく。走り去る和範の車に手を振り店内に入っていくと、たしかに万華鏡をのぞいたかのような明るい色彩が目に飛び込んできた。華やかな着物生地で作られた財布や髪飾り、におい袋、数珠入れなどが色とりどりに並んでいる。他にも印鑑ケース、和柄のネクタイ、ギターストラップなど趣向を凝らした製品が店内に所狭しと置かれていた。

「いらっしゃいませ」

実家の両親になにかプレゼントしようかと店内を歩いていると、若いアルバイトらしき従業員とはまた別に、紺色の作務衣をまとい、左胸に「茂木《もぎ》」と名札をつけた男性が現れた。年の頃は美咲の父よりも、まだ少し上かもしれない。美咲は軽く会釈をして、また視線を商品の上に置く。

あ、これ可愛い。思わず手に取ったのは西陣織のカバーを付けたクッションだった。

結婚生活が始まったら二人用のソファを買って、と頭の中に楽しげな想像が弾けていく。一個五千円と値の張るクッションを買うかどうか迷っていると、

「ええ柄でっしゃろ」

と作務衣を着た男性が声をかけてきた。

「はい、すごく素敵です。錦、綴《つづれ》、緞子《どんす》、朱珍《しゅちん》、絣《かすり》、紬《つむぎ》……いろいろな種類の糸が合わさった奥行が西陣織にはありますね」

織物という平面の世界に立体感を持たせているのは、多種の糸がおのおの存在感を持っているからだろうと美咲は伝えた。男性は「へえ」と感心して見せた後、「お客さんは糸のことようわかってはりますな」と人懐こい笑みを浮かべる。

「美大に通ってたので、制作に糸を使うことがあったんです。ほんの少しですが織物の勉強もしました」

「ほお、そうですか」

「でもこんなに美しい織物はそうそうないと思います。西陣織といえば日本を代表する織物ですけど、実際に見るとちょっと格が違うというか。思ってた以上というか」

「西陣織は先染めの紋織物ですねん。簡単に言うたら糸を先に染色して、それで模様を織っていくんです。織ってから染める織物とは違うて手間暇がかかるんですわ」

西陣織の一番の魅力は、緻密に計算された紋様の美しさなのだと男性が説明してくれる。和範が「西陣織の職人から和小物を仕入れている」と言っていたが、もしかしたら

この人がそうなのかもしれない。

結局一時間近くも話し込んだ後、母のために黒地に金色の小花紋の朱印帳を買って店を出た。西陣織のクッションには心惹かれたけれど、購入は和範に相談してからにしようと決めた。

せっかくここまで来たのだからと大徳寺の紅葉を楽しみ、それからバスに乗って和範の実家に戻ったのは昼過ぎのことだった。「ただいま戻りました」と玄関先で声をかけたが返事はなく、鍵が開いていたことにほっと胸を撫でおろす。

さて、和範が帰宅するまでなにをして時間を潰そうか。この屋敷で唯一自由にふるまえる客間に入り、小さくため息をついた。会社に勤めていた頃は毎日忙しく、どう時間をやりくりするかということばかり考えていたのに不思議なものだ。

美咲は東京から持ってきた荷物の中から一冊のノートを取り出した。なんてことのない普通のノートだが、その日に見た美しいものをスケッチしている。美大に入った頃の美咲は、他の多くの学生たちがそうであったように美術家として生きていくことに憧れていた。『美術手帖』や『芸術新潮』を愛読し、いつか自分も世界で活躍する作家になることを夢見ていた。でも同級生たちと机を並べて学んでいるうちに、自分の能力が特別なものではないことを思い知り、卒業する頃には夢と決別する覚悟を持った。

それでも、日々発見した美をスケッチする作業だけは細々と続け、このノートはもう十冊になる。こうした蓄積は就職してからも役立ったし、美しいものに対するアンテナを錆びつかせない大事な習慣でもある。今日はまだ頭の中に残っている西陣織の図柄を、ノートに書きつけておくことにする。勤め先で扱っていたデンマーク製の家具やインテリアもそうだが、やはり手間と時間をかけて作られたものは風合いが違う。

畳の上にうつぶせになってノートにスケッチしていると、唐突になにか作りたくなってきた。どうせ時間はあり余っているのだ。

「あったあった」

先に送っていた自分の荷物、段ボール箱の一つを開けると、古い型のジャガーミシンが入っていた。大学一年生の時に家の近くの電気屋で買ったものだが、断捨離《だんしゃり》がマイブームになった時でさえもこれだけは手放せなかったのだ。

久しぶりになにか作ってみようか。胸の中にもうずっと昔に忘れていた昂揚感が拡がっていく。いまのこのあり余る時間を無為に過ごしたくない、そんな気持ちもあった。

なにを作ろうか。いまの自分になにが作れるだろう。美咲は食い入るように十冊あるノートを順に開き、ページを繰り、過去の自分が感じていたこと、考えていたことをたどっていく。

「あ、これ、沖縄旅行のだ」

初代のノートで見つけたのは、沖縄旅行をした時の記録だった。この頃はまだ「自分の作品を世に出したい」「ものを作る人として食べていけたら」と夢見ていて、一緒に旅した友人といっぱしのことを口にしていたのを憶えている。

「これって……どこかの島だっけ」

ノートに数枚、闇に浮かぶイルミネーションの写真が貼り付けてある。これはたしか沖縄の島で見た電照菊畑のものだ。夜に照明を当てて花を照らすのは開花の時期を調整するためらしいのだが、そのおかげで非日常な光景を目にすることができた。

「『闇に浮かぶ菊畑。風に揺れる白熱灯と花々。夜空の星々。ハブも酔う美しさ』って。なにこの詩人気取りのメモ……」

おそらく十九歳の自分は、旅先で偶然出合った風景に感動したのだろう。次のページには夜の菊畑のスケッチがあった。色鉛筆を使って、細部まで描き込んでいる。『花とアートは食べられない！』という但し書きもあるが、いまとなってはなにを思って書いたのかはわからない。

でもこの頃は、作りたいものがマグマのように湧き出ていたのだ。うずうずしていた。でも就職して社会に出ると、目の前に処理しなくてはいけないものが山積みにされていて、ものを作る時間がほしいということすら思わなくなった。

美咲は、ミシンから伸びる電源コードをコンセントに差し込んだ。するとミシンが、まだ自分は現役であることを示すかのように、チカッとライトを灯す。演奏前のピアニストのような気持ちで腕まくりすると、なにか作ってやろうという衝動が、胸の中に渦を巻く。

「でも材料がなぁ」

ここが東京の自室であれば、すぐに布地や手芸材料を買いに行けるのに……。

「まあいいか。あるものでやってみよ」

綿、絹、ポリエステル、ナイロンと、ミシン糸ならたくさん持ってきている。カラーも豊富にある。さっき目にした西陣織のように、糸だけで風合いを出すこともできるはずだ。

美咲は自分の荷物の中から黒地のTシャツを一枚取り出し、ミシンに載せる。布地の代わりにこのTシャツにミシン糸で絵柄を刺繍《ししゅう》してみようか。絵図はさっきノートに描いてあった闇に浮かぶ電照菊……。ミシンのスタートボタンを押すと、針が超高速で上下する。強い雨のような規則正しい独特の音が二十畳の広間に響き渡った。

ずっとそこにいたのか。それともいま入ってきたばかりなのか。美咲がその子の気配に気づいたのは、Tシャツの胸の部分に二十個もの小花を刺繍し終えた時だった。いつしか襖《ふすま》が全開になっていて、小学校高学年くらいの見知らぬ少女が敷居の向こう側に立ち、美咲を見つめている。

「あなた誰？」

射るような視線にたじろぎ、えらく間の抜けた問いかけをしてしまった。

「乃亜。古池乃亜」

「古池乃亜ちゃん？　あ、もしかして和範の姪っ子さん。あなたのお母さんって、知佳さん？」

そういえば知佳には十一歳の娘がいると聞いていた。この子がそうなのかと思い微笑みかけると、少女が笑顔で頷いた。

「なにしてんの」

ミシンに興味があるのか、乃亜が躊躇《ためら》いながらも客間に入ってくる。私立の小学校に通っているようで、彼女は品の良いダークブラウンの制服を身に着けていた。

「Tシャツに刺繡をしてるの。刺繡ってわかる？　布地に色糸で絵や模様を描くことでね、これは黄と白とピンクの糸で小さな花を描いたの。近くで見ると一つひとつは花の形をしてるけど、少し離れると星みたいでしょ」

美咲は刺繡を終えたTシャツを両手で広げ、乃亜の目の前に掲げた。乃亜は両目を見開き、子供らしい屈託のなさで「きれーい」と口にする。

「ありがとう。実は私もうまくできたなって思ってた」

刺繡された部分を、乃亜が指先で撫《な》でる。プリント柄とは違い、繊細な手触りがあるのも刺繡の魅力だ。

「この模様気に入った？」

「うん、きれいやし。花にも星にも宝石にも見えるわ」

「じゃあ乃亜ちゃんにこのTシャツあげるよ。サイズはまだ大きいけど、中学生くらいになったら着られると思う」

「ほんまにもらってええの？」

「ほんとほんと。私からのプレゼントだよ」

半分は乃亜のために、もう半分は知佳に自分を気に入ってもらいたくて微笑んだ。Tシャツ一枚で知佳に良く思われようなんて、甘いかもしれないけれど。

「ありがとう」

「いえいえどういたしまして」

「お姉ちゃんは美咲さんやろ？　カズちゃんと結婚する」

「うん、そうだよ」

「やっぱりそうやんな。乃亜はお姉ちゃんのこと、ええ人や思うけどなぁ」

「うん？　乃亜はって、それってどういうこと？」

「ほな乃亜行くわな。ほんまありがとう」

Tシャツを握りしめた乃亜が客間から出ていくと、美咲は少しだけ、彼女の残した言葉について考えてみた。「乃亜は」ということは、また別の人は美咲を悪く言っているのだろうか。それは知佳かもしれないし、真知子かもしれない……。いや、ネガティブなことは考えない。考えたっていいことない。もやっとした感情を振り払うように、二枚目のTシャツに取り掛かった。ミシン糸の色を赤、オレンジ、金色と今度は暖色系に変えてみる。

スタートボタンを押すと、ミシンの音が再び客間中に鳴り響いた。高速で針が上下する音は小気味よく、疲れを知らない歩みのようで、その音で頭をいっぱいにすると美咲の全身にもエネルギーが満ちてきた。これほど楽しい作業は久しぶりだと美咲は針先を見つめながら、両手で柔らかな布をそっと押さえる。

気がつけば雪見障子の向こうから夕陽が射し込んでいた。二枚目のTシャツは背中側にも小花を散らしたために、思ったより時間がかかってしまった。

「ちょっと休もっかな」

そういえばトイレにも行ってない。乃亜と少し言葉を交わした後は誰とも話さず、昼食も食べていない。スマホにも触れず、五時間近くミシンに向き合っていた。客間から廊下に続く襖を開けて、息を大きく吸う。廊下に足を踏み出す前に家の中の気配を窺ったが、物音ひとつしない。みんな出かけてしまったのだろうか。

広い屋敷の中でそこだけは場所を憶えたトイレから出てくると、インターホンの音が聞こえてきた。どこかの部屋から真知子か知佳、あるいは乃亜が出てこないかとしばらく待ってみたが誰も出てこないので、美咲は玄関に向かった。ダイニングにカメラ付きのインターホンがあったはずだが、とりあえず靴を履いて、外まで出る。

格子戸の前に立っていたのは、「古都の万華鏡」で会った茂木だった。美咲を見た茂木が、

「あっ」

と大声を上げる。

「おたく、さっきのお客さん？」

「そうです。十川と申します。十川美咲です」

格子戸を開けて茂木に向き合うと、美咲はお辞儀をした。

「ああ、これはご丁寧に。私は茂木といいます。古池さんには昔からえらいお世話になってまして」

茂木はきっちり頭を下げると、「今日は和範さんに用があって参りましたんや」とまっすぐに美咲を見つめてきた。こちらが言わなくても、美咲のことを和範の婚約者だとわかったような目をしている。

「和範さんはいま仕事に行ってまして」

「何時頃お帰りでっしゃろ。いまさっき会社の方にも寄らせてもろたんですけど、出かけてはって会えんかったんです。できればこのまま待たせてもらえたらありがたいんですけど」

「それが、今日は遅くなると言ってて……電話してみましょうか」

茂木の雰囲気から急ぎの用事であることはわかった。和範が遅くなると聞いて、あからさまに表情を曇らせる。

「玄関でお待ちになってください」

他人の自分が勝手に家に上げるわけにはいかないが、玄関で待ってもらうくらいは構わないだろう。幸いにも古池家の玄関には長椅子が置かれていて、そこに座って待つことができる。茂木が門扉の前にクリーム色の軽自動車を停めていたので、家に隣接する駐車場を使うように誘導した。それから玄関先まで案内し、長椅子に掛けて待つようにと伝えてから、和範に電話をかけるため客間に戻る。

だが何度か携帯に電話をかけてみても繋がらず、三度かけ直した時点で諦めた。LINEでも『いま茂木さんが家に来られてるよ。急ぎみたい』と送ったが反応はなかった。

「すみません。繋がらなくて」

玄関先まで戻り美咲がそう伝えると、茂木が落胆の表情を見せながら、それでも明るい声を作って「そうですか。おおきに」と頷いた。

茂木が帰ってからも客間でTシャツの刺繍を続けながら傍らにスマホを置いて、電話かLINEの着信音が鳴るのを待っていた。だが日が落ち、真知子と二人での気詰まりな夕食を済ませ、風呂に入って夜中の十二時を過ぎてもまだ和範から返信がこない。初めは苛立ったが、そのうちに心配になり、「和範さん、遅いですね。なにかあったんですかね」と真知子に聞いたりもした。だが真知子は「子供やないんやし大丈夫やろ」と気のない返事をするだけで、玄関の鍵を閉めるとさっさと先に自室に引き上げてしまった。

美咲も客間に布団を二組敷いてその片方に潜り込んだが、一時間近くは布団の中で眠れずにいた。一時を過ぎた頃にもう一度だけ電話をかけ、留守番電話に「連絡待ってます」と吹き込んでおく。

朝目が覚めると、右手でスマホを握りしめていた。そうだ、昨夜、和範からの連絡を待っているところで寝落ちしたのだ。勢いをつけて布団から体を起こし隣を見れば、体を丸めて眠っている和範の姿が目に入る。よかった、帰ってきてたんだ……。安堵すると同時にスマホのスリープモードを解除し、昨夜あったかもしれない和範からの着信を探してみた。だが彼からの返信は一度もない。

不満が喉元までせり上がったが、ぐっと飲み込む。疲れきった和範の寝顔を前にすると、自分の不平不満などささいなことのように思えてくる。

「和範、起きて」

だが茂木が急ぎの用で和範を訪ねて来たことは、伝えておかなくてはいけない。

「ん……もうちょい寝かせて」

「寝てもいいけど、一本だけ電話をかけてほしいところがあるの」

雪見障子から差し込む光が眩しい。時刻を確認すると八時を過ぎていて、勤め人ならとっくに起きて会社に向かう時間だ。

「電話……誰に？」

「茂木さんっていう人。昨日和範が連れていってくれたお土産屋さんにいた、西陣の職人さん」

美咲が「茂木」という名前を口にしたとたん、和範の両目が開いた。

「どうして美咲が茂木さんを知ってるんだ？」

「この家を訪ねて来られたのよ。和範に急用で」

昨日の茂木の様子を美咲は事細かに伝えた。和範はなにも言わずに静かに聞いていたが、美咲が茂木を玄関にまで招き入れたと知ると、不愉快そうに顔を歪めた。

「勝手なことするなよ」

「勝手って言われても、その時は家に私しかいなかったんだからしょうがないじゃない。みんな外出してたし、誰に断りをいれればいいの？」

「わざわざ玄関に通さなくてもいいよ」

「でも道路で突っ立ったまま待ってもらうなんて気の毒でしょ。それよりいますぐ電話して。茂木さん、待ってるかもしれないし」

「……朝飯食ってからにする。そんなに焦ることじゃないって」

和範がのろのろと布団から起き出し、スウェットの上下を脱ぎ始める。畳の上にはスーツのズボン、ワイシャツ、ネクタイが脱ぎ散らかしてあった。普段は脱いだものはきちんと畳む人なので、昨夜は深酒をしたのかもしれない。美咲も背を向けてパジャマを脱ぎ、セーターとジーンズを身に着ける。

着替えを済ませると、二人そろって朝食を食べに向かった。ダイニングルームまでたどり着くのに長い廊下を歩いていかなくてはならず、寝起きの体がいっきに冷える。

「おはよう」

「おはようございます」

エアコンによって温められたダイニングルームに続くリビングのソファでは、真知子がコーヒーを飲んでいた。

「おはようさん。朝ごはん、お味噌汁しか作ってへんけど、パンでもご飯でも、好きなもん食べてや。美咲さん、冷蔵庫にあるもん勝手に使ってくれたらええし、和範のぶんも出してやってくれる？」

「はい、もちろんです。ありがとうございます」

美咲はキッチンに回り、コンロに火を入れた。鍋の中の味噌汁が温まるのを待ちながら、パン切り包丁で食パンを二切れスライスし、トースターに載せる。和範はパンが好きなので、たとえ味噌汁にでもパンを合わせるというのが東京で暮らしていた時からのスタイルだ。

「そうや和範、昨夜はどうやったん？　修さんと話したんやろ」

真知子がコーヒーカップを手に持ったままソファから立ち上がり、テーブルに近づいてくる。キッチンに立つ美咲は鍋の味噌汁が煮詰まらないよう気をつけながら、二人の会話に聞き耳を立てる。

「どうもこうもないわ。修さん、柊月屋を乗っ取るつもりと違うやろか。今後の経営戦略を一緒に考えよ、なんて口では言うてるけど、すでに決定したことをおれに伝えてるだけやったわ」

レストランのメニューを変えるなどはまだましなほうで、その他にも呆れるような提案をしてきたのだと和範がため息をつく。ちょうどパンが焼きあがったので、美咲は皿に載せて和範のところまで運んだ。いつもはきちんと礼を言う人なのに、実家だからか、母親の前だからか、「ジャム出して。冷蔵庫に入ってるし」と横柄に頼んでくる。

「修さん、他になに言うてきはったん？」

真知子が声を潜め、和範の隣の椅子に座った。

「まあ……いろいろや。閉店した飲食店や民泊に使ってた建物を買い取るつもりやとか」

京都のトップはいま、観光客を呼び戻そうと躍起になって動いている。これまで市の行政は巨額の税金を投じて四条通の歩道を広げたり、宿泊施設を増やしたりしてきたのだ。その投資を回収するためにこの先さらなる策を講じるはずだ。そう言って修が鼻息を荒くしていると、和範が眉をひそめる。

「修さんは、不況下で潰れた店を安く買い叩いて、そこで柊月屋の新しい事業を展開したいらしい」

「新しい事業言うたかて費用がかかるやろ。銀行に借りるいうても、そんな簡単にはいかへんで」

美咲はテーブルを挟んで二人の前に座った。食パンに味噌汁を合わせた和洋折衷の朝食も、和範とつき合い始めてからは少しずつ慣れてきた。コーヒーも飲みたかったがコーヒーメーカーにあと少ししか残っていなかったので、遠慮しておく。

「その費用を捻出するために、修さん、売上が伸びてへん土産物屋を整理する言うてんのや」

口に含むと柔らかくふわりと膨らみ、それからじわっと甘みが染み出す美味しいパンを、和範がさも不味そうに咀嚼《そしゃく》していた。

「へええっ！　整理て」

真知子が甲高い声を出した。この人の癖なのか、それとも京都の人はこんなふうに振る舞うのが当たり前なのか、どこか大袈裟でちょっと芝居がかっている。

「どの土産物屋を閉めるか、修さん、すでにリストアップしてきてたわ。食えんおっさんや」

和範が真知子に向かって店名を挙げた中に、「古都の万華鏡」が入っていた。美咲は驚き、和範の顔を見つめる。

「ねえ和範、『古都の万華鏡』って茂木さんのいたお店じゃないの？　昨日茂木さんがここに訪ねてきたのは、その話のことなんじゃない？」

青白い顔で玄関先に立っていた茂木のことを、美咲は思い浮かべた。店舗が閉められるかもしれないと、どこかで聞いたのかもしれない。

「美咲さんが、なんで茂木さんを知ってるん」

真知子が鼻にかかったよく通る声で聞いてくる。

「知ってるというほどでもないんですけど、昨日お店に立ち寄って、ちょっとお話しさせていただいて。夕方には和範さんを訪ねて家まで来られたんですよ」

本当にもし閉店のことで茂木が来たのであれば、すぐにでも連絡をとってほしい。そんな思いで和範を見つめたが、美咲の視線に気づかないのかのんびりと食後のコーヒーを飲んでいる。

「あのお土産屋さんを閉めるのは、賛成できないけど？　品揃えも興味深かったし」

いっこうに急ぐ様子のない和範の横顔に、話しかける。

「賛成できないもなにも、美咲はあの店のことなにも知らないだろう」

和範はこちらを向かずに、テーブルの上にあった朝刊を手元に引き寄せた。

「でも……」

「せや。美咲さんが口出しすることやないわ」

真知子にぴしゃりと言われ、美咲は「すみません」と下を向く。たしかに自分はほんの一時間、あの店で買い物を楽しんだだけの客だ。茂木と少し会話をしたからといってなにを知っているわけでもない。ただ、茂木が歴史ある西陣織を誇りにし、なんとか後世に残したいと願っている強い気持ちは伝わってきた。いまの若者に受け入れられるようなクッションやギターストラップなどの商品を懸命に開発して、伝統工芸を残そうとしている。たとえ爆発的に売れなかったとしても、価値のある商品というものはある。美咲が勤めていた会社のショールームにも、売れ筋ではないが、客に感嘆の声を上げさせるような手製の高級家具がディスプレイされていた。

「ねえ和範。コーヒー飲み終えたらすぐに茂木さんに電話して。昨日から電話を待ってるかもしれないでしょう?」

気になる記事を見つけたのか、和範は美咲の声など聞こえていないようだった。

「和範、聞こえてる? 茂木さんに電話……」

「わかったわかった。会社のことはおれが考えてちゃんとするから、美咲は黙っててくれへんか」

「そうやで美咲さん。従業員が家まで訪ねて来たからって、いちいちすんまへんゆうて対応してたらきりないいんや。茂木さん、なんか文句言いに来はったんやろけど、そんなん、折り返し電話して聞くことやないで。和範も忙しいんやし」

コーヒーメーカーに残っていたコーヒーを、真知子は和範のカップに注ぎ足した。

「……ごちそうさまでした」

美咲は食べ終えた皿をキッチンまで持っていき、流しに残っていた他の食器と一緒に洗っておく。そしてまだ新聞を読んでいる和範を残してダイニングルームを出た。

「『美咲は黙っててくれへんか』って。なによそれ」

客間と廊下を隔てる襖を後ろ手で閉めると、美咲は低く呟いた。和範が無意識に京都の言葉を使うたびに、美咲の胸の中にざらざらとした違和感が溜まっていく。どこかコーヒーが飲めるカフェに行きたい。美咲は部屋の端にまとめて置いている自分の荷物の中から財布とスマホを取り出し、トートバッグに入れた。

古池家から十五分ほど歩いた北白川という大通り沿いの地区に、一軒のカフェがあった。この辺りは東京でいう自由が丘のような場所なのだろうか、カフェやパン屋など洒落た外観の店があちらこちらに点在している。

「ホットコーヒーください」

メニューも見ずにウェイトレスに伝えると、息を大きく吐き出した。久しぶりの解放感。コーヒー好きの美咲は、東京で働いていた時には毎日カフェを訪れていた。会社が入っていたビルにも喫茶店があって、仕事が一段落すると同僚と連れ立って休息を取りに行ったものだ。それがいまやコーヒー一杯飲むのにも、かなりの勇気が必要になっている。これが婚家に入るということなのだろうか。

「それでな、その音が絶え間なく聞こえてくるねん。そらちょっとの時間やったら私も気にせえへんけど、さすがに半日も聞いてたら頭おかしなんで」

コーヒーのおかわりを頼もうと周りを見回していると、どこかで聞いたような声が耳に届いた。首を伸ばし声のする方を見ると、すぐ後ろの四人掛けのボックスに知佳が座っているのが見えた。互いに背を合わせているような状態なので向こうはまったく気づいていないが、美咲は店員を呼ぶのをやめて、そっと座り直した。

「ほんでなんの音やったと思う？　それがなあ……ミシンなんや。ミシンの音が半日休まず聞こえてくるんやで。ここは工場と違うでって言いそうになったわ」

ミシンという言葉に、胸がすっと冷たくなった。話題に上がっているのが自分だと気づいたとたん、視界がいっきに狭くなり、手元のコーヒーカップしか見えなくなる。

「で、その人ミシン使ってなにしてるん？」

「それがな、Tシャツに刺繍してるみたいやねん。うちの娘がそのTシャツもらってきて可愛い可愛い言うんやけど……」

ほらこれ、と知佳がスマホの写真でも見せたのか、後ろのボックスの空気がしゅっとすぼまる。スマホの画面を中心に、額を寄せ合う気配が伝わってきた。「これ刺繍？こんなこと、時間が無限にある人にしかでけへんな」「お暇やなぁ」「なにしに京都まで来はったんやろ」知佳以外の女たちが口々に呟くのがはっきりと聞こえてくる。

「知佳さんも大変やなあ」

誰かがひどく同情的な声を出すと、「ほんまやわぁ」という相槌が次々に聞こえてくる。

「父が突然亡くなって、生活のリズムが狂ってしもて。それまで家のことなんてほったらかしにしてた弟が当たり前のように帰って来て、お嫁さんまでついてきて。なんかこっちの居場所がなくなるというか」

「それはほんまに酷い話やわ。ほんでその弟さんの婚約者、家事もせんとミシンで遊んでるんやろ」

「いうても気楽やねん。東京では働いてたらしいけどなぁ。それからな、おもしろい話あるねん。うちの家の玄関に盛り塩してあるやろ？　その塩見て『このお塩はなんですか。虫除けですか』やて。ホウ酸団子でゴキブリ退治してるんとちがうでー」

女たちのけたたましい笑い声に、顔が熱くなる。そういえばそんな間違いをした。盛り塩は料亭や寄席、飲食店に残る風習で、人が出入りする門口に盛るものだと後で和範に教えてもらった。人が運んでくる邪気を落とす、穢《けが》れを浄化するというゲン担ぎなのだと。

「そんなんでよう京都の商家に嫁ぐ勇気あるなぁ。東京でなにしたはったんやろ」

「なんかようわからんけど、インテリアの会社で働いてたみたいやわ。実家は手芸店やて」

「まあ素敵。寺町にあるノムラテーラーみたいな？」

「そんな大きいとこ違う思うわ。地元の商店街で店やってる言うてたし。うちの母も、弟を東京の大学に行かせたこと、いまになって後悔してるんよ。そのまま京都にいて、どこぞの商家のお嬢さんと結婚してくれてたらって。でもあかんねん、弟は昔から好き勝手するから」

「ふうん。知佳さんも苦労するわなぁ」

ひとしきり慰められると、知佳が満足そうな声で、

「そろそろレッスン行こか」

と三人を促し、レジに向かって歩いて行った。

知佳たちが店を出たのを確認してから、美咲はコーヒーを追加注文した。そしてゆっくりと窓のほうへと視線を向けた。知佳とその友人たちが駐車場に向かっていく後ろ姿が見える。顔は見えないけれど彼女たちがとても親密で、これまでも何度となくこうして一緒にお茶を飲んできたのだろうことがわかった。いいなあ。楽しそう。怒りよりも先にそう思った。友達とカフェに入り、たわいもない愚痴を言い合う。そんなことですらいまの自分には叶わない。

私はここでなにをしているのだろう。知佳の友人の一人が「お暇やなぁ」と美咲を揶《や》揄《ゆ》していたが、本当に仰る通りだ。

『元気にしてる？　私は毎日モヤモヤ。やっぱり仕事やめなきゃよかった。東京に帰りたい』

バッグからスマホを取り出し、なにも考えずに大学時代からの親友、津山桜子《つやまさくらこ》にLINEを送った。桜子は美大を出てから新聞社に就職し、いまも東京で働いている。美大生が新聞記者になるという異例の就職に当時は驚いたけれど、入社以来、主に文芸や美術を担当している彼女を見ていると、こういう道もあったのだと納得させられる。

『なに言ってるの若妻が。朝からげんなりさせないでよ』

一分もしないうちに桜子からレスが返ってきた。彼女の出社時間はたいてい昼過ぎなので、まだ家にいるのだろう。

『妻じゃないよ。まだ籍も入れてないし、結婚式もいつになるかわからないんだよね。

和範の実家にずっといるんだけど、外出するにも気を遣うんだよ』

やっぱり学生時代からの友達はいい。こんな不満を漏らせる相手は、桜子だけだ。

『贅沢言いなさんな。女がなにかを手に入れるには代償を払わなきゃいけないんだって。人魚姫にしても足をもらった代わりに声を奪われたじゃん。そんなもんよ』

息苦しいこの思いをまだ聞いてほしかったが、桜子から『いまから取材だから後でね』という一文が送られてきた。美咲も『ありがとう』と一言だけ返しておく。

美咲はいったんカフェを出ると、目的もなくゆっくりと歩いた。自分は結婚するために和範について京都までやって来た。それは不自然な流れではないはずだ。彼と結婚したいと思ったから。でもそれからここで、なにをするのだろう。子供を産み、育てる……。でも子供ができない可能性もないわけではない。だとしたらこうして死ぬまで和範の帰りを待つだけの生活を送るのだろうか。いつ戻ってくるかわからない夫の帰りを待つだけの……。いや、あまりにも時間が余って退屈ならば、和範のことだから「好きに働いてもいいよ」と言ってくれるだろう。でもそんな暇潰しのような働き方が自分にできるのだろうか。そもそも、空いた時間を埋めるような仕事に、魅力を感じるのだろうか。

冬枯れの桜の木に沿って、石畳の小道を歩いていると、見覚えのあるクリーム色の軽自動車が駐車場に停まっているのが見えた。車に詳しいわけではないが、あれは茂木が乗っていた車ではないだろうか。美咲は車の往来がないことをたしかめると、小走りで道路を横切り、向かい側の駐車場まで行ってみた。駐車所の奥に掲げてある『橋本関雪記念館』の文字に引き込まれるようにして、駐車場に続く建物に入っていく。

「あ……」

受付で入館料を払い、記念館の二階に続く階段を上がりきったところで、思わず声が漏れた。もしかしてと思ってはいたが、本当に目の前に茂木の姿があった。長椅子に腰掛けた茂木の背中がすぐに目に飛び込んでくる。

「おはようございます」

背後から声をかけると茂木がゆっくりと振り返る。静まりかえった館内には自分と彼しかいない。

「おはようさんです……」

茂木が名前を思い出そうとしていたので、「十川です」と頭を下げる。

「ああ、十川さん……。もしよかったらこっちに来はりませんか？　ここからやと五山送り火の『大』の字が見えるんですわ。火床ですけど」

茂木はいったん立ち上がって深く腰を折ると、隣に座らないかという仕草をしてみせた。

「実はいま、古池社長のお宅を訪ねてきたんですわ」

「そうなんですか」

美咲がカフェでコーヒーを飲んでいる間だろうと頷く。ああは言ったけれど、和範は茂木に連絡してくれたのだ。

「でも留守でして」

「えっ、留守?!」

「そうなんです。社長も奥さんも出かけはったみたいで」

呼び出しのインターホンを何度か押したけれど応答がなかった。玄関先から自宅に電話してもみたが留守電に切り替わってしまったのだと、茂木が刈り上げた白髪頭にそっと手をやる。

「……そうですか。私もちょっと外出してましたから」

ふと、和範と真知子は居留守を使ったのかもしれない、という考えが頭をよぎった。インターホンのカメラ越しに、訪ねてきたのが茂木だと知って二人は無視したのかもしれない。

「茂木さん、急ぎの御用なんですよね」

「まあ……そうですねん。古池専務からうちの店を閉めるいう話がありまして。一度社長に確認したいと思いまして」

茂木の強い視線がガラス窓を突き刺し、「大」の文字が刻まれた山肌へと向かう。まだ東京にいる頃、和範が「実家の二階からは、五山送り火がすぐ近くに見える」と言っていたことを思い出す。その話を聞いて無邪気に「見てみたい」とはしゃいでいた自分が、遠くに感じられる。

「柊月屋の先代がお亡くなりになったんは、十川さんも当然知ってはりますやろ」

視線を山に据えたまま茂木が静かな声で話し始める。

「私、実は先代の古池功さんとは同級生ですねん。小学校と中学校が同じなんです。私は高校には進学せんと職人の道に入ったんですけど、この年になるまで懇意にしてもらってねぇ。西陣織、いわゆる着物産業が衰退してきて商売が立ち行かんようになった時も『西陣織の技術を生かした小物を作ってみいひんか。うちの土産物屋で売らせてほしいんや』て助け船を出してもろうたんですわ」

京都の西陣織と謳《うた》っていても、中には糸は中国産、仕立ても東南アジアでといった「偽物」を売るような店も増えてきている。だが「古都の万華鏡」で扱っているのは正真正銘の西陣織で、それが自分と先代の誇りだったと茂木が遠くを見つめたまま目を細める。

「……古池専務は、うちを閉めてなにをしはるつもりなんですか。十川さん、知ったはりますか？」

「私は……詳しいことは知らないんです」

「おそらく外国からの観光客を相手になんかしよう思てはるんやろね。先代が生きてた頃から、専務にはいまの流行りに絡もう、絡もうとするところがありましたんや。もちろんそれも悪いことではありません、時代の波に乗ろうという気概は大事なことですわ。でも観光客が増えた、そやから観光客相手の商売をもっと手広くやったら儲かる、商売いうのはそう単純なことではないんですわ」

まだ京都の観光客数が増加の一途をたどっていた頃、地元で手広く土産物屋を展開していたある企業があった。店に並べられた安価な土産物は凄まじい勢いで外国人客に売れ続け、その企業は一時期たしかに相当な収益を上げていたのだと茂木は顔をしかめた。だがその増益は初めの一年ほどで、やがて買われていった商品のコピーが外国で出回るようになり、さらに海外に京都をテーマパークにしたような場所まで作られたという。そこで売られている商品が、京都のその土産物屋の店先に置いてあったものとまるで同じなのだと茂木が首を横に振る。

「つまり、どういうことかわかりますか」

「京都を訪れていた外国人たちが、実は客を装った業者だったということですか」

「そういうことです。この京都にもいまや外国人が出資してる土産物屋や料理屋がぎょうさんあります。外国人の団体観光客は京都に訪れてはいるものの、外資のツーリストに金を支払い、外資の土産物屋に入り、外資に経営権ごと買われた料理屋で食事をする。つまり京都にはまったくお金を落としていかはらへんいうことも稀ではないんです」

先代はこうしたことを案じて、初めからインバウンドには絡むべきではないと苦言を呈していた。老舗の料理屋にしても団体客を受け入れたばかりに、値打ち物の装飾品や備品が丸ごと盗まれるといった被害が後を絶たない。この数年の間に神社仏閣で盗まれた像の数は百体を下らない、と茂木が眉間の皺を深める。

「観光客が増えたからって、もろ手を挙げて喜んでいる場合じゃないですね」

思わず口にした言葉に、茂木は、

「お嬢さんみたいに、この話を素直に聞いてくれる人ばっかりやったらええんですけど」

と弱々しい笑みを浮かべた。

「二十年に一度、京都は大失敗しますねん。三十代、四十代の中堅世代が、私ら世代ともっともっと真剣に対話してくれはったら、失敗を水際で食い止めることはできるんですけどなあ」

いま京都には東京の大手広告会社が入ってきている。若い世代はこの大きな力に乗っかりたくてうずうずしているが、広告会社が資金を提供してくれるわけではないので結局は持ち出しになり、経営が傾く危険性も孕んでいる。若い世代に自分たちが失敗した過去を伝えたくても聞く耳を持ってはくれないのだと、茂木が胸ポケットに手を当てた。煙草をまさぐるような仕草をした後、「あかんあかん、医者にきつう言われて禁煙してましたんや。しかもここ禁煙や」と人懐こい顔で目を細める。

それから二人で、記念館に併設している庭園を見て歩いた。

「これは中門ですわ。兜門と呼ばれてて、ほら兜の形してますやろ？　この辺りはこけら葺《ぶ》きが使われてますのんや」

何度も訪れた場所なのだろう。茂木は庭園を知り尽くしていて、その知識を余すことなく美咲に教えてくれた。この人は本気で若い世代と対話をしたいと願い、自分たちの知恵を授けるつもりなのだと、その横顔に思う。

「十川さんは廃仏毀釈《はいぶつきしやく》という言葉を知ってはりますか」

「さあ……聞いたことがあるような、ないような」

「廃仏いうんは、仏教に関わる物事を破壊して、撤廃するという意味です。毀釈は簡単に言うと、お釈迦さまの教えを壊すということです。日本では明治時代に神仏分離令いうのが発布されてから廃仏毀釈運動が起こりましたんや。京都でも明治に入ってすぐの二、三年間は寺の貴重な仏像やら経典やらを没収されたり、伽藍《がらん》なんかの建物を壊されました。その際に関雪先生は、被害を受けたお寺さんから、庭園にある石灯籠なんかを引き取ってるんですわ」

「それは、コレクションということですか。寺から文化財を買い集めたという?」

美咲は庭園の中の立派な石灯籠や庭石に視線を向ける。

「コレクションというのとは違います」

茂木が頰を緩めた。「買い集めたわけやないんです。昔、お寺は地域の福利厚生の場所でしたから、寺が潰れるいうことは地域の福祉の場所がなくなるいうことになります。福祉の重要性をわかっていた関雪先生は、お寺さんを援助してきたんです」

京都に哲学というものは少ない。利益主体で動くのがこの町の商家である。だがそうした中でも昔は利益のみを追わない人が在った。結界とでもいうのだろうか。ここから先は利害を立ち入らせないという、安直な言い方をすれば伝統を守ろうとする人間がいた。茂木はそう口にした後、右手でそっと左胸を押さえた。

「先代の古池功社長は、数少ない、利益のみを追わない男でした。その息子さんである和範さんがどういう人物かは私にはわかりません。せやけど一度、ちゃんと話がしたいんですわ」

どこか痛むのか苦しいのか、茂木が長い階段を上がりきった時のようにしゃがれた息を吐く。

「大丈夫ですか？」

「いや、なんでもあらへんのです。年のせいか興奮するとなんやこの辺りがぎゅっとなるんですわ。それより、今日は若い人によけいなことまでべらべら喋ってしもて、すんませんでした」

茂木は笑みを浮かべると、「私、いまからもっかい古池社長を訪ねてみますわ。時間潰しにつきおうてもろて、ほんまにおおきに」と背筋を伸ばした。風が強く吹いてきて、作務衣の裾がはためく。改めて見ると、茂木はずいぶんと薄着をしていた。

「あの、茂木さん。お風邪を引かれませんように」

「すんまへん。お気遣いありがとうございます」

駐車場で茂木と別れると、美咲は古池の屋敷とは逆の方向へと歩き出した。歩きながらふと、茂木が訪ねて行くことを和範に伝えておこうと思い、バッグからスマホを取り出す。電話をかけてみたが繋がらず、ＬＩＮＥで『茂木さんがいまから行きます。会ってあげてください』と送っておいた。

二章　十年ぶりの再会

京都駅のホームに立って辺りを見回していると、三番乗り場に緑色の電車が入ってきた。「近江舞子《おうみまいこ》行き」と表示されている。

「あ、だめだ。これ普通電車だ……」

いったん車両の中に入り、それからまたホームに降り立つ。桜子からは「普通じゃなくて新快速に乗って。そうしないとえらく時間がかかるからね」と前もって注意を受けている。

二番乗り場に湖西《こせい》線の新快速が入ってくるのを見て、美咲はこれだと思い乗り込んだ。朝のラッシュ時だったので混雑しているかと思っていたがわりに空いていて、座ることができた。

暖房が利いた車内は瞼《まぶた》がとろりと落ちるほどに心地よく、電車が走り出すと強張っていた全身が緩むのを感じる。窓の外に目をやると低い山並みが続き、農地なのか枯れた草が生い茂る平坦な土地が広がっていた。湖岸を走る電車は京都駅から山科《やましな》駅へと進み、大津京という駅を通り過ぎた辺りから家々の屋根の向こうに琵琶湖が見え始めた。

和範と大喧嘩をしたのは、昨夜遅くのことだ。茂木と別れた後、銀閣寺の周辺を二時間ほどぶらぶら歩いた後に古池家に戻ると、和範は家にいなかった。どこへ行ったのかと真知子に尋ねると「仕事と違う?」と返ってきたので、いまごろ和範は茂木と会って話をしているのだろうと思っていた。記念館を出た後、茂木がもう一度古池邸を訪ねると言っていたから。

だが深夜の十二時を過ぎてから自宅に戻ってきた和範に聞くと、茂木には会っていないとあっさり言われたのだ。どうして会う必要があるのか、と。茂木が再度家を訪ねて来たのは知っている。玄関のインターホンも聞こえたし、電話もかかってきた。だが居留守を使って出なかった、「会うと面倒だから」と和範は悪びれもせずに言い放ったのだ。

「どうしてそんなことができるの? そんな人だとは思わなかった」

気がつくと強い口調で和範を責めていた。その声は客間から漏れ出て、広い屋敷の中にも響いていたはずだ。「風呂入ってくる」と部屋を出ようとした和範を引き留め、美咲は一方的に話し続けた。しばらく黙っていた和範が声を荒らげたのは、美咲が、茂木から聞いた話を持ち出した時だった。「年長の人の話にもっと耳を傾けたほうがいいんじゃないかな」という一言に対して、「美咲は関係ない。仕事のことに口を挟むな」と一喝された。これまで聞いたことのない押さえつけるような口調だった。どこか別の部屋で寝たのだろう。出ていったきり和範は客間には戻ってこず、美咲は彼を待ちながら眠りに落ちた。

堅田《かたた》駅を通過した辺りから琵琶湖が急に大きく見えるようになった。手のひらほどの大きさだったのが、もう視界いっぱいに広がっている。草木を刈られ、きちんと整えられた田畑が目の前を流れていく。美咲はバッグからスマホを取り出して、桜子に教えてもらった駅の名前をもう一度確認する。

昨夜、どうしても話を聞いてほしくて桜子に電話をかけた。夜中にもかかわらず電話に出てくれた桜子に、和範と喧嘩したことを話すと、『とりあえず頭冷やしなさい』と冷静に告げられた。『いま東京に戻っても後悔するよ。あんたは仕事をやめてまで京都に行ったんだから、子供みたいに嫌だからすぐ帰るってわけにはいかないでしょ』と叱られた。和範にしても慣れない仕事を前に手一杯なのだ、もう少し広い心で待ってあげなさい。そんな言葉で桜子は美咲を諭《さと》し、気分転換に美大の同級生に会いに行ってくれば、と同じ芸術学科にいた仁野佳太《じんのけいた》の名前を出してきたのだ。

佳太は桜子が当時つき合っていた加納大輔《かのうだいすけ》の親友で、美咲とも少しだけ面識がある。でも桜子と大輔はずいぶん前に別れていたので、佳太とまだ繋がりがあったことが意外だった。

佳太がいまも陶芸をやっていることを桜子から聞いて、美咲も会ってみたいと思った。すぐにそう告げると、桜子は意外そうに『ほんとに？　受け身の美咲にしては珍しい』と電話口で笑い、じゃあ明日の朝一番に連絡を取ってあげると話を切り上げた。電話を切る直前に『そういえば佳太くんてさ』となにか口にしかけ、『あ、やっぱいいわ』と含みのある言われ方をしたのだがそれ以上無理に聞き出すことはしなかった。それよりも、誰よりも自分を知っている桜子に「受け身」だと言われたことが気になっていた。

京都駅を出発してから一時間もしないうちに目的地の安曇川《あどがわ》駅に到着した。桜子からは『佳太くんオッケーだって。午前十時くらいに駅の改札で待ってるって』とLINEが届いたが、いきなり美咲が訪ねて行くと聞いて彼も驚いただろう。

十年ぶりの再会に緊張しながらホームから改札に続く階段を下りている途中、黒っぽいジャンパーにジーンズを合わせた同年代の男性が、こっちを見上げていた。駅にはほんの数人しか人はおらず、そのほとんどが高齢者だったので、

「仁野佳太くん？」

と男性に向かって声をかけた。さっきからずっとこっちを見ていたくせに、男性はなぜか驚いた様子で頷くと、

「十川？」

と聞き返してくる。

「うん。ごめんね、突然訪ねて来て」

「いや、ええよ。津山から朝早くに電話かかってきた時はびっくりしたけど、訃報と違ってよかったわ」

力の抜けた関西弁を耳にすると、大学時代の彼の顔が頭の中に浮かんでくる。いまと

あまり変わっていない。あの頃もこんな、静かな目をしていた。

佳太に促されるまま、美咲は軽トラックの助手席に乗り込んだ。軽トラックは住宅地をしばらく走り、やがて田畑の広がる農道を進んでいく。刈り入れが終わって土が整えられた田んぼや雨水が溜まった休耕田が、平たく続いている。

ほとんどなにも会話をしないうちに、車は樹木に覆われた勾配のある坂道にさしかかった。坂道は雑木林の中を通り、緩やかに曲がりくねっている。

「なんかすごいね。山の上に家があるの?」

「そう。この辺りは戦後に開墾された土地なんや。食料を増産するために切り拓かれて、農業を営む人の集落ができたらしい」

その集落もいまはすっかり高齢化してるけど、と佳太が教えてくれる。冬になると雪が積もって通れなくなるという山間《やまあい》の道を、軽トラックがエンジン音を唸らせながら上がっていく。

「わぁ」

思わず声が出たのは坂道を上がりきった場所が、海のような広がりを持つ草原だったからだ。小高い山の山頂に別世界が現れ、両腕にさあっと鳥肌が立った。

「いい景色やろ」

「うん……ほんと素敵」

冬枯れの雑木林を抜けた先に、こんな風景を見られるとは思ってもみなかった。朝の光が草を照らし、その陰影が波のように輝いている。

「標高が二百二十メートルあるから、とにかく見晴らしがいいんや」

「でも、この台地を開墾した人は大変だったでしょうね」

草原には馬小屋があり、二頭の馬がいた。馬小屋の向こうにも枯れ色の大地が広がっている。

道端に車を寄せると、「ここが自宅兼、工房です」と佳太が大きな家屋を指差した。

「ここ？　大きな家だね」

「もともとは大根農家さんの家屋やって。庭も入れたら三百坪ある。あっちの小さな建物は、ギャラリーになってて、お客さんが来た時だけ開けるようにしてるんや」

車から降りるとひやりとした空気が全身を包み、枯れ草の匂いがした。佳太が道路に面したシャッターを持ち上げると広々とした倉庫が現れ、その奥に工房があるという。

「さっそくやけど、工房に案内するわ。津山からは、作業するところを見せてやってって言われてるけど、ほんまにそんなんでええの？　地味やで」

「ううん、いいの。なんか久しぶりに創作の現場が見たくなって。ごめんね。忙しいのに」

電動のろくろが二台並んだ工房は八畳ほどのスペースで、備え付けられた棚には茶碗など小さな作品が並べられていた。

「十二年前にも言うたかもしれんけど、こうやって土を揉むんは空気を抜くためで、もし土の中に空気が残ってたら、焼いている間に陶器が割れることもあるから」

「十二年前？　ああ、そういえば一度教えてもらったことあったね。そうだそうだ、いま思い出した」

　両方の腕に全身の力を乗せて、佳太が土を揉んでいく。彼が体を前に押し出すたび土が生き物のように形を変えるのを、美咲はじっと見つめていた。たしか大学の授業でも、なにを話すでもなく彼が土を捏《こ》ねる姿をこんなふうに眺めていたような気がする。同級生といっても佳太は陶芸コースだったので、立体造形コースの自分と同じクラスだったわけではない。ただ二年の後期に立体造形コースの学生が陶芸を学ぶ授業があり、その時たまたま佳太が美咲を教えてくれたのだ。

「土を揉むところから始まって作品が完成するまで、どれくらい時間が必要なの？」

「一か月くらいかな。乾かすのに時間がかかるから」

「一か月かあ。やっぱり時間がかかるんだね」

　土が乾くと表面が真っ白になるのだ、と佳太が棚に置かれていた皿のひとつを手に取って見せてくれる。彼の指が皿の表面を弾くと、カンと乾いた音がする。

「音も変わるのね」

「そうや。それで十分に乾ききったら、窯で焼く」

　陶芸の最後の仕事は火がやるのだ、と佳太が工房のドアを開き、さっき通ってきた倉庫に戻っていく。プレハブ造りの倉庫には作品を焼く窯や釉薬《ゆうやく》が入った青色のバケツが整然と並んでいた。

「完成は火に任せるんや」

　と佳太が窯の扉を開いた。仕上がりはいつも同じにはならない。だからこそ窯を開ける緊張感、愉しみがあるのだと笑みを浮かべる。

　土を捏ねるところから、電動ろくろで皿をひとつ仕上げるところまで見せると、佳太が「休憩しよか」と言ってきた。工房の隅に置いてある小型の冷蔵庫からラムネを出してきて、テーブルの上に置く。この季節にラムネかと面食らったが、どこか懐かしい緑がかった透明な瓶に美咲は手を伸ばした。

「桜子と佳太くんって、卒業後もずっと連絡を取り合ってるの？」

「いや、三年ほど前に再会したんや。津山が『日本伝統工芸展』っていう展覧会の取材に来てて、その時に声をかけられて。その年度はおれが賞をもらったからインタビュー記事書いてくれたんや」

　津山が新聞記者になっていたことを知らなかったし、まさかそんなところで再会するとは思ってもみなかった、と佳太が笑う。大声で「佳太くん！」と名前を呼ばれた時は本当に驚いた、と。

「その後も津山には何度か取材してもらったわ」

　展覧会は年に一度開催されるから、津山とも毎年会っている。会場で挨拶をするだけの年もあれば、時間を作ってお茶することもあるのだと佳太が教えてくれた。

「そういえば、今日のことだけど……。桜子はその、佳太くんにどんなふうに伝えてるの？」

「どんなふうにって？」

「だから……私がここを訪ねてきた理由というか」

佳太は美咲と話をしながら、保育園の園児たちが作った陶器皿に後処理を施していた。繊細な手つきで器の表面をならしていく。

「マリッジブルーやから励ましてやってくれって言われたけど？」

「マリッジブルーってほど大袈裟ではなくて、ちょっと喧嘩しただけだよ」

言い訳する美咲の顔をちらりと振り返り、「そっか」と佳太が頷く。それ以上あれこれ言い訳するのもみっともないと思い、美咲も「たいしたことじゃないから」とラムネを飲み干す。

「佳太くんはどうして陶芸家を目指したの？」

話を変えたくて美咲は聞いてみた。でも口に出すと、実はそれが知りたくて彼に会いに来たのだと気づく。いまの自分が虚しいほどに宙ぶらりんだから、十年以上変わらず同じ場所に立ち続ける人の心が知りたい。

「どうしてって言われてもなぁ。まあ大学で勉強したし」

「でも大学でやってたからって、それを仕事にする人は一握りでしょ。いろんなことに折り合いをつけて別の仕事に就いていくでしょ」

「おれの場合は、まだ十代の時に、ある陶芸作家の作品を本で見て。ああいいな、おれもこういうの創りたいなと思ってから、その気持ちが変わらんかって」

「それだけ？　それだけでこんな厳しい世界に飛び込めるものなのかな……」

「飛び込むっていうか、他のことを選べんかっただけや。陶芸以外の仕事をするっていう選択肢がなかったんや」

美大を卒業すると同時に、東京から滋賀に移り住んだのだと佳太が話す。陶芸家の先生に弟子入りするためだった。突然、押しかけるように訪れたにもかかわらず弟子になることが叶い、その師匠の家で二年間暮らした。作業場の上にある三畳ほどの物置で生活し、月に三万円を給料としてもらった。

「そこでは主に雑用をやって。穴窯っていう窯で陶器を焼いていたから、それに使う薪を割ったり窯に薪を入れたり。でもその師匠には作品を創るところまでは教えてもらえへんかったわ」

弟子入りしてもすぐには作品を創れないことに絶望し、その後は京都の職人養成の訓練校に入った。清水焼の手法を学ぶところで、そこではろくろの使い方を一年間みっちりと仕込まれた。その流れで京都の窯元に就職し、さらに二年間、職人として朝から晩までろくろを回し続けた。

「清水焼の窯元なんて厳しそう」

「いや、ほんまに厳しかった。大量生産をする窯元やったから、とにかく数を作らんとあかんし、手が遅いとこっぴどく叱られたわ。間に合わへんからって夜一人で残業してるやろ？　そしたら『電気代がもったいないやろ』って電気消されて真っ暗にされたり」

素晴らしい芸術品を創りたいと意気込んでいたのに、いつしか型落ちした古い機械のように惰性《だせい》でろくろを回し続けていた、と佳太が棚の皿をひとつ、持ち上げた。

「これがその窯元で作ってたやつ。きれいにできてるけど、なんの心も入ってへん」

つまらなそうに佳太が呟くのと同時に、すぐ近くから犬の鳴き声が聞こえてきた。

驚いて目を見開いた美咲に、

「おれの家族。ケン太」

と佳太が笑いかけてくる。「そろそろ散歩に連れてけって言うてるんや。十川、つき合うてくれる？」

佳太の後をついて工房の裏側にある庭に出ると、茶色い毛をした大きな犬が、尾をプロペラのように振っていた。佳太がそばまで行くと、待ってましたといわんばかりに飛びついてくる。その勢いに佳太の体が後ろに傾き、草の上に尻餅をついた。

「佳太くん、大丈夫？」

転んでいる佳太の腹の上に、ケン太がこれでもかと前足を乗せてくる。佳太はケン太の長く太い脚に踏みつけられ身動き取れずにいるのだが、その様子がおかしくて、美咲は思わず噴き出してしまった。

「これからずっと一緒に生きていく相手なんやし、思ってることは正直に言うたほうがお互いのためやで」

ジーンズの尻についた枯れ草を手で払いながら、佳太がゆっくりと起き上がった。突然なにを言い出すのかと首を傾げたが、さっきの話の続きだと気づく。美咲が話題をわざと変える前の話。

「ちょっと喧嘩しただけだよ」と言ったから……。

「自分の思いを口に出すんは、大事なことや」

リードを付けたままケン太が駆け出し、佳太が必死についていく。美咲も後を追いかける。ひやりとした風が吹き抜けていくのが心地よくて、美咲はさらにスピードを上げ、佳太とケン太を追い抜いた。「わっ」と声を上げ佳太も加速する。

「十川、足速いな」

佳太が荒く呼吸しながら隣に並んでくる。そうだった。自分は昔、走るのが得意だったのだ。そんなことを久しぶりに思い出した。

赤い三角屋根の犬小屋にケン太を戻して工房に帰ると、見知らぬ女性が立っていた。色彩の薄い作業部屋の中で、山吹色の明るいストールが光って見える。

「おかえりなさい。あら、珍しいわね。お客さん？」

女性は値踏みをするような目つきで美咲のことをじっと見てくる。頭の先から足元まで。いけない、これはまずい展開だ、と頭の中で警報が鳴った。

「美大時代の同級生。十川美咲さん」

佳太が女性を見ることなく、不愛想に返す。その感じで二人の親密さが伝わってくる。

「そうなんです。私、佳太くんの大学時代の同級生で、今日は卒業してから十年ぶりに会いに来たんです。私、結婚する予定がありまして、いま京都に来ていて、それでせっかく近くにいるものだからということで、工房の見学をさせてもらったんです。そもそも私と佳太くんはそれほど面識がないんです。友達の友達っていうか……」

言い訳がましく早口でまくしたてる美咲を見ながら、女性はコーヒーを淹《い》れていた。

「どうぞ。外は寒かったでしょう」

とカップを三つ、テーブルの上に置く。

「私は月橋瑠衣《つきはしるい》です。佳太とはもう五年以上のつき合いになるかしら」

美咲より年上だということはわかるけれど、いくつ上かは不明だった。そこそこ年齢を重ねているはずなのにしみひとつない白磁のような肌に、手入れの行き届いた栗色のショートヘア。木の椅子に置いてある黒革のバッグや、肩に引っ掛けているカーディガンが高級品であることは一目でわかる。土と木で埋められた素朴な部屋の中で、月橋の周りだけ空気が違う。

「ねえ佳太、これどうしたの?」

月橋が手にしたのは、美咲が手土産にと持ってきた黒地の半袖シャツだった。今朝は早い時間に家を出たので手土産を買う時間がなく、彼には自分で作ったTシャツを贈った。胸の部分に雨の滴に見立てた白糸を何百針も刺繍したもので、彼はTシャツを広げると目を凝らし、「服の中はどしゃ降りやな」と言ってくれた。

「十川にもらったお土産や」

月橋がシャツの胸に施された刺繍を、射るような目つきで見つめている。

「そうなの……ねえ、これって手作業で刺繍してあるの？」

花模様のネイルが施された指先で、月橋が刺繍をそろりと撫でる。

「はい、方眼紙に下絵を描いたものをTシャツに写し取って、あとは線に沿ってミシンをかけています」

「なんか、Tシャツなのに服じゃないみたい」

「そうですね、自己満足なんですけど、Tシャツをキャンバスに見立てて、アートとして創ってみたというか」

「アート？」

「糸で布に絵を描くという感覚です。こんな派手なTシャツをもらっても佳太くんは着づらいと思いますけど」

月橋がバッグからスマホを取り出し「撮ってもいい？」と聞いてきた。なにを撮ろうとしているのかがわからず首を傾げると、月橋がテーブルの上にTシャツを広げ、ボタンを押した。Tシャツ全体を撮った後、刺繍のアップをスマホに収めている。

「そうだ……」

何枚か続けて写真を撮り、月橋がもう一度Tシャツを手にした。顔を近づけてまばたきもせず刺繍を見つめている。

「十川さん、このTシャツをあと二十枚作ってくれない?」

「え、それはどういう……」

「このTシャツを二十枚、あと二か月で作ることは可能?」

月橋の意味不明な問いかけに戸惑い、佳太のほうを見た。彼はコーヒーを飲みながらさっきの続き、保育園児の作品の後処理をしている。

「ああ、瑠衣はバイヤーなんや。大阪でイベント会社を経営していて、おれもデパートの催事なんかでは世話になってる」

月橋がいま気づいたというふうに、バッグから名刺入れを取り出した。手渡された名刺には「株式会社　MOON」という社名があり、彼女の肩書は取締役社長となっていた。

「一月の末に、東京で姪の結婚式があるのよ。まあその諸々を私がプロデュースしてるんだけど、そこにこのTシャツを置くスペースを作るわ」

脈絡のない話についていけず、また佳太の顔を見る。自分の理解が悪いのか、月橋の言葉が足りないのか。彼女との会話には注釈が必要だ。

「結婚式の会場で、十川の作品を販売するんか?」

「販売っていうか反応を見たいのよ。その姪っていうのがフォトグラファーをしていてね、けっこう有名でテレビのCMや映画の仕事なんかも請け負ってるの。披露宴には業界の人間もそれなりに集まるから、その会場にこのTシャツを展示してみたいと思って。もちろん販売もする形で。そうねぇ……一点ものだから八千円？　じゃあちょっと安すぎるか。九千円くらい？　税抜きで」

披露宴会場にTシャツを展示するというのもよくわからないが、自分のような素人の作品に値段をつけるという感覚も理解できなかった。だが月橋は次々と話を進め、最終的には彼女が好きなポルカドット柄のものを五枚含んだTシャツ二十枚を、一月中旬までに納品するという約束を交わした。

「じゃあそういうことで。私もう行かなきゃ。佳太、駅まで送って」

聞かれるままにスマホの番号とメールアドレスを教えた後、美咲は帰っていく月橋を見送った。佳太の運転する軽トラックが山間の一本道をゆっくりと下っていくと、見知らぬ山の中に一人残された感じがする。心細いというのではなく、以前からこの場所の住人だった気がしてくる。佳太は「すぐ帰ってくるし、ちょっと待っててな」と言ってきたが、もうずっとここで彼を待っていたようにも思う。別れ際に二人が話し込んでいたら嫌だな。早く戻ってきてほしい。無意識にそんなことを考えている自分に驚く。十年ぶりに再会した、友達の友達。わずか数時間一緒にいただけの人に、なにを……。

まずいまずい、慣れない京都暮らしに相当まいっているに違いない。

正面から強い風が吹いてきて、周囲の枯れ葉がいっせいに音を立てた。話し声のような葉音を聞きながら道路に面した倉庫に戻り、なにをするでもなくぼんやりとしていた。

佳太に聞いた話によると、この家屋で暮らしていた大根農家の夫婦は、大阪で暮らす娘の近くに引っ越すためにこの村を去ったのだという。この倉庫いっぱいに白く艶やかな大根が並ぶ様子を想像してみる。大根を育てる人生とはどういうものだったのだろう。その夫婦は農業が好きだったのか。大根が好きだったのか。ただ二人でいる時間が好きだったのか。人生を選ぶ時に一番大切なものはなんなのだろう。

ただいまという声が聞こえ、振り返ると佳太が倉庫の出入り口に立っていた。逆光で黒い影になっている。

「おかえりなさい」

考えごとをしていたせいか、車のエンジン音が聞こえなかった。

「一人にして悪かったな」

「ううん、全然平気」

ケン太の散歩をしていた時の打ち解けた感じはどこかにいってしまい、また初対面のような緊張が二人の間に漂っていた。車の中で月橋になにか言われたのかもしれない。佳太と彼女が仕事上だけではなく私生活でもパートナーなのだとしたら、美咲のことが気になるのは当然だった。

「瑠衣が『また連絡する』って」

「え、なんで?」

「仕事の件やろ。Tシャツを納めてほしいっていう」

「つまり、本気にしていいってこと？　月橋さんは、本当に私の作った服を展示するつもりなのかな。それともただの社交辞令であんなふうに……」

「ああ、それは大丈夫。お世辞とか社交辞令であんなことは言わへんから」

佳太が「あ、そうや」と呟いた後、「せっかくやし、なんか作ってくか？」とそばにあった土の塊を持ち上げた。

「え、いいよ。土の無駄使いになるだけだから」

佳太に土の値段を教えてもらった時に、予想よりずっと高くて驚いた。高いものだと十キロで五千円もするらしい。

「かまへんよ。記念に作っていき」

佳太が透明のビニール袋に入っていたこげ茶色の土の塊を取り出し、ろくろの皿の上に置いた。皿の底には軸がついていてクルクルと回る。

「なに作る？」

「え、急に言われても」

「コーヒーカップは？　婚約者のぶんと二つ作って、仲直りしたらええやん」

「……うん」

「小ぶりのカップやったら二つ作ってもそう時間かからへんわ」

美咲の返事を待たずに、佳太が塊になっている土を捻った。彼の手の中にソフトボールほどの大きさの土が残る。

「十川もやってみ」

美咲も土の塊に手を伸ばす。冷たい土の感触が指先や手のひらに伝わってくる。作業台を挟んで向こう側に座る佳太が立ち上がって腕を伸ばし、美咲のセーターの袖をまくってくれた。

「あ……どうも」

「保育園児もいっつも服汚すんや」

美咲は苦笑しながら佳太の手つきに倣って、懸命に土を捏ねた。初めは泥団子のようにまん丸くして、それを手のひらで押し潰して平たくする。それから平たくなったものを手のひらで棒状にしていく。

「さすが立体造形コース。上手い上手い」

「お世辞はいいですよー」

「いやほんまに。初心者が作ると表面がもっとぼこぼこになるんやけど、ちゃんと滑らかなカップになってる」

「ほんとに？　だったらもっと褒めて。最近、賞賛に飢えてるんだよね」

作業を始めると、初めて陶芸をした日のことを思い出した。そういえばあの時も、こうやって褒めてもらった気がする。

「そしたら次は、棒状にした土を茶碗の底、円周に沿わして積んでいくんや。これを自分の望む茶碗の高さになるまで何度も繰り返す。棒と棒の隙間は厚みが均一になるように、土を下から上に伸ばすようにして埋めてって」

説明を聞きながら美咲は土を捻り、潰し、捏ねて伸ばす作業に集中した。こめかみに全エネルギーが集まり視野がきゅっと狭くなる。

「同じやな」

作業を続けているうちに佳太がそこにいることすら忘れてしまい、彼の声にびっくりして顔を上げた。自分の手元に佳太の視線が向けられている。

「大学生の時も十川、こんな顔して作品作ってた」

人って変わらへんな、と口にしながら、佳太が美咲に針金を渡してくる。

「この針金はしっぴきといって、左右にピンと張って土に食い込ませることで土を切り取ることができるんや。やってみ」

美咲はしっぴきを受け取ると、茶碗の上の、唇が触れる部分が平らになるよう土を削った。平らにした後、指の腹で少し膨らみを持たせておく。ひとつ目のカップが完成すると、二つ目はさらに手際よく作り上げることができた。

「いい出来や」

作業台の上に並ぶ二つのコーヒーカップを見ながら佳太が頷く。美咲も嬉しくなってスマホを取り出して写真を撮った。だが作業部屋の中が薄暗いためにうまく写らず、次はフラッシュを焚いて撮影してみた。それでも上手くいかないので困っていると佳太が蠟燭《ろうそく》に火を点けて持ってきてくれた。

「あ、いいの撮れた」

炎に照らされると、土は驚くほどに深みのある色を見せた。

「陶器と炎は相性がいいんや」

「そっか。陶器って炎から生まれるんだもんね」

時間を忘れて器作りに没頭していると、いつしか六時を過ぎていることに気づき、椅子から腰を浮かす。

「私そろそろ帰らなきゃ」

「わかった。駅まで送ってくわ」

立ち上がった佳太の肩越しに三日月の形をした赤茶色の陶器が目に入り、美咲は吸い寄せられるように作品に近づいていく。

「これ……素敵」

思わず触れてしまいそうになり、途中で手を引いた。

「それはさっき話した、日本伝統工芸展で賞をもらったやつや。津山が取材に来てたっていう」

「これはなに？　オブジェ？」

「いちおうは花器やけど、でもまあ一度も花を生けたことはない」

朴訥《ぼくとつ》な印象の花器だった。だが赤茶色と青磁色の混ざり具合が絶妙で、時間をかけ手を込めて作られた一品だということはわかる。

「この色……この青緑色はどうすれば出るの？」

山深い場所に人知れずひっそりと在る滝壺を思わせる深い青緑色だった。異国の人の目の色のような透明感に視線が釘付けになる。

「その青磁色は、赤松の灰。窯で焼く前に灰をかけるんや」

「赤松って松のことよね？　葉っぱが針みたいに尖った」

「うん、灰になったものをもう一度焼くと、灰になる前の色が出る」

「不思議……」

「ほんまに不思議なんや。陶芸は火を使って二酸化炭素をもくもく出して自然破壊してる。そやけど灰を再利用してこんな深い色を出すこともできる。自然を蘇らせる作業でもあるんや」

見つめていると、滝壺の底をのぞき込んでいるように、意識が深いところへ吸い込まれていく気がした。

「そろそろ駅まで送るわ」

「えっ、もう行くの？」

「帰らんとあかんのやろ」

「そうだけど……」

「じゃあまだおったらええやん」

「でも……やっぱり帰る。帰りたくないけど」

「なんやそれ。やっぱりマリッジブルーか」

からかうように佳太が口にする。

「だからそういうんじゃないの。私ね、いま彼氏の実家に居候してるのよ。その実家が苦手っていうか京都が苦手っていうか」

古池家の立派な門構えを瞼の裏に浮かべると、抑揚のある京言葉が思い出される。

「おれも京都は苦手やけどな」

「そうなの？」

「おれは大阪の人間やから、あの遠回しな言葉遣いが苦手なんや。前に京都の工房で働いてた時に得意先から電話がかかってきて、『今日来られる時間あるか？』って聞かれたんや。その日は手一杯やったから『今日はちょっと忙しくて』って断ったんやけど、そしたらその日を境に注文がこなくなった」

「なにそれ、どういうこと」

「京都の人の疑問形は、命令形やってことを後で学んだわ。たとえば『こうしたらどないやろ？』って言われたら、それは相談ではなくて『こうしておけ』ってことなんや。おれら余所者にとったらわかりづらい言い回しやで」

「怖い、京都」

「おお、わけわからんとこあるわ。『お時間のある時でいいんやけど』って言われたらから後回しにしてた仕事があってな。で、その客が翌日やって来たから『時間がなくてまだできてません』って言うたらものすごい剣幕で怒鳴られたりな。そんなんやったら『今日中にやってくれ』ってはっきり言うてくれよって泣きたくなった」

佳太の失敗話を聞いているうちに気持ちが軽くなってくる。自分だけじゃない。見知らぬ土地で彼も苦労したのだ。そう思うと少しだけ気持ちが上向きになる。ぐずぐずと悩む前に自分の思いを和範に伝えて、わかり合うべきだったのだ。

「違う文化の中で育ってきたんやからしょうがないわ。あれ、なんか変やなって思っても、そういうことなんや、って次から気をつければええことやし」

美咲が作ったカップは、乾燥させた後、窯で焼いておくからと佳太が言ってくれる。

「ありがとう。なにからなにまで、ほんとすいません。あ、じゃあ連絡取るのにLINE繋げたほうがいいよね」

「そうやな、ちょっと待ってや……」

佳太が携帯を起動させ、画面上にLINEのQRコードを映し出してくれる。

「オッケー、友達になりました。……え、なにこのアイコン」

LINEのアイコンの画像が欠伸《あくび》をしているケン太で、思わず噴き出すと、「笑いすぎやろ」と言いながら佳太が立ち上がり、奥の部屋に車の鍵を取りに行った。

来てよかった、と大口を開けたケン太を見つめる。また、普段通り笑えるようになった。

三章　夢の続き

小さな頃から雨の音が好きだった。それも釘のように太い、大粒の雨が降った時の烈《はげ》しい音が好きだった。雨が家の屋根や窓や道路を叩く強い音を聞いていると、室内にいる自分が守られているような気持ちになる。雨はいつか必ず降り止む。それを待つ時間も好きで、雨が降れば降るほど、晴れ間が出た時の喜びは大きくなる。

ミシンを使ってTシャツに刺繍をしながら、美咲はそんな昔のことを思い出していた。ミシン針が動く音が雨に似ている、と思い始めてから過去の回想が止まらない。商店街の一角で小さな手芸店を営んでいる両親の若い時の姿など、次から次へと昔のことが頭の中に浮かんでくる。

実家が営む手芸店は、父の祖父が始めたのだと聞いた。開業したのは第一次世界大戦の後だというから、もう創業百年にはなるのだろうか。洋服は手作りし、破れたら繰り返し繕《つくろ》って着続けるのが当たり前だった時代だという。「帽子もワンピースもセーターもスカートも、なんでも作ったのよ。夏はミシンで、冬は編み機を使ってね。型紙さえあれば背広やコートも仕立てたし、スリップやズロースだって手作りしたんだから」と亡くなった祖母からはよく聞かされていた。昔々は手芸店が日常生活になくてはならない場所だった。

でもいまは服を手作りする人は少ない。手芸店を必要とする人もずいぶん減ってしまった。

「よし、完成。休憩しよっと」

三枚目のTシャツの刺繍が終わったところで、美咲はいったんミシンの電源を切った。朝の九時過ぎからもう三時間以上座りっぱなしなので、首と肩が固まっている。立ち上がって両腕をぐるぐると回しながら小さなキッチンの前に立つ。就職してから一人暮らしをしていた1Kのマンションよりずっと広い2LDKの室内を眺め、ほっと一息をついた。

真知子と言い合いになり古池家を出ることにしたのは、いまから半月ほど前、美咲が佳太の工房を訪ねた翌日のことだった。

あの日は和範がいつもよりずいぶん早く帰って来たので、少しゆっくり話をしようと思っていた。茂木のことで口喧嘩になってから、まだ仲直りができていなかったからだ。

「おかえりなさい」

美咲が玄関先まで出ていくと、和範は疲れが滲んだ顔を歪め、笑顔のようなものを作った。

「あのね和範、話があるの」

「ごめん美咲、おれ先に夕飯食うわ。話は後で聞くから」

ずっしりと重いブリーフケースを美咲に渡すと、和範が廊下を歩いていく。美咲もその後ろについてダイニングに入った。

「和範、おかえりなさい。疲れたやろ」

「ただいま。今日なに？」

「ぶり大根と、お豆腐と、お揚げさんのお味噌汁や。あ、それと賀茂茄子炊いたん。あんたの好きな西利《にしり》の千枚漬けもあるえ」

真知子がかいがいしく世話を焼く姿を、美咲は黙って見つめていた。テーブルの端に座り、この家でもう何千回と繰り返されてきたのだろう母と息子のやりとりを眺めていた。

「ビール飲むやろ？」

味噌汁を温め直している間に、真知子が瓶ビールとグラスを持ってきて和範の前に置いた。

「やめとく。いまからまた出掛けなあかんし」

眉間に深い皺を寄せ、和範が首を横に振る。

「どしたん？　こんな時間からどこ行くの」

湯気の立つ皿を手に、真知子が問いただす。美咲も気になり、真知子と同じように和範の横顔を見つめる。

「……さんが倒れはったんや」

声が小さかったので、よく聞き取れなかった。それなのに不吉な予感に胸が冷えた。

「へぇ？　なんて。誰が倒れはったって」

和範が虚ろな目を真知子に向けた後、短く息を吸って、

「……茂木さんや」

と呟く。「茂木さんが救急車で京大病院に運ばれはった。詳しいことは聞いてないけど、意識がなくて危険な状態やそうや。……いまから病院まで行ってこよう思う」

心臓が悪かったらしい、と和範が口にする。一昨年の夏に倒れ、だがその時は手術をして一命を取りとめた。それからリハビリを経て仕事に戻っていたのだがこの数か月で体調が悪化した、心労があったようだと和範の表情が曇っていく。

「あんたには関係ないことや。茂木さんが病気にならはったんも倒れはったんも。そんな顔しんときよし」

真知子は和範の傍らまで歩み寄り、その両肩に手を置いた。

「親族でもないあんたが病院に行く必要なんてあらへん。行ったかて茂木さんが回復するわけでもないし」

真知子に宥《なだ》められる和範が、美咲には小さな男の子に見えてきた。学校で辛いことがあって、家に戻って母親に慰められる頼りなげな男の子。

「そやけどお母さん。茂木さん、おれの携帯に何回も電話かけてきてはったんや。それやのにおれは一回も出えへんかった。救急車で運ばれたんが七時前やて聞いたけど、六時過ぎにも着信あったんや……」

和範の話を聞いて美咲は愕然とした。結局、和範は茂木を無視し続けたのか。話をするためにわざわざ自宅にまで出向き、繰り返し連絡を取ろうとした茂木を……。美咲と一緒に橋本関雪記念館を見て回った後、「いまからもっかい古池社長を訪ねてみますわ」と微笑み、車に乗り込んでいった後ろ姿を思い出す。

「ええんや、そんなん気にせんでええわ。あの人もええ年やったんやから、こういうことは仕方のないことやで」

真知子が和範の背中を撫でるように叩く。ドアが開く気配がして後ろを振り返ると、デパートの大きな紙袋を手にした知佳が立っているのが見えた。乃亜が知佳の後ろからひょっこり顔を出す。

「茂木さん、具合悪いん？」

テーブルに紙袋を置いた後、知佳がキッチンのほうに歩いていき、「なんか食べるもんある？」と冷蔵庫を開けた。真知子が「あんた、手え洗ったんか」と眉をひそめる。

「面倒くさいこと、ひとつなくなったやん」

キッチンから知佳の声が聞こえてくる。

「なんやの、面倒くさいことって」

ため息をついた後、真知子が聞き返す。

「そやかて和範は『古都の万華鏡』を閉めるつもりやったんやろ？　それで茂木さんが必死になって連絡してきたんちゃうの。あの人がこのまま引退したら、そういう辛気臭い話もせんでええやん。むこうさんの事情やからこっちが頭下げることもないし」

知佳のあからさまな物言いに、美咲は耳を疑った。驚いた美咲は、どう答えるのだろうかと真知子と和範の顔を交互に見つめる。

「考えたらそうかもしれへんなぁ。知佳の言う通り、なんや神様がそういうふうにしはったんかもしれんなぁ」

「せやで。茂木さん、自分で幕引かはったんや。潮時や。そう思わはるわ。むしろよかったんと違う？」

知佳と真知子が「ほんまやな」「これでよかったかもしれへんな」と頷き合う姿を見て、美咲は息苦しくなった。茂木にとっては無念でしかない入院を、自分たちの都合で「よかった」と言い合う母娘の冷たさにぞっとする。

「いいわけが……ないでしょう。茂木さんはいま危険な状態なんですよ。それなのにどうして『よかった』なんて言えるんですか。信じられない……」

言葉に出すつもりなどなかった。自分は和範の婚約者で、いずれこの家に嫁ぐ身だ。発言する立場ではない。頭の中ではそんなことわかっていた。だがどうしても口に出さずにいられなかった。乃亜が驚いた目で美咲を見つめてくる。

「あんたになにがわかるん。古池の商売のことに口挟まんといて」

知佳の棘《とげ》のような声が耳に刺さる。

「商売のことはわかりません。でも、茂木さんはきっと悔やんでいると思います。店が閉められるにしても、和範さんときちんと話をしたかったと思います。それで納得した上で……」

「納得なんてせえへんで、美咲さん」

真知子がきつい目で美咲を睨《にら》みつけてきた。

「こういうことに納得なんてあらへんのや。うちが店を閉める言うたら茂木さん側から返ってくるのは反発だけや。下手に話聞いたら補償やらなんやらの条件つけられて、そらもう面倒くさいことになるんや」

真知子の抑揚ある京言葉が粘っこく耳に絡みつく。

「でも商売というのは人と人の信頼関係があって成り立つんじゃないですか。少なくとも私が勤めていた会社では、私のような下っ端の者の意見でも……」

「あんなぁ美咲さん。京都の商家は人間と人間の関係では動かへんのや。その人が担ってる立場、屋号が何代続いているかで相手をみますねん。柊月屋は明治中期から続いてきた商家なんや。先々代の時に呉服屋からいまの飲食業に商売替えはしたけど、老舗としての歴史はあります。『古都の万華鏡』での茂木さんの立場は、従業員や。先代の厚意で、あの人が扱ってる西陣織の小物を置いてるとはいえ、古池に対等に物言える立場とは違うねん」

きっぱりと諭され、美咲は口をつぐんだ。握りしめた手のひらに、嫌な汗が滲む。

「美咲さんは気楽にしてたらええやん。好きな縫いもんでもしといたら気が晴れるやろ」

知佳にとどめを刺すように言われ、自分の立場を思い知らされる。なにを言ったところで聞いてはもらえないことをはっきりと悟る。でも和範となら話ができるはずだ、と美咲は視線を移して話しかけようとした。だが彼にも「部屋に戻っとき」と言われ、美咲は無言で席を立ちドアに向かった。その夜、古池家を出ると決めたのだ。

和範と二人で暮らし始めた賃貸マンションは、地下鉄烏丸御池《おいけ》駅から徒歩で十分の場所にあった。「東京に帰る」と荷物をまとめた美咲に「ごめん。悪かった」と和範は素直に謝り、「ここを出て二人で暮らそう。明日一緒に不動産屋に行こう」と引き留めてきたのだ。本当はすぐにでも東京に戻りたかったが、こんなふうに二人の仲が終わるのも悔しくて、美咲はもう一度だけやり直すことを決意した。真知子や知佳、古池の家から離れれば、また以前のような関係に戻れるだろうと信じていた。家を出てから引っ越しまで美咲はホテルに泊り、その後は一度も古池家には戻っていない。

「そろそろ八時かぁ。今日も遅いのかな……」

和範が帰って来たら一緒に食べようと思い、キッチンのコンロの上にはビーフシチューが載っている。彼の家では自由に料理することすらできなかったので、こうして好物が作れることだけでも気持ちが晴れた。ただ引っ越したからといって和範の仕事量が減ったわけではないので、毎日のように十二時を回って帰宅する日が続いている。でもこれまで東京で別々に暮らしていた時は会えないのが日常だったのだ。週末に一緒に過ごせればいいほうで、互いのスケジュールが合わない時は月に一度、それすら難しかった時期もある。少なくとも毎日顔を合わせられるのだから、一緒に暮らせてよかったと思わなくてはいけないのかもしれない。新居はダイニングキッチンとリビングに八畳の洋間が二部屋ついていて、二人暮らしには十分すぎる間取りだった。

「よし、四枚目にとりかかるか」

キッチンに立ったまま冷蔵庫からアイスコーヒーのパックを取り出しコップに注ぎ、美咲はまたリビングに戻る。リビングの隅にはネットで買った中古のテーブルが置いてあり、その上に作業用のゴム板を敷いてミシンを載せていた。和範がほとんど家にいないのをいいことに、リビングは美咲の作業場と化している。

「ポルカドット柄か……」

四枚目は月橋に提案された、ポルカドットを使ったデザインを考えてみる。ポルカドットとは水玉模様のことなのだが、水玉の中でも中程度の大きさを指す。ポルカドットよりドットが大きいものをコインドット、小さいものをピンドットと呼び、洋服や小物に使われる定番のアイテムである。それをどうやってTシャツの刺繍に使うか……。美咲は2Bの鉛筆を握り、百均で買ってきた自由帳に思いつくままデザイン画を描いていく。

ポルカドットを無造作にちりばめたもの。大中小のドットを組み合わせてひとつの絵柄を創ったもの。色彩も考慮しながら丁寧に線を重ねていく。会社勤めをしてからもインテリアデザイナーとして時々は絵を描いていたので、画力はさほど落ちてはいないはずだ。

いくつかデッサンしたうちから一枚を選び出し、暖色で統一すると決めて色鉛筆でドットに赤やオレンジ色を塗っていくと、可愛らしい絵柄ができた。うん、これはいいな、とようやく一枚、これだ、というデザイン画が描けたところでスマホが鳴った。画面を見ると見知らぬ番号が表示されている。

「……はい」

警戒しながら一言目を発すると、『月橋です』と歯切れのいい声が耳を突いた。

「あ、十川です」

『ねえ十川さん、明日の午後二時、滋賀の安曇川《あどがわ》で会える？　京都からだとちょっと遠いけど、佳太とも打合わせがあるから』

「明日ですか……。はい、行けます」

『よかった。じゃあ、安曇川駅に着く電車の時間が決まったら、連絡してね。私、駅で待ってるわ。それからいま出来上がってる商品は全部持ってきてね。じゃ』

じゃ、という一言と同時に通話が切れた。忙しい人にありがちな、余談がいっさいない用件のみの電話だった。

「出来上がってるだけ全部っていってもねぇ……」

いま取り掛かっているドット柄を今日徹夜で仕上げても、まだ四枚。だが月橋はその仕上がった四枚を見て、商品になるものかどうか見極めるつもりなのだろう。

美咲は一人頷いてミシンの電源を入れた。デザインが決まったら方眼紙に描いた下絵をトレーシングペーパーを使って無地のTシャツに写し取り、下絵にそってミシン糸を縫い付けていくのが美咲のスタイルだった。その時の一瞬一瞬の息づかいで糸のラインが変わるのがおもしろく、ミシン針が上下する音が部屋に充満するともう、他のことはいっさい考えられなくなる。美大で学んでいた頃もそうだったように、夢中で目の前の作業に没頭した。

「あれ……和範、帰ってるの？」

気がつくと十二時を少し回っていた。少し休憩しようかとミシンを止めると、閉まっていたはずの寝室のドアが半分開いているのに気づく。美咲は椅子から立ち上がり、リビングと奥の洋間を隔てるドアを開けて中をのぞいた。

「帰ってたの？　ごめん、気づかなかった」

酒を飲んできたのだろうか、近づくとアルコールの匂いが強く鼻を突いた。

「ねえ和範、ご飯食べたの？」

疲れているのならこのまま眠らせてあげたほうがいいのかもしれない、とも思ったが、話がしたかった。今朝も短い言葉を交わしただけで仕事に行ってしまったから。

「……食べてきた」

「そう。お酒も飲んでるもんね」

ついつい嫌味な言い方になってしまう。仕事が大変なことはわかっているが、それでも帰ってくるなりベッドに直行するなんてあんまりだ。和範が帰ってきたことに気づかない自分も悪いのだろうが、ミシンの音でドアが開く音も足音もかき消されてしまった。

「お風呂は？　入ったほうがいいよ、疲れも取れるし」

「今日はもういい。……明日の朝シャワー浴びるよ」

「シャワーって、もう十二月なんだし風邪引くよ」

交わした会話はそれだけ。和範が布団の中に体を潜らせ、美咲に背を向ける。

ご飯一緒に食べたかったのに、と心の中で呟き、脱ぎっぱなしのスーツの上着とズボンを手に取る。几帳面な和範が、スーツをハンガーに掛けられないほど疲れているのだ。仕方がない。寝室のドアを閉めてキッチンに戻ると、美咲はコンロの上の鍋を冷蔵庫に入れた。さっきまでの食欲は失せ、無言でミシンの前に座る。

「どこまで……進んだっけ」

ブックスタンドに立てたデザイン画を見つめ、美咲は自分に話しかける。京都に来てから独り言が増えた。もう和範の帰りを待たなくていいのだから四枚目の作品を今日中に仕上げてしまおう。そう決めて、美咲はミシンの電源を入れ、白地のTシャツに円い形を描いていった。

安曇川駅の改札を出ると、美咲は頭《こうべ》をめぐらせ月橋の姿を探した。月橋には十三時二十七分着の新快速に乗ると伝えてあるので、おそらくこの辺りで待ってくれているはずなのだが……。

「十川さん、こっちよ」

駅舎の前の道路側から美咲を呼ぶ声がし、視線を向けると襟元にミンクファーが添えられたダークブラウンのコートを羽織った月橋が手を振っていた。タクシーを待たせてあるから、と急《せ》かす。

「今日は突然呼び出してごめんなさいね。用事あったんじゃない？」

タクシーが走り出すと、月橋が話し掛けてくる。後部座席に並んで座った彼女から柑橘系の香水が匂ってくる。

「いいえ、特に用事はないです。今日も一日服を作るつもりでいたんです」

「え、でも新婚さんなんでしょう？」

「同居はしてますが、まだ籍は入れてないんです。相手の仕事が忙しくて、式の予定もまだなんです」

「そうなの。じゃ、まだ同棲中って感じなのかな。ああ、いけないいけない。そんな余計なことまで聞いちゃ失礼よね」

「いえ、平気ですよ。でも自分でもなんでこんな感じになってるのか、実はよくわからないんです。彼との結婚を決めたから仕事辞めて京都まで出てきたのに、なんかそこから停滞しているというか」

和範の家が普通の家庭ならここまでこじれなかったのかもしれない。だが会社のこと、親戚との関係、しきたりとしがらみ……。美咲にはわからないことが多すぎる。

「そっか。なんかいろいろと複雑な感じなのね。結婚ってほんと面倒くさいもんね」

うんざりといった顔で、月橋が首を振った。佳太とは結婚を考えていないのかとふと思ったが、それこそ余計なお世話だ。

タクシーがカフェの駐車場に入っていく。レトロな雰囲気が漂うカフェで、月橋によると古材や古建具を販売する会社が営んでいるのだという。店先には風合いのある木製のテーブルと椅子が並び、外で食事がとれるようにもなっている。

「打ち合わせはここでしましょ。佳太の工房でもいいんだけど、彼もいま仕事中だと思うから」

慣れた感じで月橋が店の中に入り、入口に近い二人席に腰を下ろした。時々はここで佳太と食事をとることもあるのだろう。店内は壁や天井にはもちろん、テーブルにも椅子にも古材が使われていて、一種の凄味さえ感じられた。

「建物すべてが古いもので構成されてるのに、すごく新しい、不思議なお店ですね」

「いいでしょう。そういえば十川さんは家具やインテリアを扱う会社に勤めてたのよね」

「はい。そのおかげで家具は大好きなんです。わ、このテーブル、もともとは扉だったんですね。おもしろい、こんなところにドアノブが付いてる」

カフェの入口になっているガラス扉もかなりの年代ものだろう。光の透し方がいま市場に出回っている商品とは少し違うように思う。

「ギャラリーも併設されてるのよ。まあそれは打ち合わせの後でゆっくり見るとして、まずは仕事の話をしましょうか。出来上がった商品、持ってきてくれた？」

バッグからスマホとシステム手帳を取り出すと、月橋はとたんに真面目な表情になる。

「はい。まだ出来上がったのが四枚だけなんですが」

美咲はトートバッグに入れて持ってきたTシャツをテーブルの上に並べた。ホットコーヒーを運んできた店員が、気を遣って隣のテーブルにコーヒーを置いてくれる。

月橋がTシャツを一枚ずつ手に取り、真剣な表情で見ていく。刺繍の部分に目を近づけて造作の細やかな部分を確認したかと思うと、テーブルの上に広げ、彼女自身は立ち上がって引き気味に眺めたり。一枚につき五分、あるいは十分。とにかく長い時間をかけて美咲が作ってきたものを見つめていた。どんな評価も受け入れよう。もし「商品化はできない」と判断されても平常心でいよう。そう心に決めてこの場所までやって来たのだが、それでも鼓動は痛いくらいに胸を打っていた。

「……いいわね」

吐息くらいの小さな声で月橋が呟いた。月橋の声よりも胸を打つ鼓動のほうが大きく響き、美咲はなにも言えずにいる。

「いいわね……とてもいい」

さっきよりも少し大きな声で月橋が続ける。

「なにがいいって、私、こんな服初めて見たわ。糸と布で、ちゃんと絵が描かれてる。この服には十川さんの主張がある」

手作りなのだから「世界でひとつしかない作品」というのは当たり前。でもこのTシャツにはそれ以上の価値がある。この服を着た人は思想を着ている、アートを着ているといった感覚になるのではないか、と月橋が美咲に問いかける。

「ありがとうございます。そんなふうに言っていただいて光栄です。実は私の両親は東京の下町で小さな手芸店をやってるんです。父の祖父が始めた店なんですけど、私の祖母が生きていた頃は、店の中にある三畳ほどのスペースで洋裁教室を開いていました。その祖母がいつも『人の手の痕跡がある洋服を身に着けなさい。そうしたら美咲の人生を豊かなものにしてくれるからね』って言ってたんです」

褒められたことが嬉しく、やたら饒舌になっているのに気づいた。それでも言葉が止まらず話し続けてしまう。

「人の手の痕跡？」

「大切に作られた服という意味だと思います。機械とか手作業とかそういう作業手順じゃなくて、作り手の気持ちのことだと」

洋裁学校を卒業している祖母は、型紙さえあればどんな洋服でも器用に作った。ミシンを使っての刺繍もうまくて、「これ縫って」と美咲が絵を持っていけば、方眼紙に構図を写し取り、布の上で見事に再現してくれたのだ。祖母にとって洋服は特別なものだった。流行に左右されるものではなく、もちろん使い捨てでもなく、綻びを繕いながら人生の長い時間ずっと、大切に着続けていくものだった。

「おばあさまの精神があなたにも受け継がれてるってことね」

「受け継ぐとまでは……。でも洋服の大量生産、大量消費、大量廃棄という流れは好きではないですね。私は家具を扱う会社で働いていましたけど、家具って比較的、長く使ってもらえるじゃないですか。長年大事にしてもらって、いつしか家族の一員になるっていうか。洋服にもそういう価値を見出せればいいなとは思っています」

「だからこの、手の込んだ刺繍Tシャツなのね」

「はい。私がものを作る時のきまりごとは、体感なんです。素敵な風景を目にした時の昂揚感。誰かの言葉や行動に胸を衝かれた記憶。そうした感情を図案に織り込みたいっていうか……。うまく伝えられないんですけど」

「なるほどね。ロゴやペイントで主張してくる服はたくさん出回ってるわよね。『LOVE&PEACE』ってやつね。でも布と糸で感情を表現するという感覚はおもしろいし、新しいと思う。まず絵の才や作り手の技術がいるし、簡単に真似できる手法ではないから」

月橋がデザインそれぞれに丁寧な感想をくれるのを、美咲は黙って聴いていた。自分が創ったものを評価されるのは本当に久しぶりのことだ。座っているのが苦痛なくらいの熱い喜びが、さっきから体中を駆け巡っている。

「このポルカドットもすごくいいわ。これにはどういう意味があるの？」

「これは子供の頃に遊んだシャボン玉です。大きく作れたもの、息が足りなくて小さな丸にしかならなかったものが空に浮かんでいます。この部分の余白には、実はパチンと弾けて消えてしまったシャボン玉があります。風がTシャツのこの辺りから吹いていて……」

本当はTシャツの生地にもこだわりたいのだと、美咲は伝えた。背景が空なら軽やかな生地を、夜ならば目の詰まった厚いのを使って仕上げたいのだ、と。

わずか四枚のTシャツについて一時間近く話をした後、月橋が「私も欲しくなるわ」と満足そうに頷く。

「それで、あとの十六枚だけど、約束の日までに仕上がりそう？」

「はい。仕上げるつもりです」

「そう。ありがとう。じゃあ私もそのつもりで展示の段取りを進めていくわね。それで、もしよかったら、他のTシャツのデザインのコンセプトだけでも教えてもらえないかな。まだ思案中だろうけど、ざっくりと」

月橋が隣のテーブルに置いていたコーヒーに手を伸ばした。「冷めちゃったけど」と言いながら美咲の前にも置いてくれる。

二時間近くカフェで過ごした後、月橋とタクシーで佳太の工房へと向かった。

「そういえばその後どう？　マリッジブルーは解消したの」

車が走り出すと、月橋が打ち解けた感じで聞いてきた。どうしてそのことを彼女が知っているのかと一瞬思ったけれど、まあそうだろう。見知らぬ女が彼氏の工房を訪ねて来て、その理由を訊かない人なんていない。佳太が話したのだ。窓の向こうには午後の光が刈田《かりた》の表面を明るく照らしている。

「まあ……なんていうか。相手が忙しすぎて、一緒に暮らしてるのにどんどん距離ができていくというか」

「それ、寿退社をした後、女性側がよく陥るやつじゃないの？　相手は生活に変化がないからいつも通りに忙しくて、自分だけ空いた時間を持て余している、っていう」

「そうですね。それかも」

たしかに、もしあのまま東京にいたら、たとえ結婚をしても仕事は辞めていないだろう。考える時間がありすぎて、不満を募らせているのかもしれない。

「いろいろ思い悩む暇もないくらい、服作りに没頭してちょうだい」

「……そうですね。今回月橋さんにお話をいただいて、ほんとに感謝しています。エネルギーを注ぐ場所ができたというか」

「誰にでも声をかけるわけじゃないわ。それから私のことは瑠衣さんって呼んでくれない？　月橋って名字が好きじゃないのよ」

「あ……すみません」

「私もあなたのことを下の名前で呼ぶわね。結婚したら名字が変わるでしょう」

「そうですね。じゃあお互いに名前で呼び合うということで」

美咲がそう言うと、瑠衣が笑みを浮かべて頷いた。

「でも佳太の家であなたを初めて見た時はびっくりしたわ」

「え、どうしてですか」

「だってあの家に人が訪ねてくるなんて珍しいから」

自分と佳太は五年前に京都で出会ったのだ、と瑠衣が話し始める。その頃の佳太は清水焼の職人で、毎日決められた数の製品を型通りに作っていたという。美咲もすでに聞いていた話だったが、自分が思っていた以上に佳太が不当に扱われていたことを知る。

「当時の佳太はとにかく手が遅くて、いつも親方や先輩たちに怒鳴られてたの。厳しいうえに意地の悪い窯元だったから、あの人、ずいぶん無駄な苦労をしてた」

「ブラック企業ですね」

「そうね。ほんとに」

「佳太くん、どうしてそんなところに勤めたんですか。もっといい所がありそうなのに」

「まあそこは特別悪かったけど、でも陶芸の世界ではよくあることよ。偏屈な陶芸家も多いし。あのままあそこにいたら、彼の才能を都合よく使われるだけだったと思う」

「才能……。でも瑠衣さん、ついさっき佳太くんのことを『手が遅い』って」

「ええ。たしかに作品を仕上げるスピードは他の職人よりも遅かったわ。でも彼の作品は他の人が作るものとは違ったの。型通り、指示された通りに作っているのだけど、やっぱり彼の作ったものは違うのよ。特別なの。形も色も手触りもすべて調和していて美しいの。妥協なく神経を研ぎ澄ませて作っていることが伝わってくるの」

それを窯元の親方も気づき始め、やがて佳太はその窯元の見本品を作るまでの職人になったのだと瑠衣が微笑む。

「それからどうなったんですか」

「私が窯元を辞めさせた」

「瑠衣さんが？」

「そう。職人じゃなくて陶芸家になったほうがいいわよ、って。工房を持って自分の好きな作品を作ってみたらって説得したのよ」

陶芸は決して楽な業界ではない。はっきり言えば、陶芸だけで食べていけるのはごく一部の作家だけだ。機械で大量生産される製品が安価に買える時代に、高価な陶器に金を出せる人は少ない。なにより素晴らしい作品を作る才能と、作品を売るという才能はまったく別のもので、良い作品が必ず売れるわけでもない。ひと昔前よりもいまのほうが、この業界の厳しさは増している。だけど自分は、仁野佳太を職人ではなく陶芸家にしてみたかったのだと瑠衣が話す。

「それで佳太くんは、京都の窯元を辞めたんですね」

二人を乗せたタクシーが標高二百二十メートルの台地に続く坂道にさしかかり、エンジン音を唸らせながら急な勾配を上がっていった。

「きっと佳太も、心の中では独立したいと思ってたのよ。私は背中を少し押しただけ」

坂を上りきった車は、台地を走る一本道を進んでいった。二度目の景色だがそれでも心が浮き立ってくる。草原にぽつんと建てられた馬小屋の前で、二頭の馬が草を食《は》んでいた。

工房の前でタクシーが停まると、エンジンの音を聞きつけたケン太が、家の裏から烈しく吠えたてきた。

「あ、ここは私が」

運転手にクレジットカードを渡そうとする瑠衣を制して、美咲は財布を取り出した。いいのいいの、と言われたけれど、強引に支払わせてもらう。

「佳太、いるの？」

車から降りると、瑠衣が倉庫の中に入って行く。前に来た時と同じように、倉庫は静寂に満ちていた。だが奥の工房には電気が点いている。

「ああ、いらっしゃい」

倉庫から工房に続くドアが半分開き、佳太が顔を出す。今日ここへ来ることを瑠衣から聞いて知っていたのか、美咲を見て驚く様子はなかった。

「順調?」

瑠衣が倉庫の中をぐるりと見回す。作業台の上に、この前来た時にはなかった大小の皿が所狭しと並べてあった。

「まあ。順調といえば順調やな。瑠衣に頼まれてた大皿も完成してるし、いまは新作にかかってる」

もうすぐ東京で大仕事があるのよ、と瑠衣が美咲を振り返る。銀座のギャラリーから声がかかり、個展を開くのだという。

「銀座のギャラリーなんてすごい」

「でしょ。オーナーが昨年の日本伝統工芸展で佳太の作品を見たらしくてね、ぜひ、とお声がけしてもらったの」

個展は陶芸家の大きな収入源だから、と瑠衣が近くにあった小ぶりの皿を手に取った。個展を開いて作品を購入してもらうか、あるいは百貨店の美術画廊などに製品を並べてもらうかなどして陶芸家は収入を得る。以前は問屋から「数もの」と呼ばれる抹茶茶碗などを受注していたが、その注文も時代の流れで減少しているのだと瑠衣が眉をひそめた。

「私が若かった頃は、結婚式の引き出物なんかにも陶器は重宝されたんだけどね」

いまは結婚しない人も増えてるから、と瑠衣は意味ありげに佳太をちらりと見たが、彼はそんな視線に気づきもせず作業を続けていた。

「あの、私、もうそろそろ帰ります」

佳太が忙しそうに立ち働いていたので、これ以上邪魔をしてはいけないと思い、バッグからスマホを取り出した。いまからタクシーを呼べば、何分後に来てもらえるだろうか。

「あら、もう？　そうね、婚約者が待ってるものね。打ち合わせも無事に終わったし。そうそう、素敵なのよ、美咲さんが作った服」

瑠衣がそう口にすると、佳太が手を止めて顔を上げた。

「佳太も見たいでしょう？　美咲さん、悪いけど、佳太にも見せてあげてくれない」

「あ、はい……」

そんなたいしたものではないけど、と美咲はトートバッグの中から四枚のTシャツを取り出し、作業台の上に並べた。

「私が説明してあげる。これがポルカドット柄、で、こっちがシャボン玉で……」

さっき美咲が口にした通り、瑠衣が服のコンセプトを伝えていく。言葉の選び方と話術に優れているのだろう。瑠衣が語ると、服のイメージがさらに華やかで深く奥行のあるものに感じられる。

「ええなあ」

佳太が大きく頷き、美咲を見つめてくる。

「ほんとに？」

「うん。すごくいい」

お世辞でも嬉しくて、頬が熱くなってくる。

「ありがとう」

美咲がそう口にすると瑠衣が満足げに頷き、

「さすが私よね。新たな才能を発掘したわ」

と佳太の肩に手を置いた。

服をトートバッグにしまい直すと、美咲は瑠衣にタクシー会社の電話番号を聞いた。

「わざわざタクシーを呼ばなくても、佳太に駅まで送ってもらえばいいじゃない」

「いいですいいです。佳太くん、仕事あるし」

「ええよ、行こか」

瑠衣に促され、佳太が車の鍵を自宅まで取りに行った。美咲は瑠衣に「すみません。じゃあ」と頭を下げ、今日のお礼を伝えた後、軽トラックの助手席に乗り込んだ。ケン太が裏庭で吠えているのを聞きながら、気を利かせてもっと早く帰ればよかったと後悔する。

安曇川駅の前まで佳太に送ってもらい、駅構内に入っていくと、電車の運休が電光掲示板に記されていた。美咲の後から駅に着いた人たちが運休を知って、あっさり引き返していく。

「あの、どうして電車が運休してるんですか。なにか事故でもあったんですか」

駅員に詰め寄る人が誰一人いない中で、美咲は改札のそばに立つ駅員に問いかけた。

「事故じゃありませんよ。強風のためです」

「強風？　じゃあまたすぐに動きますよね」

強風が理由なら、風がやめばすぐにでも運転は再開されるはずだ。事故じゃなくてむしろよかった。

「ちょっとわかりませんね。天気予報だとこのまま悪天候が続くようなので」

だが駅員は信じがたい言葉をさらりと口にする。

「わからないって、どういうことですか。運転が再開されないってこともあるんですか」

電車に乗れなければどうやって京都まで帰れというのか。湖西線に乗車する以外に帰る手段はないかと、スマホで検索を始めたその時、「十川」と自分を呼ぶ声が聞こえた。

顔を上げて駅の構内をぐるりと見回せば、佳太がこっちに向かって走ってくるのが見えた。

「電車止まってるんか」

美咲が立つ場所までやって来ると、佳太がいきなり尋ねてくる。

「なんでわかったの」

「車運転してたらやけに風が強かったし」

それで引き返してきたのだと佳太が眉をひそめる。琵琶湖沿岸を走る電車は風に弱く、運休することがけっこうあるから、と。

「京都まで車で送ってくわ」

「え、いいよ。そのうち運転も再開するだろうし」

「期待せんほうがええよ。今日はもう無理かもしれん」

「そうなの？」

バイパス使ったら一時間くらいで行けるから、と促す佳太に素直に従い、車の助手席に座る。彼の帰りを待っているだろう瑠衣には、美咲から電話をかけて事の成り行きを伝えておく。

日はすっかり暮れてしまっていたが、車の窓からはうっすらと琵琶湖が見えた。美咲が外を見ているからか佳太が半分ほど窓を開けてくれ、草の匂いがする冷たい風が車の中に入ってくる。

「そういえば十川、大学の時に『夢』っていう作品を発表したやろ。透明の糸をぐるぐると何重も張り巡らせて創った、繭《まゆ》のようなオブジェ」

車は山深い道路に入った辺りで、渋滞にはまってしまった。途中から話すことがなくなってラジオを点けていたので、明るい楽曲と佳太の低い声が混ざり合う。

「よく憶えてるね。一年生の時の作品でしょう？」

「そう。芸祭で展示してあるの見て、こんな果てしなく細かい作品、誰が創ったんやろうって興味があったんや。作者名を見て憶えて、それからしばらく『十川美咲』を探してた時期があるわ」

「ほんとに？」

「うん、ほんまに。でもわからんかった」

人に聞けばよかったのに自力で探そうとして、結局見つけられたのはずいぶん後になってからだったと佳太が笑う。

「でも二年生の後期で顔を合わせたじゃない？　ほら、私たち立体コースが陶芸を勉強していた期間」

「ああ。あの時なぁ。でもなんか日が経ちすぎて、作品のことは口にできんかった」

「言ってくれればよかったのに」

「え？」

「あの作品良かったよって、褒めてくれたらよかったのに。一人でもそういうふうに言ってくれてたら、もっと自分に自信を持てたかもしれない」

「自信なかったん？」

「そんなの、ないに決まってるじゃない。必死に努力して美大に入ったはいいけれど、周りの人がすごすぎて……。自分なんて、ちょっと絵が上手いだけの凡人だって気づかされたよ。でも一年生の時に佳太くんが私の作品を認めてくれてたら、人生変わってたかも」

「それくらいで変わらんやろ」

「いや、変わってたかもよ。佳太くんの実力は陶芸コースでは際立ってたし。能力のある人に褒められたら、そりゃあ私のモチベーションも上がるよ」

「十川は人生を変えたかったん？」

「それは……どうだろう」

美咲が口を閉ざしたところで、ラジオからクラシック音楽が流れてきた。それきり会話が途切れたので、美咲はまた、黒い山しか見えない窓の向こうに視線を向ける。自分は人生を変えたかったのだろうか。美大に入学し、在学中に自分の才に非凡なものがないことを思い知った。でも当時の自分は早く気づいてよかったと思っていたのではないか。両親に負担をかけないように、心配させないように、卒業後は芸術とはいったん距離を置いて一般企業に就職しようと決めたのだ。創作は仕事ではなく趣味にしようと自分に言い聞かせ、リクルートスーツを買いに行った日のことを思い出す。

「十川」

ハンドルを握って前を見たまま、佳太が話しかけてくる。急に黙り込んでしまった美咲を気遣うようなそぶりに、顔を横に向けて彼を見つめた。

「はい？」

「寝ててええよ。近くに行ったら起こすし」

対向車が通り過ぎ、眩《まぶ》しかったのか佳太が目を細めた。

渋滞のせいで一時間のはずが倍以上もの時間をかけて、車はようやく京都に着いた。バイパスを下りたところでいいと言ったのに、佳太が御池にあるマンションのすぐ前まで送ってくれる。車を降りると周囲はすっかり夜になっていて、空にはくっきりとした星が瞬いていた。

「ごめんね。わざわざ家まで送ってもらって」

車の中をのぞき込むと、佳太が運転席から静かな目で美咲を見ていた。

「いや、おれも久しぶりにドライブしていい気分転換になったわ」

「私、いつの間にか爆睡しちゃってて。ほんと、すみません」

「ほんま、よう寝てたな」

佳太の笑顔につられ、美咲も笑い返す。

佳太が両手をハンドルに添えて、右ウインカーを出すと同時に「個展の準備、頑張ってね」と声をかけ、大きく手を振った。プッと小気味よい音量でクラクションが一回鳴り、美咲はテールランプの赤い光が見えなくなるまでその場に立ち、彼を見送る。

「ただいま」

マンションのドアを開けると、部屋の明かりが点いていた。

「ただいま、和範、帰ってるの？」

短い廊下をまっすぐ進み、リビングに続く磨《す》りガラスになった扉を開くと、和範がソファに座ってテレビを観ていた。

「今日は早かったのね。夕ご飯は食べたの？　まだなら外に食べにいく？」

羽織っていたコートを脱いでハンガーに掛けながら、和範の横顔に話しかける。声を張らなくては聞こえないほどにテレビの音量が大きい。

「ねえ、私の話聞こえてる？　ちょっとテレビの音を小さくし……どうしたの」

リモコンを手にした和範が突如テレビの電源を切り、両方の手で頭を抱え込んだ。体調が悪いのかと慌てて駆け寄り、隣に座る。

「どうしたの？　具合でも悪いの」

熱でもあるのかと思い、彼の額に右手を伸ばしたその時だった。和範の手が力任せに美咲の右手首を握りしめる。

「痛っ、ちょっと放して。痛いって」

骨を折るつもりなのかと疑うくらいの力に驚き、「放してよっ」ともう一度強く叫ぶと、俯《うつむ》いていた和範が縛りを解き、顔を上げた。これまで見たことのない鋭い目が美咲を凝視してくる。

「和……どうしたの」

目の前にいるのは本当に和範なのか。見知らぬ人と向き合っているかのように感じられ、美咲は部屋の中を見回した。どこか違う場所に帰ってきたような錯覚に陥っていた。

「どうしたの和範、なにかあったの」

そういえば帰宅してから一度も和範の声を聞いていない。仕事でなにか大きなミスでもしてしまったのだろうか。それとも実家でなにか起こったのかもしれない。

「ごめんね遅くなって……もし夕食がまだなんだったら、なにか作ろうか」

美咲は必死で気持ちを鎮め、いつも通りに話しかける。つき合っている頃とは違う。こうして同じ家で暮らしているのだ。これまでに見たことのない和範を目にすることがあっても不思議はないのかもしれない。

「なんか食材、あったっけ」

和範があからさまに視線を逸らせたので、美咲はソファから立ち上がり、キッチンに向かった。買ったばかりの真新しい冷蔵庫を開けて中をのぞけば、卵と牛肉が入っていた。たしか野菜室にキャベツが残っているはずなのでお好み焼きでも作ろうか。

「どこに行ってた」

コンロ下のキャビネットを開けて小麦粉を探していると、背中から声が聞こえた。振り返るといつの間にか和範がすぐ近くに立っていて、怒りに満ちた目で美咲を見下ろしている。

「どこ……行ってた」

目の前に和範の両膝が迫ってきて体を引くと、キャビネットの扉に背中がぶつかる。

「どこに行ってたって聞いてるんだっ」

鼓膜が痛むほどの大声で怒鳴りつけられ、思いきり頬を張られたかのような感覚が美咲を襲う。

「どこって……月橋さんに会いに行ってたのよ。話したでしょ？　私の作ったTシャツを気に入ってくれて、それを彼女の姪っ子さんの結婚式で展示してくれるって」

「嘘つくなよっ」

「嘘なんてついてないよ。どうしてそんなこと言う……」

「おまえ、おれに月橋ってやつの名刺見せてたよな。その名刺には『月橋瑠衣』って印刷されてたよな」

「そうよ、月橋瑠衣さん。私は月橋瑠衣さんに会ってたの」

いったいどうしたというのか。それに、いつからこの人はこんな恐ろしい声で私のことを「おまえ」と呼ぶようになったのか。

しばらく無言のまま睨み合っていたが、和範が視線を下げ、手の中のスマホを操作し始めた。わけがわからないまま和範の動作をじっと見ていると、

「これはどういうことだ？」

とスマホが美咲の顔のすぐ前に押し出される。思わずのけぞるくらいに近く。殴られるのかと瞬時に両目を固く瞑《つむ》ったが、すぐに聞き慣れた声に全身が反応した。スマホから自分の声が流れてくる。

「なに……これ」

大きく息を吸い込み、そのまま静かに吐き出した。和範が目の前で再生したのは、い

まさっきマンションの前で別れた美咲と佳太の会話を録音したものだった。

『ごめんね。わざわざ家まで送ってもらって』

『いや、おれも久しぶりにドライブしていい気分転換になったわ』

『私、いつの間にか爆睡しちゃってて。ほんと、すみません』

『ほんま、よう寝てたな』

あまりに驚いて黙り込んでしまった美咲の前で、音声が繰り返し再生される。何度も何度も。ほんの十分ほど前に交わした、たわいもない会話がなにか汚らわしいもののように流される。

「……なんなの……これ」

やっと口にできたのは、それだけだった。その一言も喉から絞り出すように声にした。

「美咲が帰ってくるのをマンションの前でずっと待ってたんだ。男に夢中で、おれがすぐ近くに立ってたことに気がつかなかったんだろ」

キャビネットの扉に背中を押し当て必死で体を支えていたが、全身の力が抜け、美咲はその場にうずくまる。

「この会話を録音して、それからすぐに部屋に戻ったの？　どうしてそんなことをする必要があるの？　意味がわからないんだけど」

浅い呼吸を繰り返し、今日一日の行動を順を追って話していく。瑠衣とカフェで打ち合わせをし、それから佳太の工房に向かった。瑠衣と佳太はつき合っているから二人の邪魔にならないよう先に帰るつもりで安曇川駅まで行ったが、強風のせいで湖西線が運休になっていた。困り果てていたところに佳太が現れ、彼の車で京都まで送ってもらった。

「ただそれだけのことよ。変な疑いもたないでよっ」

不快だからその録音消して、と美咲は立ち上がり、手を伸ばして和範の手からスマホを取り上げようとした。だが素早くかわされ、そのままバランスを崩して床に崩れ落ちる。

「私は今日、月橋さんに出来上がった洋服を見せに行ってただけなの。……信じてよっ。月橋さん、私の作った服を見て『売り物になる』って言ってくれたの。披露宴会場で展示してみて、その反応がよければ販売してみたらどうかって勧めてくれてるのよ」

床に両手をつき、自分のすぐ前に立つ和範を見上げる。

「その洋服作り、もうやめたら？」

最近は和範の言葉に標準語と京言葉が交ざるので、時々、誰と話しているのかわからなくなる。

「京都の人の『やめたら？』っていう問いかけは、『やめろ』っていう命令なのよね。でもどうしてやめなきゃいけないの？　私、あなたに迷惑かけた？」

「もしおまえの話が真実だとして、その服作りのせいでおれに嫌な思いをさせただろ？月橋とやらに会いにいったせいで、おれの知らない男が二人が暮らすマンションの前までやって来た。迷惑だし気分が悪い」

「だから……電車が止まって帰れなかったから、送ってもらっただけじゃない……」

和範は美咲の顔も見ずに、さっきからずっとスマホをいじっている。なにをしているのか冷めた目で画面を見つめている。

「湖西線が強風で止まったっていうんは……ほんまみたいやな」

スマホの画面からようやく目を離すと、和範が口端を上げた。

「私が……嘘ついてると思ったの……？」

落胆を通り越し、体のどこかにぷつぷつと穴が空いたみたいに気力が抜けていく。なんだろう、このだるさは。ばかばかしい。つまらない。悔しい。床にぺたりと坐り込んだまま美咲はうな垂れた。顔を上げる力もない。

「誤解されるようなことをするほうが悪い。もう服を作って売るなんていう小金稼ぎは、金輪際やめてくれ」

だが「小金稼ぎ」という一言が、美咲の顎を上げさせた。床に座ったまま和範を見上げ、その顔を強い目で見返す。

「どうして？　和範が留守をしている間に私が洋服を作っていても関係ないでしょう。じゃあなに、朝の八時前に出勤したら夜の十一時を過ぎるまで、日によってはその日のうちに帰ってこない、そんな和範を待つだけの日々を私は送らなくてはいけないの？」

「おれが睡眠時間を削って必死に働いてる時に、おまえが好きなことをして遊んでる。

そういうのはフェアじゃない。おれの仕事へのモチベーションが下がる。それに、おれと結婚したら妻のおまえも柊月屋のことを第一に考えなくてはいけないんだ、くだらない内職をしてる暇なんてないだろう。うちは京都では名の通った会社なんだ。嫁に入る人間が好き勝手ふらふら遊んでたら信用をなくすだろう」

どうしても働きたいのなら、柊月屋の本社で事務でもすればいい。それなら世間体も悪くないし、母親や知佳に嫌味を言われることもない。京都という町のしきたりも一から学べるからと、和範が抑揚のない声で告げてくる。

「私は……遊んでるつもりはない。Tシャツは自分の作品として真剣に作ってるの」

美咲は流し台に手をつき、体を支えながら立ち上がり、早足で和範の前を通り過ぎた。床の上に投げ出されたトートバッグを手に取り、四枚のTシャツを取り出す。これを見たなら、和範も遊びで服を作っているとは思わないだろう。時間を尽くして一針一針気持ちを込めて作った服を見れば、自分の本気をわかってもらえるはずだ。

「これ、私の作った服」

月橋が「アートを着る」と表現してくれたTシャツだ。この世にひとつしかない、一点もの。着てくれる人の日常が豊かになるように、願いをこめて手作りしたもの。

「どの服も丸一日以上かけて妥協なく作ったの。月橋さんは一枚一万円近い値をつけられるって言ってくれた。私は小金を稼ごうなんて思っていない。小金がほしいならバイトでもするわ」

テーブルに並べたTシャツを一瞥《いちべつ》した後、和範がいったん深く息を吸い込み、これみよがしに吐き出した。

「一枚一万円？　そんな高いTシャツ、誰が買うんだよ。いま時百均でもTシャツが買えるのに」

「百均の服とは……違うから」

溢れそうになる涙を必死で止めた。悔しくて、でもこんなことを言われて、泣きたくはない。

「おまえ、いまの日本の景気知ってるか。サラリーマンの平均年収を知ってるか。どうして若者が車を持たないか、結婚しないか、たとえ結婚しても子供を作らないか知ってるか。みんな余裕がないんだ。いまの日本で、そんな一枚一万円もする高価なTシャツを買える人間なんてそうそういないって」

たたみかけるように、和範が京都の西陣が廃れていった経緯を話し出す。いくら美しくて価値のあるものでも、それを買う人間がいなければ作る側は食べていけない。商家に生まれた自分だから、銀行に勤めていた自分だからこそ、起業の難しさは痛いほどわかっているのだと和範は顔を歪めた。

「私は自分のことを起業家だなんて思ってないけど」

「じゃあデザイナーか」

「自分が何者かなんて、そんなことは考えない。ただ真剣に、誰かに喜んでもらいたくて服作りをしたいと思ったの」

「趣味ってことか」

「趣味……」

「服作りで食べていこうとは思ってないんだろ？　だったら趣味だよ。美咲がいま稼がなくてもいいのは、おれがこの先養っていくからだ。だったら、おれが嫌がることはやめてくれないかな。おれを不快な気分にさせてまで自分の好きなことをするって、おかしくないか。おれ、おかしなこと言ってるか」

こんなにも高圧的な和範を初めて見た。でももしかすると、この人にはこういう性質があったのかもしれない。東京でつき合っていた時は美咲自身も仕事を持っていて、和範に経済的に頼ることなど一度もなかった。でもいまは住む場所も、毎日の食費もすべて和範……古池家に依存している。もしもこのまま結婚することになったら、この関係がずっと続くのだろうか。和範に養ってもらう限り、彼の気に入らないことを私はしてはいけない。彼の価値観からずれることは許されない。そうした生活を強いられるというのか。

それが自分の望んだ結婚……なのだろうか。

美咲はぼんやりとした眼差しで部屋の中を見回した。冷蔵庫や電子レンジ、炊飯ジャーは美咲が家電量販店で買ってきた。他にも鍋やフライパンなどの調理器具や食器、タオル類やトイレットペーパーなどの生活用品も全部美咲が揃えた。和範は朝から夜中まで出掛けていたので、当たり前だと思い、やっていた。支払いは彼から預かったお金を使った。それを使うことにも抵抗はなかった。それが結婚だと思っていた。

私自身も、大きな間違いをしていたのかもしれない。

長い沈黙の後、

「一度離れてみようか」

と美咲は告げた。

「離れる？　なんで」

「このまま一緒にいても苦しくなるだけだから」

「なんで？　おれは全然苦しくなんてないけど」

「一度離れてみて、それでもやっぱり一緒にいたいって思えたら、また考えよう」

「なんだよそれ。別れるってこと？　無理だよ。おれは別れないから」

和範が上目遣いに美咲を睨んでくる。でもさっきまでの力はない。まるで自分がひどいことをされたかのような目で見つめられ、美咲は揺らいだ。悪いのは私なのか。おかしなことを口にしているのは和範ではなく、私なのだろうか。でも、たとえそうだとしても、自分の気持ちを大切にしたいと奥歯を嚙みしめる。誰かの日常を豊かにしたい。そう願って服を作る自分が、不自由であってはいけない。

「和範がいま仕事の重責を負っていることはわかる。私も新しい環境に馴染めなくて余裕がなくなってる。そんな二人が無理矢理一緒に暮らしてるんだから、そりゃあうまくはいかないよ。少し距離を置いてみよ。冷静になって、もう一度これからのこと考えてみよ」

疲れたのだと、美咲は正直に話した。いま自分はいろいろなことに疲れてしまって、だからしばらく一人になりたいのだ、と。

「東京に……帰るってこと？」

和範が目を伏せ、力なく呟いた。自分と同じで、彼もきっと、どうしてこんなふうになってしまったのかわからないのだろう。わからなくて、混乱して、途方に暮れている。

「ううん、帰るつもりはない。明日不動産屋に行って、自分の住める場所を探します。和範はここに住んでも実家に戻ってくれてもかまわないから」

美咲が京都で家を探すというと、和範はあからさまにほっとした表情を見せた。そしてそのままなにも言わずに寝室に入り、ドアを閉めた。

四章　深夜の訪問者

最後の段ボール箱を部屋の中に運び入れると、美咲はアパートの外階段の下に向かって「ありがとうございました。これで全部です」と声をかけた。下のほうから「オッケー」と瑠衣の声が聞こえてくる。

部屋のドアを閉めて鍵をかけ、駆け足で外階段を下りていく。引っ越しを手伝ってくれた瑠衣と佳太に、昼食をご馳走するつもりだった。

「ねえ美咲さん、いまさらだけど、どうしてあなたが御池のマンションを出なきゃいけないの？　婚約者は実家に戻ったんでしょ、だったらひとりで住み続ければいいじゃない」

軽トラックの荷台に凭《もた》れてスマホをいじっていた瑠衣が、明るく言ってくる。和範は口論になった翌日に実家に帰り、それからは一度も顔を合わせていない。

「御池のマンションは家賃が高すぎて……。それに、あのマンションは彼が契約したものだから、私が残るのも違うと思って」

美咲の新居は、ＪＲ京都駅の八条口から南の方向に歩いて十五分の場所にあった。駅から少し距離はあるが、四畳半と六畳の和室に風呂と台所がついて五万五千円という家賃の安さが決め手になった。土地勘がまったくないので京都駅まで歩いていけるのも助かるし、築四十年の割には部屋は清潔で日当たりもいい。この別居生活がいつまで続くかはわからないが、無職の自分には十分すぎる住まいだ。

「そうだ、東京へは明日発つの？　私は今日の夜の新幹線で前入りするつもりだけど」

「はい。私は明日の始発で行くつもりです。ちょっとばたばたしますけど」

明日は瑠衣の姪の結婚式が東京で行われ、披露宴会場の一角で美咲の服を展示してもらうことになっていた。京都に来てから二か月が経っていたので、この機会に実家に顔を出し、結婚が当分先になることを両親に話そうかとも思っていた。父も母も結婚式の日取りが決まるのをいまかいまかと待っているはずだから。

「ねえ、一段階ついたことだし、お昼にしましょうか。引っ越し祝いに美味しいお蕎麦を食べましょうよ。佳太、三条にあるお店覚えてるでしょう？　私はもう一件用事をすませて後で行くから美咲さんと先に入ってて」

じゃあ、と瑠衣が白い外国車に向かって歩いていく。軽トラックは二人乗りだからと、今日は自分の車で引っ越しの手伝いに来てくれていた。

「十川、行こか」

景気の良いエンジン音を響かせ瑠衣の車が走り去ると、佳太が美咲を見て頷いた。三人でいると瑠衣と美咲ばかりが話をして、彼はほとんど言葉を発しない。

「ごめんね、なんかいつも頼ってばかりで。自転車くらい買わないと身動きとれないね」

　京都駅の周辺には東本願寺や西本願寺、東寺といった歴史のある古い寺がいくつもあると聞いたので、空いた時間に観光でもしようかと思う。落ち込んでばかりもいられないし、自転車があれば行動範囲も広がるだろう。

「まあ自転車あるほうが便利やな。遠くに行くんやったら電動自転車のほうがええかもしれん」

「そっか。電動という手もあるね。それにしても、まさか京都で一人暮らしをするとは思わなかった。人生ってほんとわからないね」

　アパートの裏側にある駐車場から、美咲は古ぼけたアパートを見上げた。室内はきれいなのだが外観は昭和建築そのもので、外階段の手すりも外廊下の欄干も、赤茶色の錆がびっしりと付着している。

　車の助手席に乗り込むと、「ほんまにええんか」と佳太が聞いてきた。

「ええんかって、なにが」

「一人暮らしなんか始めて」

　言いにくそうに口にすると、佳太が鍵を回し、エンジンをかける。

「考える時間を持てて、私としてはよかったと思う」

「考える時間？」

「うん、ちょっとね」

「考えすぎちゃうか。結婚は勢いやろ」

「そんなことないよ。大事なことだから、少しの違和感も見逃したくないの。佳太くんは靴を試し履きして『あ、これちょっと痛いな』って思ったことない？」

「そらあるけど」

「うん、私もある。デザインがすっごく気に入って、でも試しに履いてみると足の幅が合わなかったり、爪先が痛くなったりすることがよくあってね。でもオーダーメイドじゃないんだから、完全に自分の足に合うなんてことないじゃない？　それで、エイッて思いきって買ってしまって、やっぱり履いてるうちにどんどん痛くなって最終的には処分してしまう、なんてことが何度かあったの」

「結婚相手と靴は違うやろ。人は変わるもんやし」

「そう？　ほんとにそう思う？　じゃあ佳太くんは、大学時代といまと大きく変化してる？」

「いや、あんま変わってないな」

「でしょう。根本的なところって、そうは変わらないもん。私はこれまで、彼のことが見えてなかったのかもしれない。だから彼の根っこの部分を、京都に来てから初めて知ったのかもしれないなって思ってる」

　東京で出会った古池和範は、まだ二十代の銀行員だった。いくら優秀だとはいえ、彼は出会う人のほとんどに頭を下げなくてはいけない立場で、真面目に仕事をこなし、謙虚に人脈を広げ、地道に自分の居場所を作り上げている途中だった。美咲との関係にしても清々しいくらいに対等で、むしろ東京出身の自分が彼にしてあげることも少なくはなかったはずだ。でも二人で京都へ移ってからはこれまでの関係性が崩れた。自分たちは対等ではなくなった。だから本当の意味で和範を知るのはここからなのかもしれない。いまの彼の言葉や行動に違和感を覚えているのに、それを見なかったことにして結婚をするなど自分にはできない。美咲はそう佳太に伝えた。

「言葉や行動に違和感か……。そんなところまで考えるなんて、十川はしっかりしてるなぁ」

「そんなことないよ。普段はここまでいろいろ考えてないから。桜子には受け身だって言われたし、いままでは状況に流されてきた気がする。でも結婚は大事なことだから」

佳太は瑠衣のことをどう考えているのだろう。結婚するつもりはないのだろうか。そんな疑問がふと頭をよぎったが、立ち入ったことを聞くべきではないともう一人の自分が制してくる。これからも瑠衣と良い関係を続けていくつもりなら、私的な部分に深入りしないほうがいい。

軽トラックが真冬の京都を走っていく。マフラーを巻き、ぶ厚いコートを身に着けた人たちが、寒そうに身を縮めながら歩いている。窓から京都タワーが見えた時は胸がきゅっと痛んだ。二か月前、十一月に和範と一緒に京都に来た時は、あれほど胸を躍らせて、空を突く白と赤の美しいタワーを見上げていたのに。

「明日楽しみやな」

美咲が黙ってしまったからか、佳太が話しかけてきた。

「そうだね。楽しみ。評価されることは本当に怖いけど、でも自分の作品を発表するなんて、十年ぶりのことだから」

美大生にとって就職活動は踏絵のようなものだ。自分の中の特別な才能を信じていた学生が身の丈を知り、何者かになりたいと後ろ髪を引かれながら夢を踏み越えて、一般企業や教師の職に流れていく。美咲もそうだった。

それでも自分の就職は幸運だったと思う。

大学四年生の秋を過ぎても就職が決まらず、途方に暮れていた時に拾ってもらった会社だった。美大生の就職はもともと厳しいのだが、中でも立体造形という特殊な学科だったのでよけいに内定が取れなかった。正直なところ自分自身、会社でなにがしたいのかもわかっていなかった。ただひとつわかっていたのは、作品を作っていても食べてはいけない、自分には資格もなければ会社に必要なスキルもないということだけだった。

だが社長は「いまなにもできなくても、会社に入ってから勉強すればいい」と面接時に言ってくれ、「ぼくはきみの今日のファッションが好きだから、合格」とその場で内定を出してくれた。

美咲が十年間勤めていたのはそんな社長がいる、風通しの良い会社だった。

「佳太くんはすごいね。これまでずっと自分の作品を評価され続けて、売れる売れないの世界にいるんだから」

「いや、すごくもないで。おれは陶芸以外なんもできひんだけや」

他の仕事に就けと言われても、たぶん無理だ、と佳太が首を横に振る。子供の頃から好きなこと以外はなにも続かない人間だったと苦笑いする。

「そやし瑠衣には感謝してるんや」

「瑠衣さんに？」

「おれにはない能力で、おれの作ったものを金に換えてくれる」

佳太の真面目な顔が微笑ましく、「ごちそうさまです」と美咲は胸の前で手を合わせ、冗談っぽく頭を下げた。

瑠衣の姪の結婚式は、昨年建設されたばかりの真新しい高級ホテルで開かれた。美咲の作った服はそのホテルの披露宴会場の小さなスペース、受付の長テーブルが置いてあるすぐ隣に展示してもらえることになっていた。

午前九時半に美咲はTシャツ二十枚の入った段ボール箱を抱え、ホテルの正面玄関を入っていく。式に参列する瑠衣はすでに到着していて、ロビーで美咲を待ってくれていた。

「おはよう美咲さん、ご苦労さま。きちんと正装してきてくれたのね」

「はい、特別な日ですから」

結婚式の会場に、いくら部外者だからといってラフな格好で行くわけにはいかない。美咲はそのまま披露宴にでも出られそうなオーガンジーの黄色いスカートに自分で作った丈が短めのTシャツを合わせ、髪は巻いてアップにしてきた。瑠衣は黒のロングドレスにシルク素材のショールを羽織っている。

「洋服はラックに掛ける感じでいいかしら。ホテル側にはいちおうラックを四台と長テーブルをひとつ借りてるんだけど、他にもなにか必要だったら言ってちょうだい。ハンガーなんかは持ってきてる?」

「はい、ハンガーは持ってきてます」

わずか二十枚のTシャツなので、展示の準備にそう時間がかかるわけではない。販売することも考えて、お釣りや領収書、商品を入れる紙袋なども前もって準備してある。

「じゃあ先に展示する場所を見てもらうわね。披露宴は十一時からだけど、十時半には開場するから、その頃にはブースに立っておいて」

「わかりました。よろしくお願いします」

名刺を持ってくるようにと言われていたので、パソコンで作れる簡単なものを五十枚ほど印刷してきた。『十川美咲』という氏名とパソコンのメールアドレスだけを載せた名刺は空白が多くてバランスが悪く、いまの自分そのもののようだった。それでも二十枚のTシャツと共に東京行きの新幹線に乗ってからは、ずっと胸が弾んでいる。

午前十時を過ぎると、披露宴会場の前に人が集まり始めた。受付を済ませた手持ち無沙汰の招待客が、Tシャツを展示しているブースをちらちらと見ているのがわかる。でもまだ誰も近寄っては来てくれない。声をかけたほうがいいのか。どうしようかと迷っているところに、

「わ、なにこれオシャレッ。可愛いー」

新婦の友人なのか、二十代と思われる女子四人組が突風のようにブースに入ってきた。今日初めての客に戸惑いつつも、

「よかったら手に取ってみてください。すべて手作りなんですよ」

と笑顔で話しかける。前に勤めていた会社で培った接客技術が、こんなところで生きた。

「こんなデザイン初めて見ました。どうやって作ってるんですか」

四人の中でひときわ背の高い、スカートの裾が大きく広がったローズピンクのパーティードレスを着た女の子が、身ごろの右半分が黒色、左半分が白色のTシャツを自分の胸に当てた。黒い布地側には花柄の集合体を、白い布地側にはシンプルな横線を糸で描いたものだ。

「これは黒いTシャツと白いTシャツを、それぞれ半分に裁断して中央で縫い付けてあるんです。この服のテーマは『非日常』で、私が昔、旅先で見た電照菊をイメージしています。電照菊というのは、夜に照明を当てて栽培される菊の花のことなんですよ。背

中にも大きな花柄があるんです。見てください」

女性が背中側を見て、「わ、ほんとだ！　可愛い」と両目を見開く。

「背中の花も、線も、すべてミシンで手縫いしてあります」

どのデザインも微妙に違い、すべて一点ものだと美咲が説明すると、女の子が「この服、値段がついてますけど、売ってもらえるんですか」と聞いてくる。もし買えるなら、いまから披露宴と二次会のパーティーに出席するので、できれば自宅に送ってほしいと言ってくる。

「ありがとうございます。もちろん送らせていただきますよ。もし別のサイズがいいなら言ってください。注文をお受けして、後日発送させてもらうこともできますし」

上ずる声で美咲は返し、送り先を用意していたメモに書いてもらう。美咲にとって初めてのお客は「大原茉莉江《おおはらまりえ》」というすらりと美しい女の子だった。

茉莉江とやりとりをしている間も、ブースに何人もの披露宴客が立ち寄ってくれた。ほとんどが二十代、三十代らしき女性だったが、中には年配の男性もいて、「この模様、なんか懐かしいな」と話しかけてくれる。

「なかなか盛況じゃない」

買ってもらった服を包装していると、いつしか瑠衣がすぐそばに立っていた。

「ありがとうございます。時間潰しにふらりと立ち寄ってくださるって感じですけど」

この場所を使っていいのは披露宴が始まるまでなので、そろそろ店じまいをしなくてはいけない。

「ブースに立ち寄ってもらっただけでも十分よ。素通りされたわけじゃないし」

「そうですね。興味を持ってもらえてよかったです。中には買ってくださる方もいて、驚きました」

「そりゃ素敵な服だから欲しい人はいるわよ」

「あの、そろそろ披露宴が始まりますよ。私は片付けを始めますね」

「おつかれさま。打ち上げはまた後日ね。連絡するわ」

会場に入っていく瑠衣を見送った後、美咲はラックに掛かったハンガーを集め、紙袋に入れていく。会場の扉が閉ざされ、しばらくすると中から華々しい音楽と拍手が聞こえてきた。新郎新婦が登場したのだろうか。この曲、どこかで聞いたことがある……結婚式の定番曲で、よく聞くクラシックだ。

作業をしていた手が、ふと止まった。

本当なら私も、幸せな新婦になるはずだった。純白のウェディングドレスを着て、たくさんの人に「おめでとう」と祝福されて。そのために仕事を辞めて東京から京都まで行ったのだ。真知子とも仲良くなりたいと思っていた。本当の母と娘のように料理を教えてもらったり、ショッピングに出かけたり。諍《いさか》うつもりなど、これっぽっちもなかったのに……。

どうしてこんなふうになってしまったんだろう。

扉の向こうから聞こえてくる音符のようなざわめきが、小さな針の波となって扉のこちら側まで押し寄せてくる。この二か月の間にできた胸の傷に、ちりちりと沁みる。

「このテーブル、ホテルに返すん？」

ハンガーを詰めた大きめの紙袋を持ってぼんやりしていると、すぐ耳元で声がした。慌てて顔を上げたら、スーツ姿の佳太と目が合う。

「佳太くん……どうしてここにいるの。披露宴に出るの？」

瑠衣の恋人という立場で披露宴に出席するのだろうか。それとも自分が知らないだけで二人はすでに籍が入っている、とか。昨日は東京に来るなんて、一言も言ってなかったのに……。

「いや、出えへんよ。瑠衣の姪っ子さんに、お礼とお祝いを伝えに来ただけや」

「お礼って？」

「引き出物に、大皿を百八十枚納品させてもらったから」

「あ、そっか。そういえば、瑠衣さんに大皿を頼まれたって言ってたね。引き出物のことだったんだね」

最近は結婚式を簡素化する人も増えてきたので、引き出物の注文もずいぶん減った。久しぶりに大量に作らせてもらったと、佳太が微笑む。

佳太が手伝ってくれたので、後片付けはほんの二十分ほどで終わった。披露宴はまだ最高潮に盛り上がっていたが、美咲はTシャツと備品が入った段ボール箱を抱え、肩に紙袋を提げてホテルを後にする。搬入した時にはそう重く感じなかったのだが、いまは腕にずっしりとくる。

「服の評判はどうやった？　手応えあったか」

美咲の腕にあった段ボール箱に手を伸ばし、佳太が持ってくれる。

「ありがとう。評判は……どうだろう。ブースに人はたくさん来てくれたけど。あ、でも四人も服を買ってくれた人がいて」

税込みで一枚八千円の値段をつけたので、三万二千円の売り上げだった。往復の新幹線代を差し引くと手元には一万円も残らないが、それでも服が売れたことは嬉しかった。

「展示会で四枚も売れたら上出来やな。おれが初めて個展開いた時は、花器が一点売れただけやった。それでも十分嬉しかったけどな」

美咲は「そうだね。十分よね」と頷き、自分の作ったものを誰かが身に着けてくれるという喜びをかみしめる。

「十川、これからどうするん」

ホテルを出て大通りに向かって歩きながら、佳太が聞いてきた。普段着の彼しか知らないのでスーツ姿が新鮮だった。髭はきれいに剃られ、いつもはおろしている前髪をあげて、額をさっぱりと出している。

「なに笑ってるん」

「なんか、別人と話してるみたいで」

「違和感ないやろ」

「ごめん、違和感だらけなんだけど」

大通りまで出ると、佳太が「十川、これからどっか行くん」とまた聞いてきた。「おれはいまから挨拶回りやけど」と手土産っぽいお菓子の袋を目の高さまで持ち上げる。

「私は……」

少し考えた後、「実家に顔を出そうと思って」と返した。披露宴会場にいた時は、実家には戻らずこのまま帰ろうかとも思っていたが、結婚が先延ばしになったことだけは伝えておこうと思った。佳太が頷き、「この荷物はどうすんの」と聞いてくる。

「それは駅のコンビニから宅配便で京都に送るつもり。ありがとう。ここまで運んでくれて助かった」

美咲が手を伸ばすと、佳太が段ボール箱をそっと腕の上に置いてくれる。

「じゃ、おれ地下鉄やし」

地下鉄への出入口は大通りを挟んだ向こう側にあった。

「うん、私はこっちだから。いろいろ手伝ってくれてありがとう。またね」

佳太から段ボール箱を受け取り、美咲は反対方向に歩いていく。十分ほど歩いたところにＪＲの駅がある。立ち止まり、段ボール箱を抱え直す。重くはないけれどやっぱり歩きづらく、箱の角が肩に当たるのが少し痛い。息を吸い込みながらふと空を見上げると、真っ白な雲が目に刺さった。新婦さん、きれいだったな……。この雲のように純白のウェディングドレスが、瞼の裏から離れない。あの人は結婚することになんの疑問もなかったのだろうか。結婚相手のことを百パーセント信頼できたのだろうか。どうして私は……といつものパターンに陥りそうになり、思考のスイッチを切る。幸せは誰かと比べるものではない。

段ボール箱を抱え直し、また歩き出そうとしたその時、

「十川」

ふいに後ろから肩を叩かれた。箱を抱えたまま体ごと振り向くと、佳太が目の前に立っている。

「どうしたの、忘れ物？」

走って来たのだろうか、佳太の息が上がっていた。

「いや、十川、いつ京都に戻るんかと思って」

「今日帰るつもりだけど？」

実家に長居をするつもりはなかった。長い時間家にいると、自分を支えているものが折れてしまうような気がする。

「おれも今日帰るんで」

「ああそっか。佳太くんは仕事もあるしね」

「うん、それで、おれ、車で来てるからもしよかったら」

そこまで言って、佳太が続きの言葉を美咲に託すかのように、唇を閉じた。

「もしかして、私も乗せて帰ってくれるの」

美咲が聞き返すと、佳太が少し間を空けて頷く。

「え、それは助かるな。ガソリン代と高速代、半分出すね」

無職の身分で引っ越しまでしたから、できる限り切り詰めなくてはと覚悟していたところだ。ありがたい提案だった。

「ほな実家でゆっくりして来て。こっちは遅くなっても大丈夫やし」

「ありがとう。実家出る時にLINEするね」

「それから、その荷物、おれが宅配便で出しとくわ。すぐそこにコンビニ見つけたし」

「そんなの悪いよ……」

「ええよ。十川の住所、LINEに送っといて」

そう言って段ボール箱を持ち上げると、佳太は再び美咲とは逆方向へと歩いていった。

微かな振動を感じて、美咲はゆっくりと目を開いた。顔を横に向けると佳太の左手が、自分の肩を叩いているのだとわかる。

「あ、すみません。うとうとしてた……」

辺りがあまりに真っ暗なのでもう夜になったのかと慌てていると、トンネルの中に入っているのだと佳太が教えてくれる。

「起こしてごめん。でもちょっと見せたいものがあって。……ほら、あれ」

右手でハンドルを握りしめたまま、佳太が左手でフロントガラスのはるか前方を指差した。指が示す方向には丸く小さな光が見え、あの場所がトンネルの終着点だとわかる。美咲は体を起こし、視線をまっすぐ前に向けた。丸い光がしだいに大きくなっていき、そしてトンネルを出る直前になると、いきなり正面に富士山が現れた。

「うわ……すごい」

あまりの迫力に胸がいっぱいになる。こんなに綺麗な富士山を初めて見た。

「ここから見る富士山が、おれは一番好きやねん」

東名高速を西に向かう時、ほかにも富士山が正面に見える場所はある。それも十分きれいなのだが、この都夫良野《つぶらの》トンネルから望む富士山を見てほしかったのだ、と佳太の目が和《なご》む。

美咲は急いでバッグからスマホを取り出し、富士山にカメラを向けた。連写のほうが上手く撮れると教わり、モードを切り替える。神々しい冬山が画面いっぱいに映し出された。

「ありがとう。すっごく良く撮れた。お守りにしよ」

「どれどれ」

佳太がハンドルに手を置いたまま肩を寄せてきたので、画面を差し出す。そういえば東京を出発してからずっと走りっぱなしだが、疲れてないのだろうか。

「ねえ佳太くん。次のサービスエリアで運転交代しようよ」

「ええよ、まだ大丈夫。ていうか、十川運転できんの？」

「いちおうね。前の会社にいた時はトラックに家具積んで、首都高をバンバン走ってたんだから」

バンバン、は嘘だ。自分の運転で家具を搬送するなどトラブルのあった時だけだったが、美咲は大袈裟に言ってみせる。

「そういや大学の頃、原チャリの前に犬乗せて構内走ってたな」

「えー。なんで知ってるの？」

「そら目立つやろ、みんな見てたで。東京にもおもろい娘《こ》おるなって、忘れられん光景やったわ」

「友達がどうしてもうちの犬を見たいって言うから、連れてっただけだよ」

そんなこともあったなと、美咲は小さく笑った。犬をバイクに乗せて大学に行く、そんな自由気ままな私もいたのだ。行きたい場所にはロケットのようにまっすぐ飛んでいき、興味があることはとにかくなんでもやってみた。正解も成功も成果も気にしない。なにか新しいことを始める基準は一つ。自分が楽しんでいるか、わくわくしているかどうか。なんとかして光を見つけたい、そう強く願っていた時期がたしかにあった。

「十川て」

近い距離で目が合い、なにを言われるのかと思い、「なに？」と体を引く。

「十川って長女なん？」

「どうしたの急に。なんかの占い？　でもそう、あたり。三歳下の妹がいる」

妹は二十九歳にもなって定職に就かず、女優を夢見て劇団に入っている。わが道を行くというか、好きに生きているというか、まあ頑張ってるからいいんだけど、と佳太の横顔に目をやる。

「そっか、なんかそんな気がした。おれには兄がいて東京でサラリーマンやってる。おれも十川の妹さんと同じで好きに生きてるし、なんか、よう似た兄弟と姉妹やな」

「私、佳太くんのことは好きに生きてるとは思ってないよ。ちゃんと自分の力で生活してるでしょう？　うちの妹はまだまだ親に食べさせてもらってるから」

「きっと妹さんは、十川みたいにしっかりした姉ちゃんがいるから安心してるんやろ。自分が好きにしてても大目に見てもらえるやろうって。妹や弟は、小さい時からそうした技を身に着けてんのや。うまくやれんねん」

「なによその技。迷惑な話だよ」

笑い合っているうちに、東京にいる間感じていた後ろめたさが薄らいできた。今日、実家に戻ると、当然のように父も母も、たまたま家にいた妹も「結婚式はいつなの」と聞いてきた。本当のことを打ち明けようかと思い、でも期待に満ちた三人の顔を見ていると話しづらく、「和範さんの仕事が落ち着いたらね」と答えてしまった。それだけならまだしも、古池家の立派さや柊月屋がいかに堅実な会社かを滔々《とうとう》と語ってしまい、母を喜ばせてしまった。

「彼氏とはいつ仲直りするん？」

美咲が考えていることがわかったのか、佳太がそんなことを聞いてくる。

「さあ……わからない」

和範とのことはきちんとしなくてはと思う。予定通り結婚したいという気持ちは、まだ心のどこかにある。でもどうすればやり直せるのかわからなくなっていた。距離と時間を置くことで古池家や彼への嫌悪が消え、二人の関係が修復できるかもしれない。美咲はそう考えて別居に踏み切ったのだが、古池家に戻った後も、和範からは毎日のように長文のＬＩＮＥがくる。

「いま私、つき合ってる人のことがわからなくなってるの。これまで知ってる彼とは、なんか別人のように思えて……」

「真面目な人ほど、自分に与えられた役割を果たそうとするもんや。十川の彼氏もそう違うん？　おれかてそんな老舗の跡継ぎに生まれてたら、いまと同じようには生きられへんわ」

佳太が言い聞かせるように口にした。日が落ち始めたのか車内が急に翳《かげ》り、彼の横顔がぼやけて見えた。

「服作り、続けてみたら？」

「服作りを続ける？」

「うん。今日の十川、楽しそうやったし」

光を透さなくなった窓に自分の顔が映った。嬉しいような怒っているような複雑な表情をしている。

「楽しいだけでは……生きていけないでしょ。人に迷惑をかけてまで自分の好きなことはできないよ。……もう学生じゃないんだし」

服作りで食べていこうとは思ってないんだろ？　だったら趣味だよ、美咲がいま稼がなくてもいいのは、おれがこの先養っていくからだ、とわめく和範の声が蘇る。もうこれは呪いだと思う。油断するとすぐにあの言葉が頭をよぎる。

佳太がウィンカーを左に出した。減速した車がサービスエリアの大きな駐車場に吸い込まれるように入っていく。

「コーヒーでも飲もか」

駐車場に車を停めると、佳太が先に薄暗い景色の中に出ていった。美咲は彼の後ろをついて行きながら、すぐ前を歩く四人家族を眺めていた。まだ小学校の低学年くらいの姉が、よちよち歩きの妹の手をしっかりと握りしめ、両親とはぐれないよう背筋を伸ばして歩いていた。

東名から名神へ入り、八時間近く高速を走り続け、ようやくアパートに着いたのは午前一時を過ぎた頃だった。途中で何度かサービスエリアに立ち寄ったり、美咲が運転を代わった時は時速八十キロの安全運転だったので、よけいに時間がかかってしまった。

「もう夜中だね。ごめんね、ここからまた家まで帰らなきゃいけないのに」

長時間座っていたせいで肩も腰も痛かったが、気分は晴れやかだった。東京での仕事をやり遂げてきたという達成感がある。

「いや、十川のおかげでおれも寝られたし。全然疲れてへんわ」

「だったらいいけど……。ここから一人になるけど居眠り運転しないでよ」

美咲は車のそばに立ち、佳太を見送る。運転席の窓を開けたまま佳太がエンジンをかけ、「またな」と前を向いた。

「バイバイ、またね」

走り出した軽トラックに向かって手を振り、美咲はアパートの外階段に向かって歩いていく。その時だった。車が、急ブレーキをかける音がすぐ後ろから聞こえてきた。

驚いて振り返ると、佳太が慌てた様子で運転席から降りてくる。

「どうしたの？　私、なにか忘れもの……」

「十川の部屋って、二階の右端やんな？」

「私の部屋？　うん。そうだよ……。え？　電気が……点いている」

美咲はアパートの二階を見上げる。

「そうやねん。電気が点いてる。おれもいま気づいた」

他の家の窓がカーテンを閉め切り、暗闇と完全に同化している中で、自分の部屋だけが明るい。カーテンをまだ取り付けていないこともあって、冴え冴えとした白い光が不気味に浮き上がっていた。

「電気、消し忘れたんか？」

佳太が少し距離を縮め、美咲の肩が触れる位置に立った。

「それは……ない」

あの窓の向こうに……自分の部屋に、誰かがいる。そう思うと両膝が震えてくる。

「いや、思い込みということもあるやろ。消したと思ってても、うっかり」

「違う。違うの佳太くん……。私、まだ部屋の照明を買ってないの。台所にはもともと付いてるんだけど、部屋のはまだ……。だから電気が点くはずなんて……ないの」

眉間に深く皺を寄せ、佳太が美咲を見つめてくる。

「鍵貸して」

「え……」

「ええから部屋の鍵貸して」

言われるままに震える指先でバッグの底からアパートの鍵を取り出すと、

「ここで待ってて」

と佳太は念を押すように頷き、外階段に向かって歩いていった。

こんな怖い思いをするくらいなら、少々高くても防犯性の高いマンションを借りるんだった。そんな後悔を頭の片隅に浮かべながら、外階段を上がっていく佳太の背中を見つめる。革靴が鉄製の板を踏む音が、深夜の暗がりに響いていた。

「待って。私も行く」

佳太が階段を半分上ったところで、美咲は小さく叫んだ。振り返った彼が、

「あかん。もし不審者やったらどうすんねん」

と低い声で制止してくる。

「でもなにかあった時、一人だと対処できないでしょ」

美咲が後を追って階段を上っていくと、佳太が、「おれが逃げろって言うたら、すぐ逃げろ。一一〇番するんや」と美咲の耳元に口を寄せてきた。自分の部屋のドアが視線のすぐ先にある。

佳太がドアノブに手をかけ、ゆっくり引いた。だが鍵は掛かっているようで、ドアは開かない。

さっき美咲から受け取った鍵を鍵穴に差し込み、佳太がゆっくりと右へ回す。カチリという音が暗闇に響いた。

思いきり力を込めた佳太が、素早い動作でドアを開けた。家の中から淡い光が廊下に漏れ出し、二人を照らす。

「誰やおまえっ」

佳太が家の中に向かって叫んだ。

「そこでなにしてるんやっ」

突然放たれた大声に心臓がはね上がるのを感じながら、佳太の左腕を強く摑《つか》み、美咲

もドアの向こうに視線を向けた。白い蛍光灯の下に、男が一人、呆然とした表情で立っている。

「和範……どうして」

褪せた光の下に立っていたのは、和範だった。スーツ姿の和範が両手をだらりと下に垂らし、美咲と佳太を見つめている。

「なんや、知ってる人？」

張りつめていた佳太の全身が緩み、美咲も彼の腕から手を放した。佳太の脇をくぐるようにして一歩前に進む。

「ここでなにしてるの」

どうして和範がこのアパートを知っているのか。いや、それよりもどうして勝手に部屋の中に入っているのか。頭の中が混乱しすぎて言葉が出ない。

「おまえ誰だ？」

和範の視線が美咲ではなく、まっすぐに佳太に向かう。表情を失っていたその顔に、あからさまな敵意が滲んでいく。

「……ああそうか。こいつ、この前のやつだな、陶芸をやってるとかいう。なんでおまえがここにいるんだ？」

和範が拳で壁を強く殴り、ドンという地響きが足元から伝わってきた。

「やめてっ。いま何時だと思ってんの」

和範が佳太を睨みつけたまま、続けざまに壁を殴り続ける。

「美咲、いますぐこの男を帰らせろ」

「え……」

「おれは美咲と話がしたいんだ」

壁を打つ手を止めて、和範がじっと見つめてくる。美咲が隣に立つ佳太の横顔に「ごめん」と呟くと、彼は諦めたように小さく頷き、踵《きびす》を返した。外廊下を歩く足音が遠ざかっていく。

後ろ手にドアを閉め、美咲は小さな三和土でパンプスを脱いだ。恐怖心はなく、混乱と怒りが全身を駆け巡っていた。

「どうやってここに入ったの」

玄関から続く四畳半に美咲は座った。座ったというより両足に力が入らず、立っていられなくなった。重いため息が口から漏れる。

「不動産屋の従業員に聞いた。鍵も借りた」

「そういうの勝手に教えちゃうんだね、鍵まで……。あの不動産屋の人。親切な人だと思ってたのに」

迂闊《うかつ》だった。この部屋を探してくれたのは、和範と二人で住んでいた御池のマンションを仲介したのと同じ不動産屋だった。パソコンの前に一時間近く座り、美咲のために必死で物件探しをしてくれた店長の丸顔を頭に浮かべる。親切で丁寧で仕事熱心な人だと思っていたのに。

「おれは美咲の身内なんだ。そりゃ聞いたら答えてくれるさ。それにあの不動産屋と古池家は先々代からのつき合いだからな」

和範がすぐ目の前に腰を下ろしたので、座ったまま壁ぎりぎりまで後ずさる。

「私と和範は身内じゃないよ」

外から車のエンジン音が聞こえてきた。佳太が行ってしまうと思った瞬間、手を放した時のような心細さが胸に押し寄せてくる。

「あいつ、やっと帰ったか」

「ねえ、本当に誤解しないで。あの人はここまで送ってくれただけだから。彼も私も今日は東京で仕事だったの。それで車で来ていた彼が、ついでに乗せて帰ってくれただけなのよ。私もいまは収入がないし、交通費を少しでも浮かせたいから」

「東京から京都までドライブなんて、さぞ盛り上がっただろう。おれは今日も一日中働いてたってのに」

和範の目がこんなに暗い光り方をするなんて知らなかった。東京で二人で過ごしていた頃は、いつも澄んだ優しい目をしていた。

「もう……無理なんじゃないかな。私たち」

本当は薄々わかっていたことを、いろいろなことが惜しくてここまで引っ張ってしまった。仕事を辞めたことを悔やみたくなくて、まだ修復できると自分に思い込ませた。三十を過ぎた女なら一度は考えるだろう幸せの符号を手にしたくて、見て見ないふりをしてしまった。でも一度壊れた関係は元通りにはならない。少し距離を置いただけでは、どうしようもなかった。

「嫌だよ。なに言ってるんだよ」

強気だった和範の声が湿りけを帯びる。

「和範だって気づいてるでしょう？　私たち、京都に来てから全然うまくいってない。一緒にいても幸せになっていない」

「そんなこと言って、美咲は古池の実家が……おれの母親や姉が気に食わないんだろう」

「たしかにお母さんやお姉さんとは合わなかった……のかもしれない。でも私はそれだけであなたと別居したかったわけじゃない。違和感の原因が古池家のことだけなら、婚約を解消したいとまでは思わなかった」

京都に戻ってきてからの和範は、自分の思い通りに事を運ぼうとしていた。二人の新生活にしても、まるでもともと作っていた緻密な箱庭に、妻というフィギュアを都合よく配置しようとしていただけだと美咲は訴える。そんな結婚生活、どちらにしてもうまくはいかなかったはずだ、と。

「なんだよ。変わったのは美咲のほうだろう？　服を作って売りたいだって？　そんなこと、東京にいた時は一度も口にしなかったじゃないか。美咲は普通の会社員で、洒落た家具を売るのが仕事で……。たまに、ほんの年に一回くらい海外に家具を買い付けにいくことはあっても、そんな不眠不休で仕事をするって感じでもなくてさ。ベランダでハーブを育てたり、ネイルに凝ってみたり、美味しいスイーツの店を見つけて大喜びしたり。日々些細な楽しみを見つけてゆるゆるやってたじゃないか。おれはそういう美咲を好きになったんだ。自分のことより相手のことを常に優先してさあ。それなのにおまえ、なんで急にそんな自己主張の強い女になったんだよっ。こっちこそ騙された気分だ。美咲はおれと結婚するために、仕事を辞めて京都に来たんだろ、あいつと遊び歩くためじゃなくて」

和範が口にする「あいつ」というのが誰のことか一瞬わからなくて、しばらく考え、ああ佳太のことかと思った。まだ疑っているのか。いや、そうじゃなくて、一度も信じていないのだ。自分と佳太はなんでもない、ただの大学の同級生で、彼には瑠衣というパートナーがいるとあれほど説明したのに。

「もういい。私の言ってることが信じられないんだったらそれでいい」

「スマホ出せよ」

「スマホ、見せろ」

「え……」

「どうして？」

「『信じられないんだったらそれでいい』って、なに一人で完結してるんだよ。おれの……おれの気持ちは無視っていうこと？　おれは『それでいい』なんて言ってない」

早くスマホを出せ。あいつとのやりとりを見て、おまえらが本当につき合っていないのかどうか判断してやる。和範が立ち上がり、美咲の手からバッグを奪おうとする。逃れようと後ずさったが、壁に背中がぶつかった。

「……もうやめてよ。帰ってっ」

思わず叫んでいた。これまで好きだった人を、結婚まで考えた相手を、これ以上嫌いになりたくない。

「おれに命令するなよ」

ははっと、無邪気にも聞こえる声で和範が笑う。

「スマホを見せろなんて、その内容で自分が判断するだなんて、あなたは私のなんなの？」

帰ってほしい。別れてほしい。もう自分の気持ちが元に戻ることは一生ないだろうと、美咲は伝えた。これ以上顔を合わせているのが苦痛で、玄関まで這っていき、「お願いだから出てって」とドアを開けた。だが和範は壁にもたれ、足をだらりと前に投げ出し動こうとはしない。

「おまえだけが幸せになるのは許さない」

和範がそう呟くのを、どこか他人事《ひとごと》のように美咲は聞いた。

「なあ、謝れよ。ちゃんと謝ればおれは許すよ。美咲がこんなふらふらしなければ、おれたちはちゃんと……籍を入れて、結婚式を挙げて、それで幸せになって……いたんだ。美咲さえおとなしく家にいれば……。そうだ、蛍光灯付けといたよ。奥の部屋、まだ蛍光灯がなかったから、部屋で帰りを待ってる間に買いに行ったんだ、美咲が困ると思っ……」

和範の声が掠《かす》れ、語尾が震える。

美咲は玄関に立ったまま、泣き出した和範を見つめていた。彼の言う通りかもしれない。変わったのは私かもしれないと思ったが、そのことは口に出さない。

闇がさらに深く濃くなり、午前三時を回ってもまだ、和範は帰ろうとはしなかった。美咲がなにを言っても口を開かなくなり、壁にもたれて座ったまま目を閉じている。どれだけ話し掛けても反応がないので眠ってしまったのかと近づくと、突然両目が見開かれた。

「……ねぇ。こういう……大人げのないことをする人じゃなかったでしょう」

長い一日だったので、早く体を休めたかった。

「銀行で働いていた時、和範、言ってたじゃない。結論がわかっているのに、回りくどいやり方で時間稼ぎをしようとする顧客が一番迷惑だって」

スカートも脱ぎたいし、化粧も落としたい。とにかく横にならせてほしい。疲労と寝不足のせいか、頭も痛かった。玄関のドアはまだ開け放していたので、部屋の中に冷たい風が流れ込んでくる。備え付けてあったエアコンをオンにしてヒーターを点けたが、暖気は冷気に巻かれて部屋の外に出ていってしまう。

「こんなこと言うの……本当に嫌なんだけど」

美咲は冷たい声を出す。これ以上ないくらいよそよそしい他人の声で、

「これ以上この部屋にいるつもりなら……警察に通報する。本気よ。こんなことが警察沙汰になれば、柊月屋の看板に瑕《きず》がつくでしょう」

と告げた。言葉にした後、胸が重くなり両方の目に涙が滲んだ。自分が和範を脅すなんて。この人が背負っている重圧は十分に知っている。本来ならば妻として、その重みを一緒に支えていくはずだったのだ。それなのに自分は残酷な取り引きをする。

和範は無表情のまま美咲を見ていた。でもやっぱり、なにも口にしない。

長い沈黙が続いた後、ようやくのろのろとした動作で和範が立ち上がった。一言も口にしないまま玄関先まで歩いていく。

「車で来たの？」

靴を履く背中に声をかけたが、和範はなにも返してこない。

和範が外階段を下りていく音を、ドアのすぐそばに立ち聞いていた。安堵と、人を傷つけた後の重苦しい気持ちの両方が全身を包み込み、しばらく動けなかった。

どうしてこんなふうに……なってしまったのだろう。

ドアに鍵をかけると、スカートを脱いでスウェットの上下に着替えた。風呂は……やめておこう。本当は入りたいけれど気力がない。

台所の水道を使って化粧だけを落として、奥の和室に布団を敷いた。布団は引っ越し

の日に買ったもので、まだ新品の繊維そのものの匂いがする。とにかく疲れた、もう寝ようと思って電気を消したが、部屋を暗くすると急に怖くなったので点けておくことにした。白い電灯の下で瞼《まぶた》を閉じる。

目を瞑って長い呼吸を繰り返してみたが、心臓の鼓動が速くなって、また両目を開いた。煌々《こうこう》とした白い光が目の奥を射す。怖いのだ、と思う。恐怖が、体中にまだべったりとはりついたままだ。

そろそろと布団から這い出し、ダウンジャケットを羽織ってからスマホを持って、アパートの外に出た。どうしてかまだ和範が近くに潜んでいるような気がして、いないことを確認してからでないと眠れないと思った。

アパートの外廊下を見て誰もいないことを確認した後、外階段を下りていく。冷たい風が真正面から吹いてきて、急いで前のジッパーを首元まで上げる。

自分の足音にすら怯えながら、ゆっくりとアパートの玄関側を確認した。

大丈夫。いない。ちゃんと帰ったんだ。

そう心の中で頷くと、駐車場になっている裏側に回った。駐車場には四台の車が停まっていた。軽自動車が二台と、ワゴン車が一台、セダンが一台。その中に和範の車はなかった。よかった、本当にもう帰ったんだ、これで安心して眠れる。

だが手のひらで胸を押さえるようにして大きく息を吸い、そしてまた外階段に戻ろうとしたその時、駐車場を囲うフェンスを挟んだ向こう側に、見慣れた車が停まっているのが見えた。

美咲はフェンスに向かって歩き出しながら、握りしめていたスマホで電話を掛けた。

『もしもし』

ワンコールで佳太が出た。心臓がどくんと脈打つのを感じながら、短く息を吸う。

「十川です」

『どうした？　なんかあったか』

心配そうな声と、車の中で動く人影。耳と目の両方で佳太の気配をつかまえる。

「なにもない。大丈夫。彼はいま帰ったから」

一歩、また一歩と美咲はフェンスに近づいていった。空気は凍えるほどに冷たくて、なのに顔だけが熱い。

『そうか。よかった。じゃあ』

「佳太くん、どうしてここにいるの？　家に戻ったんじゃないの」

電話の向こうで小さな間があり、それからゆっくりと運転席のドアが開いた。互いにスマホを耳に当てたままフェンス越しに視線を合わせる。

「どうして？」

スマホを耳に当てたまま、美咲は佳太に向き合った。佳太はしばらく驚いた顔で黙っていたが、「心配やったし」と呟く。とりあえず部屋の電気が消えるまでは近くにいようと思っていた、という佳太の声が二重になって聞こえてきた。

五章　ブランド誕生

瑠衣と待ち合わせた小料理店には、約束の十五分くらい前に着いた。先に入っていようかとも思ったが、少し迷って店の前で待っていたら、ほんの五分ほどで瑠衣がやって来た。

「ごめんなさいね、疲れてるところ呼び出しちゃって。京都に着いたのは深夜だったんでしょ？　ちゃんと眠った？」

「はい、昼まで寝てたので回復しました」

瑠衣が指定した小料理店は東山にあり、入り組んだ迷路のような路地を幾度も曲がって辿り着く、間口の狭い店だった。すぐ近くに五重の塔が見え、店先には大きな提灯がぶら下がっている。

「そう。ならよかった」

瑠衣が店に入ろうとして、ふと足を止めた。その拍子で彼女の後ろについていこうとした美咲が、背中に軽くぶつかった。

「あ、ごめんなさい」

「どうしたんですか」

「いや、暖簾の片側だけが捲《めく》れ上がっているから」

瑠衣がなんのことを言っているのかわからず、美咲は首を傾げた。たしかに彼女の言う通り、店名が染め抜かれた紺地の暖簾の片側だけが捲れている。

「ああ、美咲さんは知らないわよね。京都のお店は暖簾が掛かっていたら営業中、掛かっていなければ営業時間外、暖簾の片側だけが捲れ上がっている場合は、お客さんはご遠慮ください、という意味があるのよ」

「お客さんはご遠慮ください、ってどういうことですか」

「そうね、約束した人だけ入っていいという感じね。一見のお客さんはいま入れてません、という」

美咲さんは東京の人だから、そんなしきたり知らないわよねと瑠衣が笑う。

そうは言いながらも瑠衣は気にせず店内に入っていき、「すみません」と声を掛けた。店には客が一人もおらず、従業員の姿もなかったけれど、奥から年配の女性が顔をのぞかせる。

「こんにちは女将さん。いまお休み中？」

「ああ、月橋さん。予約の人が来はるから準備してたんやけど、あんたならええよ」

瑠衣とは顔馴染なのか、女性は腰にエプロンを巻きつけながら「好きなところに座りよし」と促す。

「京都って難しいですね。なんかいろいろルールがあって、私なんかはうろたえるばかりです」

一番手前の二人席に瑠衣と向き合って座ると、さっきの女将が温かい番茶を二つ運んできてくれた。お品書きの中からおすすめのにしん蕎麦を注文し、美咲はお茶を手に取る。

「たしかに独特のルールはあるわねぇ。私も京都でビジネスを始めた時は、あれこれ面倒だなと思ったわ。余所者《よそもの》が京都の老舗の商家に入るというのは、喩えるなら花札で遊んでいる人たちの中に、突然、トランプのポーカーを持っていくようなもんだから」

「花札の中にポーカーですか」

「誰かが新しいことを始めると、東京だとおかしなことやり始めたな、くらいのことでしょうけど、京都だとそうはいかないところもあるからね。商家さんの顔を立てて動かないと出入り禁止になったりもするし」

それでも観光地化が進んでから、そうしたルールもずいぶん緩んだのだと、瑠衣は笑った。

「そこで本題よ、美咲さん。あなた、京都で起業する気はない？」

両目を見開いたまま黙っていると、「はい、お待ちどおさん」とテーブルの上ににしん蕎麦が置かれた。甘辛い出汁の匂いが鼻先をかすめていく。

「私が……起業ですか」

「そうよ。この前の服もすごく評判がよかったし。披露宴の最中に私のところにあなたの素性を聞いてくる人もいたの。今日は時間がなかったけど、またゆっくりあなたの服を見たいっていう人が何人もいたわ」

「ほんとですか」

「ええ。あなたの服を買いたい、あの服はネットでも買えるのかって聞かれたりもしたわ」

あまりに嬉しくて、言葉が続かなかった。本当のところ、あの日売れた四枚は、結婚式という華やかなイベントが後押ししてくれたからだと思っていた。瑠衣の知り合いだという触れ込みもあり、どこかお祝いのような気持ちで買ってくれたのだろう、と。

「私の服を買いたいという人が他にもいたんですか……」

喉が詰まり、瑠衣の言葉をなぞるのが精一杯だった。

「ええ。どう、やってみない？」

起業なんてこれまで一度たりとも考えたことがないし、自分にできるとも思っていなかった。

「私なんかに……できますか」

「それはあなたしだいよ。仕事として服を作りたいかどうか。覚悟はあるか。それがなにより大事なこと」

もしその気があるなら協力はすると瑠衣が頷き、早く食べないと蕎麦が伸びちゃうわよ、と箸を手にした。

服作りを仕事にするなんて、うまくいくだろうか。一枚一万円近いTシャツがそう大量に売れるとは思えない。景気も悪いし、外国産の安価な洋服が町に溢れているというのに。いや、大量に売る必要はないのかもしれない。家具の会社にいた時も、高級家具はそう簡単に売れるものではなかった。でもそれでよかったではないか。デザイン性に優れ、質の高いものを好むお客は必ず一定数存在し、ぽつりぽつりと彼らの手に届いたら、収益は上げられた。でもそれは会社だったから……。手頃な価格の商品が売れ筋としてラインナップされてたからで……。迷っているところに、

「ねえ、とりあえず手始めに、もう一度展示会を開いてみない？」

瑠衣の明るい声が、美咲の心をぐいと引いた。

「展示会……ですか」

「そう。本格的なギャラリーを借りて、あなたの作った服を発表するの。もちろん販売も同時にすればいいわ」

「六十着……」

今回は二十着だったが、次は六十着ほど用意できないかと瑠衣は聞いてくる。

「前に売れ残ったぶんが十六着あるでしょう？　だから新たに四十四着作ってもらいたいの。どれくらいの期間で作れる？」

一日一着は厳しい。二日弱で一着仕上げるとして……。

「三か月あれば、できると思いますけど」

「わかったわ。じゃあ四月の下旬にしましょ。六十着すべてを違うデザインにする必要はなくて、S、M、Lとサイズのバリエーションを増やしてちょうだい」

「ちょ、ちょっと待ってください。資金のこともありますし、そんなすぐには決められません」

「資金って、服作りの材料費ってことかしら」

「材料費もですけど、ギャラリーを借りるとなると相当な費用がかかるんじゃないかと思って」

「それは大丈夫よ。私の知り合いが京都で書店を経営していて、そこに併設しているギャラリーを貸してもらうから」

「でも無料っていうわけにはいきませんし」

都内でギャラリーを借りるとなると、安くても一日一万五千円、場所がいいところなら五万円はかかってくる。いまの自分は無職で、三百万円ほどある貯蓄から、アパートの家賃や細々とした生活費を支払っている状態なのだ。ギャラリーを借りる余裕はない。

「まあ、費用のことは追って相談しましょう」

「でも……」

「懇意にしているギャラリーなの。佳太も何度か展示会をさせてもらったことがあるし、そこなら知り合い価格でお願いできると思うから」

瑠衣はスマホを取り出すと、そのギャラリーのホームページを見せてくれた。展示スペースの写真もいくつか載せられていて、白っぽい壁やグレーの床、部屋の片隅に置かれたスタンドタイプの照明がどんな個性をも引き立ててくれそうだった。

「素敵ですね」

「でしょう」

「……少し、考えさせてもらえますか」

「もちろんよく考えてちょうだい。今日は話をしに来ただけだから」

器の中にはまだ半分以上蕎麦が残っていて、にしんは一口も食べていなかった。美咲は急いで残っていた蕎麦を箸でつまむ。美咲が黙って蕎麦を食べている間、瑠衣はレジの近くにいた従業員と親しげに会話していた。

瑠衣と別れた後、近所の大型スーパーでカーテンを買ってアパートに戻ると、ほんの少し躊躇してからドアを開けた。ドアを少し開き、三和土に靴がないことを確認してから家に入る。不動産屋には朝のうちに電話を入れて、美咲以外の人に鍵を貸し出さないよう伝えたけれど、でもまだ不安は残る。

「ただいま」

誰もいない部屋に向かって声をかける。

美咲はカーテンを取り付けるために奥の和室まで行くと、そのまま畳の上に座り込んだ。まだ未開封の段ボール箱に凭れ、しばらくぼんやりする。これまで自分を固定していた糸がすべて、プツンと切られたような気分だった。もうどこにも繋がっていない、そんな感じ……。宙ぶらりんのまま迷っていた。

起業なんてだいそれたことは考えず、東京に戻るのが正解かもしれない。和範とうまくいかなかったことを両親に正直に打ち明け、しばらく実家に置いてもらいながら新しい就職先を探す。無理を承知で前の会社に連絡してもいいかもしれない。結婚が破談になったことを伝え、派遣社員としてでも働かせてもらえたら……。美咲はその場で仰向けになった。寝ころんだまま両目を閉じると、会社で開いてもらった送別会の光景が瞼の裏に浮かんだ。「結婚おめでとう！」「幸せになってください」「いままでお疲れさん」「いいなあ、京都」「絶対遊びに行きますね」次々に贈られた祝福のメッセージを思い出す。やはり前の会社に戻る勇気は出そうになかった。

「起業か……」

まさか自分の人生にこんなことが起こるなんて思ってもみなかった。結婚という新しい場所に向かって思い切って船出をしたら、まったく別の場所にたどり着いてしまったような。瑠衣は覚悟、という言葉を口にしていたけれど、そんなものはどうしても持てなかった。

ギャラリー「京都ＫＩＴＡ」は、地下鉄北大路駅から徒歩で十分ほどの場所にあった。駅の周辺には大型の商業施設や進学塾が入ったビルがありそれなりに賑わっていたが、少し離れると緑が多く、都会の郊外といった洗練された風景が広がっている。

「すみません、ついて来ていただいて」

石造りの欄干が美しい北大路橋を渡りながら、美咲は隣に並ぶ瑠衣に礼を告げた。橋の下には賀茂川が流れていて、その水量の豊かさに心を奪われる。以前、哲学の道で出会ったおばあさんの「京都の川はどれも北から南に向かって流れるんや」という言葉を思い出し、北はこっち側かと賀茂川の上流に視線を向けた。川の浅瀬にサギが二羽、白い羽を広げて立っている。

「いいのよ。だって私があなたに声をかけたんだし」

展示会をしてみないか、と瑠衣に誘われてから三日間、美咲は思い悩んだ。展示会をする、しないということだけではない。これから先、自分がどうすればいいのかを考えた。和範とやり直すのが無理ならば別れて東京に戻るべきかもしれない。でもすぐに答えが出るわけもなく、結論を三か月後に延ばすことにしたのだ。とにかくいまから三か月間、展示会までは服作りに没頭し、それが終わった時点で今後どうするかを決める。自分に三か月の猶予を与えたことでいまは少しだけ気持ちが軽くなっている。

「服一枚にかかる仕入れ値のことなんだけど、実際はどれくらいなの」

橋を歩いている途中で瑠衣が聞いてきた。ギャラリーのオーナーと交渉するにあたって、自分も正確な数字を把握しておきたいからと言ってくる。

「Tシャツの原価は消費税込みで千円ちょっとです。ミシン糸は七百メートル五百円のものを使ってますので、一枚あたりおよそ千百円くらいで考えればいいかと」

「それにあなたの労力がかかるわけよね。もう少し安いTシャツを仕入れるわけにはいかないの？　だったら利益ももっと出るでしょう」

「はい……。でもいま仕入れているメーカーの生地がすごくいいんです。肌ざわりが良くて、伸縮性もあるし、毛羽立ちのある素材感が他のメーカーにはない感じで。あと他のメーカーはたいていTシャツの前面と背面を脇の下で縫い合わせてあるんですけど、私が使ってるものはその縫い目もなくて……。それから着丈が短めでタイトな作りなのでシルエットがきれいだし」

美咲が説明している途中で、瑠衣が「オッケー。わかったわかった」と笑い出した。

「佳太もそうだけど、ものを作る人のこだわりって、聞いててもよくわからないのよね。でも了解。仕入れ値は千百円で考えましょう。それより安くはできないってことよね」

「はい。すみません」

「いいのよ、謝ることじゃないから」

展示会をやってみようかと思う。そう連絡するとすぐに、瑠衣はギャラリーのオーナーに紹介すると言ってくれた。オーナーと直接会って、条件を含めて話をしたほうがいいから、と。

「あのね美咲さん。オーナーに会う前にひとつだけ言っておきたいことがあるのよ」

「はい、なんでしょう」

「オーナーは由井《ゆい》さんっていう七十代の男性なんだけど、ちょっと変わったところがあってね」

「変わったところ、ですか」

「そう。簡単にいえば美意識が高いの。高すぎるというか、こだわりが強いというか。ギャラリーには彼の価値観に合った作品しか並べさせてもらえないのよ。あと契約までこぎつけてもお客さんに送付するＤＭのデザインとか、そういう細々したところまでチェックしてくるっていうか」

「なんとなくわかります。私も家具を扱う仕事をしてきましたから、『なんでそこまでこだわるの』っていう美意識の高い方に何度か出会ったことがあります」

「そう。だったらわかってもらえるかしら。だからもし交渉がうまくいかなくてもがっかりしないでね。その代わり、気に入ってもらえたらかなりいい条件でスペースを使わせてもらえるから」

「はい。わかりました」

「あ、見えてきた。あれよ。あれがギャラリー」

大通りに面した三階建てのビルを瑠衣が指差した。前に彼女が言っていた通り一階が書店とギャラリーになっているが、小さな美術館のような佇まいをしている。

「失礼します。月橋です」

瑠衣の後について店内に入っていくと、すぐにオーナーらしき男性が現れた。アイビールックというのだろうか。薄いピンク色のボタンダウンシャツにネイビーのジャケット

を合わせたその紳士は、美咲と目が合うと、

「よくいらっしゃいました。私が由井です」

と右手を差し出してきた。

「はじめまして、十川です。どうぞよろしくお願いします」

由井はさっそくギャラリーを案内すると言って、書店の奥へと歩いていく。明日から二週間は京都在住のジュエリー作家が個展を開く予定になっていて、いま準備をしているのだという。

「どうぞ、ここがギャラリーです」

併設されたギャラリースペースは天井が高く、日当たりの良い場所だった。表通りに面した壁一面がガラス張りになっていて、ギャラリーに直接出入りできる扉があった。その扉もガラス素材なので、外から中の様子がはっきり見える造りになっている。美咲は一目見て気に入り、このスペースいっぱいに自分が作った服が並ぶ様子を頭に浮かべると、それだけで胸がいっぱいになった。

「どう?」

瑠衣が口元に笑みを浮かべ、聞いてくる。

「とっても素敵です」

「けっこう広いでしょう。四十五㎡ほどあるんですよ」

由井が満足げに頷くと、天井から吊られたペンダントライトやスタンドライトなどを

点けたり消したりしてくれる。照明が点くと壁の色が少し変わり、外から入ってくる太陽光と溶け合って幻想的な雰囲気になった。

「由井さん、じゃあ少しお話しさせていただいてもいいですか」

「ああ、そうですね。そこにお座りください」

由井が示した先には、濃いブラウンのテーブルがあった。一枚板のあの素材はおそらくウォールナット。ウォールナットはマホガニーやチークと並ぶ高級木材で、調和のとれた室内の装飾に心を奪われる。

「さっそくですけど由井さん、まず十川さんの作品を見ていただけますか」

テーブルを挟んで由井と向き合うと、瑠衣が切り出した。瑠衣に促され、美咲はバッグの中からTシャツを取り出す。由井はギャラリーで展示する作品を自分の目で確認し、それで使用の諾否を決めるのだと瑠衣から聞いている。

「ほおぉ……おもしろい。これはどうやって作ってるんですか。あまり目にしない独特な模様ですね」

Tシャツは三枚準備してきたが、その中の一枚を手に取って、由井が口をすぼめた。かけていた眼鏡を額の上までずり上げ、糸で施された模様に両目を近づけている。

「実は私、自分が作るTシャツのテーマを『京都』にしたんです。刺繡の図案を考える時に、西陣織の優美で絢爛豪華な着物や帯といった図柄を彷彿させるような、そんなものにしようと思って。たとえばこちらのTシャツの図柄は紅葉です。遠目には赤い星にも見えますが、近くで見ると風に舞いそうな儚《はかな》さがあって、星のようなギザギザと尖った印象はないんです」

着物や帯を飾る日本刺繡は、絹地に釜糸と呼ばれる絹糸や金糸、銀糸を用いるのが一般的だ。でも自分は綿のTシャツに、「ファイン」と呼ばれるミシン糸で刺繡をしている。絹糸は値段も高いし、ポリエステルよりも弱くて耐久年数が短いからだ。「ファイン」の素材はポリエステルなのだが、絹のような光沢を持つ特殊な糸なのだと美咲は説明する。

「高台寺の圓徳院《えんとくいん》、八瀬の瑠璃光院《るりこういん》、哲学の道の法然院……京都には紅葉が美しい名園が数多くありますからね。そうですか、この赤い星がちりばめられたような可愛らしい図柄は紅葉の集合体ですか……。じゃあこちらのTシャツは？　この刺繡はなにを意味してるんですか」

由井が視線を上げ、美咲の顔をじっと見つめてくる。

「こちらの図柄は、着物で用いられる流水の文様をヒントにしました。着物に描かれる時は流水の文様単独ではなくて、花や植物の文様と組み合わせたり、空間を埋めるために使われることが多いんです。でもこのTシャツには堂々と、流水だけを主役として使っています」

美咲は白地のTシャツの前面いっぱいに、水色と青色と黄緑色の糸で流水を刺繡した。流水文様には苦難や厄災を流すといった意味があるといい、そういう想いを服に込めたいと思ったのだ。ミシン糸でまっすぐな横線を左から右に引き、いったん半円を描くように下にずらし、次はまた右から左へと横線を引いていく。そうした横線と半円の組み合わせをいくつも連ねることで、Tシャツ全体を川の流れに見せたつもりだ。

「なるほど。水の流れですか」

「はい、鴨川です」

このTシャツに描いたのは鴨川だ。北から南へと太く流れる京都の動脈。春は桜、夏はその川沿いに納涼床の提灯が並び、秋になると川岸に彼岸花を灯し、川面に紅葉を映す。冬はカモやユリカモメたち冬鳥が集まってきて、土地の人たちと一緒に春を待つ。

「鴨川は、京都で暮らす人々にとっては大切な川ですからね」

「それは私も、ここへ移り住んですぐにわかりました」

「あなたが刺繍する一つひとつの絵はとても日本的なのに、全体的な印象は大胆で斬新ですね。それは意図するところなんでしょう？　普通はこうした古風な図柄を使うと、どうも土産物っぽいというか、野暮ったくなるものなのに、それがありませんね」

「それはたぶん、全体的な構図はクロスステッチを意識しているからだと思います」

「クロスステッチというと、デンマークの手工業ですか」

「そうです。以前勤めていた会社で、年に一度、デンマークに行く機会がありまして。そこで目にした刺繍がすごく素敵で……。なんていうか光がぱっと射したような印象を受けるんです」

クロスステッチの多くは、麻の布に、花糸と呼ばれる木綿糸で刺繡されたものだ。その作品を初めて目にしたのは、デンマークの小さな町で開かれていた展覧会だった。クロスステッチの始まりは、経済的に恵まれ、精神的に余裕があった現地の婦人たちだったそうで、そのせいかクロスステッチの図柄はどれも軽やかで透明感があり、突き抜けた明るさがあった。

「なるほど。この図柄だと飽きがきませんね。優れた絵画を前にした時のようにずっと眺めていられる。本当におもしろい」

由井はTシャツを手に持って立ち上がると、自分の目に近づけたり遠ざけたりしながら眺めていた。しょせん自己満足だと思っていた洋服のテーマにも興味を持ってもらえ、それがなによりも嬉しい。

「どうぞ。ぜひ、うちのギャラリーで個展を開いてください」

Tシャツを丁寧な仕草でテーブルの上に戻し、由井が美咲の顔を真正面から捉えてくる。安堵と喜びがいっきに込みあがってきて、どう返事をすればいいか戸惑っている美咲より早く、

「ありがとうございます」

と瑠衣が丁寧に頭を下げた。

そこからは美咲が口を挟む間もなく、瑠衣が手慣れた感じで条件を詰めていく。

「では由井さん、詳細についてお話しさせていただいてもいいでしょうか」

「はいどうぞ。まずそちらのご希望を聞かせてください」

「時期なんですが、できれば三か月後、四月の下旬辺りを希望しています」

「四月は……すみません、埋まってますね。花の季節からゴールデンウィークにかけては人気なんですよ。観光客の来店が見込めますからね」

由井が従業員にノートパソコンを持ってこさせ、予定を確認していく。美咲もバッグの中からシステム手帳を取り出し、二人の交渉に耳を傾ける。

「では、五月はいかがですか。ゴールデンウィーク後半を含んでの開催など」

パソコンをくるりと回転させ、由井が五月のカレンダーの画面を見せてきた。

「ゴールデンウィーク後半？　そんないい時期にギャラリーが空いてるんですか」

美咲は思わず口にした。しんとしたギャラリーに自分の声が響いて恥ずかしい。

「何日か前にキャンセルになったんですよ。五月一日からの十日間、すっぽりと空いてますよ」

由井が涼しい顔で頷く。

「ではそこを押さえさせてください」

瑠衣がすかさず返し、美咲も慌てて「お願いします」と頭を下げた。

「それで使用料なんですが、こちらは一週間で十万円が基本料金だったと存じております」

ここからが本番というふうに瑠衣の口調がよりいっそう丁寧になる。「お電話でも少し話しましたが、十川さんは、今回が初めての展示会となります。正直なところブランドを立ち上げたばかりで実績も知名度もほとんどありません。ですので、費用面ではできるかぎり勉強していただきたいんです。率直に申し上げますと、使用料としてではなく、売り上げた金額に応じてのお支払いをさせてほしいんです」

瑠衣は由井の目を見つめながら、ゆっくりと話した。そういえば瑠衣にブランド名を決めておくようにと言われていたのに、服作りに追われてすっかり忘れていた。

「なるほど。ではまず、そちらの希望をご提示ください」

表情ひとつ変えずに由井が言ってくる。

「売り上げの三割という線でいかがでしょうか。Tシャツ一枚の単価が一万円前後ですので、一枚につき三千円ほど、由井さんにお支払いするということになります。即売での売り上げだけではなく、注文を受けたぶんも含めての合計ということで考えていただければ」

「三割ですか……。販売枚数はどれくらい考えておられるんですか」

「六十、いえ、展示会の当日に受注する枚数も見込んで、七十枚は販売させていただきます。それだけ売れれば、使用料より多くお支払いできる計算になります」

「そうですか、それくらいの数があればギャラリーの空間も十分埋まりますね」

由井は数秒ほど黙ってパソコンの画面を見つめていたが、やがて心を決めたように視線を上げると、

「わかりました。使用料はなし。その代わり、売上金の三割をいただくということにしましょう。ギャラリーのためにも、一枚でも多く売ってくださいよ」

とにこやかに微笑んだ。その目は瑠衣ではなく自分に向いていたので、背筋を伸ばして「よろしくお願いします」と頭を下げる。

賃料の交渉が終わると、瑠衣は「ちょっと失礼します」と口にして席を立った。一本だけ電話をさせてください、と外に出ていく。

交渉が成立し、打ち合わせが終了したタイミングで女性の従業員が抹茶と寒椿を模した練り切りを運んできてくれた。瑠衣の口調から気難しい老人を想像していたのだが、由井は話し上手で穏やかな紳士という印象だった。

「十川さんは東京の方なんですか」

「はい。昨年の十一月に来たばかりで、京都に住み始めてまだ三か月なんです」

「そうですか。実は私も元々は東京の人間なんですよ。大学が京都だったもので、それからなんとなく離れがたくて住みついてしまいました」

「そうだったんですね」

大学生の時に移り住んだのだとしたら、半世紀は京都にいるということか。由井はこの土地に上手く馴染めたのだろう。

「これからも京都でお仕事を続けていかれるのですか」

突然そんなふうに聞かれ、言葉に詰まった。

「いまのところ、はっきりとはわかりません。私みたいな余所者が京都で商売をするというのも難しいでしょうし」

京都の商家では何代続いたかが重要なのだ、と真知子が口にしていたことを思い出す。商売が長く続くということは、それだけ客の信用を得てきたという証明である。そう教えられたが、それを考えると自分にはなんの信用もない。

「余所者だなんてことは考えなくていいんですよ。東京と同じで、京都にしたって元は余所者の集まりですよ。京料理は地方の割烹料理の焼物やお造りなんかが京都に入ってきて、京懐石になったものですし、茶人の千利休にしても、本名は田中与四郎という大阪の堺の出身です」

いま京都で大きなビルを構えている人たちの中には、もとは近江商人や堺商人だった人間も多い。だから余所者などという考え方はしないでいいのだと、由井が鷹揚《おうよう》に微笑む。

「ありがとうございます」

励まされた気がして、美咲は素直に礼を伝えた。

「いえいえ、それより十川さんのブランドの名前を教えてもらえませんか。私も微力ながら宣伝させてもらいますよ」

そうだった。ブランドの名前だ。美咲は、昔作った『夢』というタイトルの作品を頭の中に思い浮かべた。青みがかった透明なビー玉の周りに、雨に濡れた蜘蛛の巣のような糸を何重にも張り巡らした作品……。

　あのビー玉は十九歳の頃の自分だった。ビー玉が待っていたのは、光。自分を照らす光が欲しかったのだ。いまこの服作りが、十年以上をかけてようやく訪れた光なのかもしれない。

「うちのブランド名は『リュス』といいます」

　たったいま思いついた言葉をするりと口に出すと、もう最初から自分の中にあり、そう決まっていたかのように馴染む。「ｌｙｓ」と綴ってリュスと読ませる。音の感じもすごくいい。

「リュス……ですか」

「デンマーク語で『光』という意味です」

　由井は頷くと、声を出さずに「リュス」と口の中で呟いた。何度か繰り返すことで、聴きなれない単語を記憶しようとしている。

「なかなか洒落てますね」

「ありがとうございます。よろしくお願いします」

　由井がジャケットのポケットから手のひらくらいの手帳に『リュス、光』と書き付けている。美咲が見ていることに気づくと、「最近どうも忘れっぽくてね」と微かに笑みを浮かべた。

　瑠衣の戻りが遅いのが気になり、出入口に視線を向けていると、

「ところで十川さん」

と由井が声を潜めた。これまでの紳士的な物言いではなく、人をたしなめる時の声だった。

「はい」

なにかミスをしただろうかと、美咲は頬の笑みを消す。交渉が無事に終わり、ブランド名も褒められたせいか調子に乗り、舞い上がっていた。

「月橋さんには気をつけなさい」

顔を少し寄せて、由井が囁《ささや》いてくる。

「え？」

美咲は由井の真意を読み取ろうと、その目を見つめた。

「月橋さんを全面的に信用してはいけませんよ」

「あの、それってどういう……」

聞き返しているところにガラスの扉が大きく開き、冷たい空気がかたまりになって入ってくる。

「すみません、電話が長くなってしまって」

にこやかな笑みを浮かべた瑠衣が、足早に近づいてきた。美咲は驚いた表情のままその場で固まっていたが、

「いえ、かまいませんよ」

由井はもう、なにもなかったかのように瑠衣と話し始めた。

久しぶりに仕事らしいことをしたせいか、アパートに戻る頃には疲れきっていた。外階段を上がる足取りも重く、熱でもあるのかと手のひらを額に当てる。いつもより少し熱いかもしれない。

「あ……」

まただ。美咲の部屋のドアノブに艶のある黒色の紙袋がかかっている。バッグから家の鍵を取り出しながら外廊下を歩きドアに近づくと、美咲はその小さな紙袋を手にした。

『とらやの羊羹です。もしよかったら食べてください。　和範』

紙袋の中をのぞけば、小さなメモが箱の上に載せてあった。こんなふうに和範から菓子が届くのは、今日で五度目だった。この前は抹茶クリームを挟んだクッキー。その前は黄色やピンク、オレンジの金平糖。さらにその前は阿闍梨《あじゃり》餅……。いったいどういうつもりで届けてくるのか。甘いものは大好きだけど、受け取ったぶんだけ罪悪感のようなものが溜まっていく。

鍵を開けて中に入ると手前の四畳半の和室にTシャツが山積みされていて、繊維特有のとろりと甘いような匂いがした。

「疲れたなぁ」

と口にしながらヒールを脱ぎ、部屋に入っていく。本当はいますぐ横になりたかったけれど、まずは散らかった部屋を掃除しなくてはいけない。

部屋のまん中に出しっぱなしにしているミシンを片付けていると、由井が口にした言葉がふいに思い出される。あれはいったいどういう意味なのだろう。たしかに瑠衣には多少強引なところがある。自分がこうと決めてから人を動かす、というか。結婚式場の展示やギャラリー京都ＫＩＴＡでの催しも、彼女の意のままに進んできた。でもそれは、そもそも美咲になにもプランがないからだ。だから瑠衣が提案してくるのは当然のことで、それは強引というわけではない。待ち合わせの場所は滋賀の安曇川だったり、京都市内の蕎麦屋だったり、いつも瑠衣の都合の良い場所だったりはするけれど……。

瑠衣の自分勝手な面をいろいろと考えてはみたが、でもどれも信用できないというレベルのものではなかった。美咲からすればそんなことを初対面の人間に言ってしまう由井のほうが、よほど信用できない。

「もうやだな、わからない……」

聞き流せれば楽なのだろうがそれもできず、気分だけがもやもやと絡まっていく。佳太に……相談してみようか。彼なら瑠衣のことはもちろん、由井のことも知っているはずだ。彼もあのギャラリーで個展をしたことがあると、瑠衣が言っていたから……。

美咲はスマホを手に取り、アドレス帳から佳太の番号を探し出した。躊躇いながらも発信ボタンを押し、だが佳太になんて説明しようかと考えて、すぐにキャンセルのボタンを押した。佳太と瑠衣はつき合っているのだ。自分の恋人を悪く言われた彼が、由井に抗議をしないとも限らない。そうなれば佳太と由井の関係も、瑠衣と由井の関係も悪くなってしまう。せっかく決まった五月の展示会の話も、反故《ほご》にされるかもしれない。

スマホの待ち受け画面を見つめたまま、途方に暮れる。いまの自分には悩みを相談する人がいない。スマホを握りしめたまま、その場でごろりと横になった。本当に風邪を引いてしまったのだろうか、体がだるい。

寒さを感じながらうつらうつらとしていると、手の中のスマホが鳴った。慌てて体を起こし、画面に目をやると「非通知設定」という文字が浮かんでいる。和範の顔が頭に浮かんだが、それはない、と思い直す。彼なら美咲が「非通知設定」の電話には出ないことを知っている。

「もしもし」

声のトーンを低くして電話をとった。もしかしたら展示会の件で由井がかけてきたのかもしれない。

『失礼します。こちらの番号は、十川美咲さんのものですか』

電話の向こうからくぐもった男の声がした。美咲の名字を「そがわ」ではなく「とがわ」と読んでいるので、知り合いではないはずだ。気味が悪いのでそのまま無言でいると、

『こちらは十川美咲さんの携帯でしょうか』

と男が再度聞いてくる。美咲は数秒間、声を発さず相手の様子を窺った。男も同じよ

うに押し黙ったままだったが、こちらの様子を窺うような息遣いだけは聞こえてきた。

「……どちらさまですか」

こんな電話、本当は無言のまま切るのが正解なのだろう。でも自分の名前や電話番号を知られていることが不気味だった。粗雑な応対をして相手の恨みを買うことも怖い。

『十川美咲さんですね。ちょっとお尋ねしたいのですが、今日あなたはどこに行きましたか』

「……あなた誰？」

『お願いします。答えてください。あなたは今日、どこに行きましたか』

気味が悪いと思ったけれど、「今日はギャラリーに行きました」と美咲は返した。電話をかけてきた意図がさっぱりわからなかったが、『お願いします』という言葉だけは本当のような気がしたからだ。男の緊張がはっきりと伝わってきて、思い詰めた声を無視することができなかった。

『ありがとうございます。失礼しました』

美咲が答えると、男はそう口にして電話を切った。切る前に一瞬だけ、すっ、と短く息を吸う音が聞こえた。

「なに、いまの……」

落ち着け、落ち着け。自分に言い聞かせる。いまは不審な電話に心を乱されている時間はない。三か月後の展示会に向けて、四十枚以上の服を作らなくてはいけないのだ。

そのための新しいデザインも考えなくてはいけないし、瑠衣にはホームページを立ち上げるようにも言われている。由井からは展示会の告知に使うＤＭ葉書を二百枚、遅くとも開催の一か月前には届けてほしいと頼まれた。ＤＭのレイアウトを考えること。印刷を発注する会社を探すこと。ホームページの作成。会計にクレジットカードを導入するための契約。するべきことは山積みされている。いまはこんな電話に気持ちを取られている時間すらない。ただのいたずらかもしれないし。

それなのに、畳の上でぐったりと横になってしまった。精神的な疲労だけではなく、本格的に体がだるい。熱があるのかな、としばらく目を閉じていると、胃を強く押されたような不快感が喉元に込み上がっていた。手のひらで口を覆って耐えていると、背中が痙攣《けいれん》してくる。

美咲は両手を畳について起き上がり、トイレに向かった。そしてそのまま便器に顔を突っ込むようにして胃の中のものを吐き出す。声を出しているつもりはないのに、喉が苦しげに鳴る。繰り返し何度か吐くうちにようやく背中の痙攣が止まり、鳩尾《みぞおち》に手を当てて深く息を吸った。

トイレットペーパーで目尻と口元を拭ってからトイレを出ると、酸素が足りない時のように、頭がくらりとした。これ……ダメなやつだ。三年に一度くらい、美咲は大きく体調を崩す。たいていは仕事で無理をした時に調子が悪くなるのだが、一日か二日、寝込むことがあった。

とにかく薬を飲まなきゃ、と思ったけれど、生理痛のための鎮痛剤くらいしか手元にはない。でも胃痛もいちおうは痛みなので効くかもしれないと思い、とりあえず鎮痛剤を二錠、口に含んだ。水を飲むとまた吐きそうになる。こんな時に、と情けなくなる。いま一番頑張らないといけないのに、自分はなにをしているのだろう。

ソガワさん、ソガワミサキさん、と自分の名前を呼ぶ声で目が覚めた。

うっすらと両目を開くとなにも見えず、ああ、いまは夜なのだと濁った意識の中で思う。意識も視力もぼんやりしているなかで聴力だけが正常に機能していて、誰かが自分の名前を呼んでいることはわかった。あの声は……佳太だ。とりあえず明かりが欲しいと思い、手を伸ばして頭の上に置いていたスマホをとっさに握った。だが画面は真っ黒で、ボタンを押してもなんの反応もない。そうだった。体が辛すぎていったん眠ろうと決めた時に電源を切ったのだ。またあの不審な電話がかかってくるのが怖くて、電源を完全に落としてから眠りについたのだった。

ゆっくりとした動作で布団から出て、部屋の電気を点ける。明かりが点くと同時に、自分の名前を連呼する声がぴたりと止まり、その代わりに張りつめた沈黙が流れてくる。

美咲は玄関まで出ていくと、鍵を解きドアを開けた。

ドアの前で、佳太が両目を吊り上げて仁王立ちしている。

「佳太くん……どうしたの？」

「どうしたのって……こんなすぐにドア開けたらあかんやろ。ちゃんと相手を確かめてからにせんと」

「でも声でわかったから」

「それでも確認せな」

半分だけ開いたドアから部屋の明かりが漏れ、佳太の顔を照らしていた。怒ったような困ったようなその表情に、美咲もどんな顔をしていいかわからない。ほんの数秒、二人の間に気詰まりな沈黙が落ちた。

「なんかあったん？」

眉をひそめ、佳太が聞いてきた。

「佳太くんこそどうしたの？　なにか急用？」

美咲の体調が悪いことを知っているのかと思ったが、まさかそんなはずはないだろう。

「いや、電話かけてきたから。十川、おれに電話してきたやろ」

「電話？　かけてないけど……」

アパートの住人が帰ってきたのか、彼の肩越しに人が通るのが見えた。ちらちらと横目でこっちを見ていく。

「今日の三時過ぎに十川からの着信あったけど？　おれ、出られへんかって」

「ああ、そっか。そうだった……。かけたかもしれない」

そういえば由井に言われたことが気になって、佳太に相談しようとして電話をかけた。

でもすぐにキャンセルしたのだ。その履歴が残ってしまったのだろう。

「なんの用事やったん」

「ああ……うん、たいしたことじゃなくて。佳太くん、ギャラリー京都KITAって知ってるでしょ。実は私、そちらで展示会をさせてもらうことになったんだけど、DMを作らなくちゃいけなくて。佳太くんも前に個展やったって聞いたから、デザインはどうしたのかを聞きたくて」

「ああ、そういうことか」

佳太がほっとしたように大きく息を吐いた。

「ごめん、しょうもない内容で」

「いや、それやったらええよ。折り返し何度か電話しても、繋がらんかったから。なんかあったんか思って」

「……ごめん」

「いや、おれのほうこそ悪かった。夜の遅い時間にすみません」

佳太がそのまま帰ろうとしたので、

「お茶飲んでく？」

と引き留めた。

「ええよ、もう遅いし」

「遅いっていっても、まだ十一時だよ」

「いや、また今度にするわ」

「待って」

気がつけば、手を伸ばして佳太のダウンジャケットの袖を掴んでいた。

「ごめん。話したいことがあるの。十分だけ時間ちょうだい」

自分でも驚くくらい切羽詰まった声が、闇に響く。

少しだけ待ってね、と彼を玄関で待たせている間に、布団を片付け、押入れにしまった。手前の部屋は散らかっていたけれど、奥の六畳間は未開封の段ボール箱が置いてあるだけだ。美咲が「どうぞ入って」と手招きすると、「じゃあ十分だけ」と佳太が肩をすくめるようにして部屋の中に入ってくる。

「奥の部屋に座ってて」

佳太を奥の部屋に通してから、台所に立ちコーヒーを淹れた。

「どっか具合悪いの？」

「え、どうして」

「薬置いてあるし」

「うん……ちょっと吐きけがして」

たぶん胃腸の風邪だと思う、と美咲が口にすると、蛍光灯の白い光に照らされた佳太の顔がふと翳った。

「あ、ごめん。うつしちゃうね。私、気づかなくて」

「いや、そうじゃなくて。病院行ったか？」

「まだなんだよね。どこにあるのかもわからないし、今日はもう遅いから明日にしようと思って」

美咲が答えると、佳太が、「いまから行くか」と言ってくる。救急外来ならこの時間でも診てもらえるだろうから、と。

「いいよ大丈夫。いまはましになってるし」

「遠慮せんでええよ」

「ほんとに大丈夫」

不意打ちのような親切に戸惑っていると、佳太は「そうか」と頷き、

「話したいことってなに？」

と聞いてくる。美咲は座っている彼の前にコーヒーを載せたトレーを置き、少し離れて座った。

「あのね、今日変な電話がかかってきたの」

「変な電話？」

美咲の話を聞いていた彼の眉間に、深い皺が刻まれていく。

「声に聞き覚えはないん？」

「うん、たぶん……知らない人だとは思う。でも覚えてないだけかもしれない」

「いたずらとか、そういう感じでもないんか？」

「そう……だね。話し方も普通だったし」

うまく言えないけれど、切実な感じがしたのだと美咲は伝えた。嫌がらせというよりも、電話をかけてきた相手自身がなにか思い悩んでいるような。

「自分の名前を名乗らんような奴に、同情なんかしたらあかんで」

佳太に厳しく言われ、「はい」と俯く。その通りだ。どうして自分はあんな電話にまともに対応してしまったのだろう。

「まあ今日はしゃあないけど、でも次同じような電話がかかってきたら、すぐに警察に相談せなあかんで」

「そうだね。そうする」

もし続くようならスマホの番号を変えたほうがいいと言いながら、佳太が立ち上がり窓のほうに近づいていった。カーテンを開けて、外に誰もいないかを確認している。

会話が途切れ、薄い壁越しに聞こえてくる隣の部屋のシャワー音をぼんやり聞いていると、「熱は？」と佳太が振り返った。

「熱は……どうだろう。あるかもしれない。体温計ないから計ってないけど」

美咲が答えると、佳太がおもむろに近づいてきて、畳に座る美咲に向かって手を伸ばした。思わず体を後ろに反らすと、ひんやりとした手が美咲の額に触れる。

「熱あるな……。おれ、ドラッグストア行ってくるわ。京都やったら二十四時間営業の店あるやろし」

「大丈夫だよ、寝てたら治るから」

「いや、薬と、冷えピタと、ポカリと……体温計も買ってくる。食べるもんはあるん？」

「いまはないけど、治ったら買い物に行くから」

「じゃあなんか食料も買ってくるわ。ちょっと待ってて。あ、もうおれのことは気にせんと、布団敷いて寝といて。そや、下駄箱の上に置いてある鍵、借りていくわ。鍵もかけとくし」

早口で告げると、佳太が大股で玄関に向かっていく。止める間もなく部屋を出て行くと、足音を響かせて外階段を下っていった。

まだ痛む胃の上に手を当て美咲は立ち上がり、押入れからずるりと布団を引き出した。首から上は熱いのに、やけに寒く、喉がからからに渇いている。

眠ったり起きたりを交互に繰り返しているところに、玄関のドアが開く音が聞こえた。畳を踏む足音が近づいてきたかと思うと、額に冷たいものが当てられる。佳太が冷却シートを載せてくれたのだと思い「ありがとう」と呟いたが声が出ず、ただの吐息になった。

「枕元に薬とポカリ置いといた。水分はこまめに取るように。あと、レトルトのおかゆが台所にあるから」

眠気と熱で朦朧《もうろう》としているところに、低く抑えた声が落ちる。

「もう……帰るの？」

「うん。鍵は外からかけて、ドアの郵便受けに入れとくし」

なんかあったら電話しろよ、と言われた瞬間、美咲はほとんど無意識に布団の中から手を伸ばして彼の腕を摑んでいた。空気を潰したような、ダウンジャケットの柔らかな感触が手に伝わり、心細くて泣きそうになる。

「どうした？」

佳太が顔をのぞき込んでくる。

美咲は必死で「帰らないで」という言葉を喉の奥に押しとどめた。そして目を逸らし、「気をつけてね」と彼の腕を摑んでいた手をそっと放した。

外から差し込んでくる五月の陽光とトーンを落とした室内照明が、幻想的な光のうねりを作っていた。ギャラリーそのものがひとつの作品のようにも感じられ、その中心に立ちながら美咲は幸せを感じていた。

ギャラリー京都ＫＩＴＡで始まった展示会は今日で無事に最終日を迎え、売れ残ったＴシャツはわずか五枚になった。

「おつかれさま、冷たいお茶でも飲みませんか。宇治茶品評会で入賞した、とっておきの煎茶を淹れましたよ」

客足が途絶えた頃を見計らって、由井がギャラリーに顔を出す。

「すみません、気を遣っていただいて」

五月一日に展示会が始まってから、由井は毎日こうして様子を見に来てくれた。お菓子を持ってきたり美味しいお茶を差し入れたり。たまたま混み合って忙しい時にはレジでの会計を手伝ってくれることもあった。

「それにしても五十五枚も売れたなんてすごいですね。受注も何枚かあったようですし、見事なものです」

搬入したTシャツは契約時に約束した六十枚ジャスト。この三か月間ほとんど休むことなくミシンに向き合い、なんとか約束の枚数を作り上げた。

「ありがとうございます。由井さんが知り合いの方にお声をかけてくださったからです。由井さんのおかげです」

展示会を知らせるDMは合計で三百五十枚印刷し、そのうち二百五十枚を由井に託した。彼はそのDMを百貨店や美容室、セレクトショップ、料理屋、ホテルなどに勤務する知り合いに配布してくれたようで、訪れた客の半分以上は由井の知り合いだった。彼の協力なしでは、とてもこれだけの数を売り上げることはできなかっただろう。

「いやいや、そんなことはないですよ。まあ中には私への義理で足を運んだ人もいたでしょうが、そういう人はたいてい品物は買っていきませんよ。いちおう顔を出すだけです。ちゃんと商品を気に入って買ってもらえたのは十川さん、あなたの力です。あなたの作品の魅力ですよ」

人は義理だけで一万円もの金は出さない、と由井が笑みを浮かべる。本当に気に入ったから、「リュス」の商品を手に入れたいと思ったから買っていったのだと満足そうに頷いた。

「それにしても、この数を手作りするのは大変だったんじゃないですか。六十枚と聞いて、無理じゃないかと思ってたんですよ。新たなデザインも考案しなくてはいけなかったでしょうし」

「はい……たしかに六十枚はぎりぎりでした。でもデザインは六十種類もないんですよ。月橋さんからデザインのバリエーションを増やすより、サイズ展開をしたほうがいいとアドバイスを受けていたので、新しく考案したデザインは五つだけです」

「それでも一枚一枚が微妙に異なる一点ものであることに、変わりはありませんよ。とてつもなく手の込んだ一着です。京都の人間はね、新しいものが好きなんです。まして衣服へのこだわりは格別ですよ」

京都人の審美眼ほど怖いものはない、と由井が肩をすくめる。この土地の人たちは、自分たちが文化の中心にあるという誇りを持っているのだと。

「由井さんが京都を好きなのか嫌いなのか、私にはわかりません」

「好きですよ、もちろん。日本が世界に誇る都です。それは間違いありません。でも私は京都という町に心は許していませんよ。なぜなら京都の人が私を心底受け入れてはくれないからです、しょせん余所者ですからね」

冗談めかして言いながら、「お客さんですよ」と由井が表通りに面したガラスを指差した。ガラス越しに見えた人影に、美咲は一瞬言葉を失う。どうしてあの人たちがここへ来るのだろうか。

ギャラリーの出入口に向かってまっすぐ歩いてくるのは古池真知子、知佳、そして乃亜の三人だった。

「こんにちはー」

ドアを押し、乃亜が顔をのぞかせる。真知子と知佳にそう言うように教えられていたのか、

「美咲さん、たいへんご無沙汰しています。このたびはおめでとうございます！」

学芸会のようにハキハキとよどみなく、乃亜が声高らかに挨拶をしてくる。乃亜の朗らかさにつられ、「ありがとうございます」と美咲も明るく返すことができた。乃亜の後ろで真知子と知佳が、遠慮がちに小さくお辞儀をする。

「あの、どうしてここへ？」

お義母さん、と言いかけて言葉を引っ込める。目の前に立つこの女性たちと自分が、いまどういう関係にあるのかわからない。

「和範から聞いたんです」

「和範さんから……ですか」

「そうです。京都ＫＩＴＡさんは有名なギャラリーやし、ここ来るんは初めてと違うんよ」

ようできてるやん、と真知子が店内に残っていた五枚のＴシャツに目を向ける。由井

はいつの間にか姿を消していて、ギャラリー内には古池家の女性たちと自分しかいない。

「お母さん見て見て、これ可愛い！」

気まずい沈黙が流れる中で、乃亜の無邪気な声が響く。彼女が指差しているのは、二頭のシマウマが顔を寄せて草を食んでいるデザインのTシャツだった。

「この二頭はね、グレビーシマウマの親子なんだよ。前にテレビのニュースで見て、すごく可愛いかったから思わずデザインしちゃったの」

シマウマの赤ちゃんの体毛は、縮れてモコモコしているのだという。だから赤ちゃんシマウマのほうは小さな針目で立体感を出している。今回作った新作の中でも最も遊び心のあるデザインだった。

「お母さん、この服欲しい。買って」

ハンガーで壁に吊っていたTシャツを手に持って、乃亜が知佳のもとに近づいていく。

知佳が小さく頷き、

「美咲さん、買わせてもうていい？」

と聞いてくる。

「もちろんです。ありがとうございます」

美咲は頭を下げ、丁寧に礼を伝えた。強張っていた知佳の顔が少し緩むのを見て、肩の力が抜けた。彼女たちは、自分に文句を言いに来たわけではないのだ。

「ほな私はこれもらうわ」

真知子が手にしたのは、二等辺三角形を規則正しく上下左右に連続して組み合わせ、一つの大きな山をイメージした一枚だった。日本刺繍の鱗紋といわれる文様で、能や歌舞伎では鬼女や蛇の化身の衣装に使われるらしい。これもかなり遊んだ作品で、三角形の色を微妙に変えて、五山送り火の「大」の文字がうっすらと浮きあがるデザインにしていた。

「美咲さん、私にも売ってくれはる?」

あまりに驚いてすぐに返事ができないでいると、真知子が上目遣いに聞いてくる。

「あ、はい、もちろんです。ありがとうございます」

真知子はほっとしたように頷くと、「そしたらこっちのと合わせて二枚いただくわ。知佳のぶんも買わせてもらうわな」と長袖のシャツの襟に触れた。

「お支払いはカードで……あ、やっぱり現金にするわな。カードやと手数料やらなんやらで美咲さんの取り分が減るしな」

真知子が長財布から一万円札を三枚抜いて手渡してくれる。

「すみません、気を遣っていただいて」

「このハンガー、お洒落やん。どこで買うたん? 高かったやろ」

選んでもらった服を丁寧に畳んで紙袋に入れていると、知佳が聞いてきた。

「そのハンガー、手作りなんです。服のイメージに合うものがなかなかなくて、自分で作りました」

手作りといっても、既製品の木製ハンガーに細工しただけのものだ。剝《は》がし液を使ってペイントを落とし、ヤスリをかけ、さらに自分で色を塗り直した。その上に「ｌｙｓ」の文字を刻印してある。刻印は業者に頼んだので、よけいに費用がかかったけれど。

「やっぱり美咲さんは器用やな。京都の風物をデザインに織り込んでくれて、おおきに」

ため息混じりの褒め言葉を素直に受け止め、美咲は「ありがとうございます」と頭を下げる。

三着分を包装し終えると、ギャラリー内に沈黙が戻った。誰かが台詞《せりふ》を忘れた演劇の舞台上のように、空気が張り詰める。

「あの、今日はわざわざ……」

美咲がその場をおさめようと口を開くと、

「美咲さん、このとおりや」

突然、真知子が深々と腰を折った。手に持っていた紙袋をテーブルに戻し、美咲は無言で目を見張る。

「美咲さん、もう一度、和範とやり直してやってくれませんか。お願いします」

顔を上げた真知子の目に涙が滲んでいた。「あの子、最近はご飯もよう食べられんようになってしもてん。あんたが出ていってしまってから、それはもう落ち込んでなあ。見てられへんのやわ」

真知子の隣で、知佳が「私からもお願いするわ」と眉根を寄せた。

今日はこの話をしに来たのかと、美咲はしばらくなにも返さずに二人を見つめた。和範からはいまも週に一度は菓子折りが届いている。だが彼がなにかを言ってくることはなかったので、そのままにしていた。食事もとれないほどだとは、思ってもいなかった。

「東京からこっちに来て、右も左もようわからん美咲さんに私らも冷たかった思うわ。せやけどお父さんが死んでしもて、修さんに柊月屋を乗っ取られそうになって、私も和範も必死やったんや。余裕がなくて美咲さんのことを親身になって考えてあげられへんかった。堪忍してください」

和範は美咲さんじゃないとあかん言うんや。私もほんまに反省してる。美咲さんは自分の好きなことをしたらいいからもう一度やり直してやってほしい、と真知子は繰り返し同じ言葉を口にした。

「カズちゃんな、ほんまは今日一緒にここに来て、美咲さんに会いたかった思うねん」

真知子も知佳もばつの悪そうな表情をしている中で、乃亜だけが屈託なく笑っている。

「カズちゃん、いま引きこもりやねん」

「引きこもり？」

「うん。仕事は行かはるけど、それ以外は部屋にこもってはるねん。この前の日曜日に私とお母さんとおばあちゃんで部屋の中に入ったら、ゴミだらけになってた。きれい好きのカズちゃんが歯も磨かんと、パジャマ姿で夜まで過ごしてはったわ」

なあお母さん、と乃亜にふられ、知佳が無言で頷く。作り話ではないのだろう。真知子と知佳が、わざわざ自分に会いにここまで来たくらいなのだ。

「美咲さん、このままやったらあの子……鬱病になるわ」

知佳が美咲の目を真顔で見つめてくる。いつもの傲慢さは影を潜め、すがるような目つきになにも言えなくなる。

「まあええやんお母さん。美咲さんが困ってるやん。美咲さん、このお仕事が終わってからでええし、カズちゃんのこと考えといて」

乃亜が二人の手を引き、出入口に向かおうとする。美咲が困惑していることを察知したのだろう。

「そうやな。今日は話できただけでもよかったわ」

真知子がハンカチで目尻を押さえ、知佳が「おおきにな」と紙袋を手に取った。

ギャラリーの外まで三人についていき、「ありがとうございました」と見送ると、真知子がさっきもそうしたように深く腰を折り、頭を下げた。

午後八時にギャラリーを閉めると、美咲は片付けを手伝ってくれた瑠衣と佳太を打ち上げに誘った。どこの店にするか迷っていると、瑠衣が四条の東洞院《ひがしのとういん》通沿いにあるフランス料理店を教えてくれたので、ひとまずそこに移動する。佳太の軽トラックに備品を積んでもらい、美咲は瑠衣の車に乗って店に向かった。

「では、美咲さんの成功に乾杯！」

ノンアルコールビールを注いだグラスを、三人で持ち上げる。グラスを合わせる音が達成感をともなって心地よく耳に響いた。

「瑠衣さん、佳太くん、本当にありがとうございました」

一口ビールを飲んだ後、美咲は二人に頭を下げた。瑠衣と佳太はテーブルを挟み、二人並んで座っている。今回用意した六十枚のTシャツのうち、売れ残ったのはわずか一枚だけだった。本当は二枚残ったのだが、そのうちの一枚を佳太が「記念に」と買ってくれたのだ。

「私たちはなにもしてないわよ。あなたの作った服が魅力的だったのよ」

「でもこういう機会を与えてくださったのは、瑠衣さんですから」

客は由井の知り合いがほとんどだったが、瑠衣の仕事関係者も二十人近く来てくれた。幸運だったのは、前に披露宴会場でTシャツを展示した時のお客さんが、インスタグラムで美咲の服を紹介してくれていたことだ。大原茉莉江という名のすらりと背の高い女の子で、彼女がモデルとして活躍していることを、美咲はいまになって初めて知った。

「正直言うとね、私も六十枚が完売するなんて思ってなかったのよ」

「正確には五十九枚ですけど……。でも今回は大原さんが宣伝してくれてたというのもありますし、運が良かっただけで」

「茉莉江ちゃん？　でも誰も頼んだわけじゃないのよ。茉莉江ちゃんが自分の意思でリュスの服を着て、写真撮って、インスタにあげただけでしょ。それを見た人に『自分も欲しい』と思わせたのは服の力よ」

今日はやっぱり飲みたい、と瑠衣が手を挙げてウェイターを呼んだ。車は駐車場に置いて帰るから、と赤ワインのボトルを注文している。

「服の力っていっても、大原茉莉江さんが着てくれたから素敵に見えただけです。あのスタイルで服を着こなしてくれたからで」

「あのね美咲さん。だめよ、もっと自分に自信を持たなくちゃ。さっきから『でもでも』って。いい？　否定的な言葉は意識して使わないこと。自分の作った服は最高だ。世界にひとつしかないのよ。素敵でしょ。欲しいでしょ。そんなふうに自信たっぷりに振る舞いなさい。作者が自信なげに出した作品なんて、誰が欲しがるの？」

あなたの服を買った人たちは、ただ服を着るだけじゃないの、あなたの感性を身にまとっているのよ。あなたの才能で自分を飾り、あるいは防護し、それをまた自分自身の自信に繋げて一日を生きるの。洋服ってそういうものよ。それをよく覚えておきなさいね、と瑠衣が強い口調で言ってくる。酔いが回っているのか、いつになく容赦のない言葉に、美咲は「はい」と一言だけ返し、その通りだと反省する。

「自分自身の自信って、シャレか」

沈黙を繕うように佳太がぼそりと呟く。店に入ってから瑠衣がほとんど一人で喋っていたので、久々に声を聞いた。

「真剣な話してるの。冗談なんて言うわけないでしょ」

椅子に背中を預け、硬い表情をしていた瑠衣の唇がわずかにほころぶ。

瑠衣とつき合っていくうちに、彼女がとても厳しい人であることはわかってきた。仕事になると中途半端なことを決して許さない。利益を出すための努力を、美咲にも遠慮なく強いてくる。美咲は展示会のための服作りに加えて、この三か月の間にリュスのホームページを立ち上げ、お客さんがクレジットカードで支払いができるようにクレジットカード会社との契約も済ませた。カード決済だと売り上げの三％に加えて、振込手数料をカード会社に支払わなくてはならないが、それでもお客さんの便利さを優先したほうがいいと瑠衣から指示を受けたのだ。そうした事務的な手続きと服作りを同時進行させるのは時間的に厳しかったけれど、展示会が終わったいま、やっておいてよかったと実感している。

「美咲さん、次はネット販売よ」

赤ワインのボトルが半分以上空いたところで、瑠衣が言ってくる。

「ネット販売？」

「そう。本来ならばあなたのような無名のデザイナーがネット販売したところで、注文はほとんどこないわ。でも今回の展示会で服を買ってくれた人は、リュスの商品を知っている。次は安心してあなたの作る服を買ってくれるはずよ。ネット販売はここから先の展開に必要なの」

「ここからの……展開？」

「なに？　どうしたの？　そんな弱気な顔して。それに今後、セレクトショップから注文が入るようになったら、いつまでも手縫いというわけにはいかないわ。信用できる縫製工場に刺繡を委託することも考えないと」

「私はとりあえずこの展示会までと思って頑張ってきて……。ここから先のことは考えてないんです」

今回の展示会は成功したが、次のことはなにも決まっていない。このまま服作りを続けていいのかどうか、正直なところ自分でもわからない。

「だったらいま考えればいいじゃない。リュスを続けるって、いま決めれば？」

「続けて……いいんでしょうか」

「ねえ美咲さん。いいか、悪いか。そういうことじゃないでしょ。あなたがやりたいか、やりたくないか。それだけよ」

「でも……今後のこともきちんと考えないといけませんし」

いま銀行口座にある三百万ほどの預金で、どれだけの期間生活できるのだろう。工場に委託するとなるとまとまった金額が必要になるだろうし……。預金が日々減っていく怖さは、瑠衣のように経済的に恵まれた人にはわからない。

「きちんと考えないと、かあ。美咲さんって、なにもかも自分でストップをかけるわよね。やれるところまでやってやろう、じゃなくて、もうここでやめておこうって。傷つきたくない気持ちはわかるけど、なんの傷もなく成功してる人間なんて、一人もいないわよ」

瑠衣が語気を強め、美咲を正面から見つめてくる。

「まあいいわ。美咲さんの人生だから好きにすればいい。でもね、ひとつだけ教えてあげる。才能を切り売りする世界の本当の終わりは、自分じゃなくて周りが決めるものよ。あなたは要らないってことを世間が告げてくるの。強制終了をかけられるのよ」

苛立ち混じりの冷たい口調に、美咲は返す言葉がなかった。その通りだと思う。自分は人に要らないと言われるのが怖くて、挑む前にストップをかけて生きてきた。

「ねえ美咲さん、せっかくだからあと少し、自分を試してみたら？　八月に東京のビッグサイトで催事があるから、それに参加したらどうかしら。いまちょうどイベントの出店募集をかけてるはずよ。今回の催事はセレクトショップのオーナーや、百貨店のバイヤーも足を運ぶ大がかりなものだから、チャンスだと思うの」

申し込みが多いと抽選になるが、開催の二か月ほど前に当選発表があり、もし当選すればブースが出せるのだと瑠衣が教えてくれる。

「そうですね。そのイベントまで頑張ってみます」

美咲はバッグから取り出した手帳に『東京ビッグサイト』と書き付ける。やりたいか。やりたくないか。そう問われたらはっきりと、自分は服作りがしたいと言い切れる。

「美咲さんはいいわね」

とろりと酔った目を向けて、瑠衣が満足そうに自分を見ていた。

「美咲さんは素直でいいわ。佳太は私の言うことなんて全然聞かないから」

瑠衣は、佳太に甘えるように身を寄せ、唇を尖らせる。

「美咲さんは輝セイ社っていう陶磁器の販売会社を知ってる？」

「わかります。デパートでも見かける陶磁器の有名ブランドですよね」

「そう。その輝セイが一時、佳太の作品を気に入ってくれてね。売れ筋の和食器を出すならって、デパートの自社製品のスペースに『仁野佳太コーナー』を設けてくれるって言ってきたことがあったのよ。簡単に言うと後押ししてくれたっていうか。まあ作るものは和食器に限定されているし、売り上げから何割かは支払いもしなくちゃいけないいんだけど」

「でも多くの人の目に触れますよね。佳太くんの知名度も上がるし」

「そうなのよ。美咲さんならその価値がわかるでしょ。でもこの人はさほど興味を示さないっていうか……。輝セイの営業部との折衝にも顔を出したがらないし、デパート用の作品も作りたがらなくてね。それでいつしか輝セイ自体の経営が悪化して、その話はなくなったのよ。あのチャンスにもっと売り込んでおけばよかったのに」

言葉のわりにはそれほど腹を立てるふうでもなく、瑠衣が佳太の横顔を見つめた。きっと彼のそうした頑なところも好きなのだろうと、その口調から感じた。

「別におれは興味がなかったわけと違うで。あの時は個人の記念品を頼まれてたから、そっちに集中してただけで」

「両方やればいいのよ。そもそもこの人には欲がないの。日本伝統工芸展で受賞した後は、ずいぶん多くの個人ギャラリーから個展の誘いがきてたのよ。なのにほとんど断って」

「いや、それは別の用があったからで……。工房に併設するギャラリーを創ってて忙しかったから」

「そうそう。聞いて美咲さん。佳太ったらね、自分のギャラリーを独りで創ったの。室内に並べてあるテーブルは、古材の子供机を磨いてペンキを塗ったものなのよ。入口のガラス戸も手作りで、ガラスを発注して木枠に嵌め込んで……。取っ手は磨いてから柿渋で色を付けたんだっけ？」

「古材を使うと味が出るからな。それに、人に頼むと自分の思い通りにはならへんし」

「すべてにおいてこだわりすぎなの。まあそれがこの人の良さでもあるんだけど」

「じゃあ文句言わんでええやん」

言い合う二人がむしろ親密に思え、美咲は笑みを浮かべたまま目を逸らして料理を食べることに集中した。このフランス料理店は、建物の屋上で野菜を自家栽培しているのだという。こだわりの野菜をふんだんに使った料理は初めて目にするメニューばかりで、でも味はあまりわからなかった。さっきから、目の前の二人から気持ちを逸らすことばかり考えている。

展示会を終えてギャラリーの後片付けをしている時、瑠衣より先に佳太が現れた。

残っていた二枚のTシャツのうち一枚を彼が手に取り、

「これ、おれ買うわ」

と言ってくれた。

「そんな柄のTシャツ、いつ着るの?」

「打ち合わせの時、とか? 仕事着にはせえへんよ。特別な日に着るわ」

佳太が選んだのは乃亜が買ったのと同じ、シマウマの図柄のLサイズで、彼がそのシャツを自分の体に合わせているのを見て胸がしめつけられるほどに幸せだった。そしてその時、自分はこの人が好きなのだと確信した。

「じゃあ私はそろそろ。二人ともまだゆっくりしていってください」

デザートを食べ終えると、美咲は先に立ち上がった。三人分の支払いを済ませてから先に店を出るつもりだった。

「おれらもそろそろ帰るし、家まで送ってくわ」

「いいよ大丈夫。このままタクシーに乗って帰るよ、ここからだとすぐだから」

佳太の車に積んであった備品はすでに下ろし、店のクロークに預けている。一番の大荷物だった木製ハンガーは、ギャラリーから自宅アパートまで宅配便で送ってもらうことになっていた。

「せやけど」

「ほんとに大丈夫。瑠衣さんもまだ飲みたいんじゃないですか」

「そうそう。佳太、もう一軒つき合ってよ」

「ね、まだゆっくりしてって。じゃあ」

ウェイターに会計を頼み、レジまで早足に進んでいく。瑠衣にはずいぶん世話になっているのに、二人を見ているのが辛いなんて、まるで高校生の横恋慕だ。

クロークで荷物を受け取り、レジで財布を出しているところに、

「おれ払うわ」

と佳太がカウンターの前に立った。

「いいよ、私に出させて。二人にはほんとに協力してもらったから」

「ええよ、今日はお祝いや。瑠衣一人でボトル一本空けてるし、ここはおれが」

佳太が財布からカードを取り出し、銀色のトレーの上に置いた。瑠衣の名前を出されると、それ以上はなにも言えなくなる。

「……ごちそうさまです」

「どういたしまして」

気をつけてな、と佳太に手を振られ、ひどくがっかりしている自分がいた。ひょっとして瑠衣を置いて追いかけてきてくれたのかもしれない、という淡い期待が裏切られ、と同時にそんなことを考えている自分に呆れる。自惚《うぬぼ》れがひどい。自分はどこまで欲深いのだろう。好きになってはいけないから、よけいにこんなふうに思うのかもしれないと、自分に言い訳をする。

「じゃあまた。今日はほんとにありがとう」

　彼に背を向けてガラス戸を押した。店を出た瞬間、五月の涼やかな風が吹き抜けていき、少し慰められる。路地に並ぶ店の明かりが、暗がりを照らしていた。

　大きな紙袋を肩にかけたまま、美咲は東洞院通から四条通まで歩いていく。夜になると見知らぬ街はそのよそよそしさを増し、寂しさがよりいっそう募っていく。大通りに出ればタクシーをつかまえられるだろうか。

　四条通沿いに立ち、西から東に流れていく車を目で追いながら、美咲は瑠衣の言葉を思い出していた。本来ならばあなたのような無名のデザイナーがネット販売したところで、注文はほとんどこないわ、という辛辣な一言。そうだよな、と思う。今回の展示会はたしかに成功したかもしれない。でも売り上げの三割は由井への支払いに充てるので、手元に残るのは四十五万円に満たない。三か月ほとんど休みなしで働いてその額だと、やっぱり事業としては成り立たないだろう。少額とはいえ無地のTシャツや糸などの仕入れもその中からしなくてはいけないし……。

　十年間働いて貯めた貯金は、三百万円と少し。新しいブランドを立ち上げる資金としては、ぎりぎりといったところだろうか。

　夜風に小さなため息を浮かべていると、一台のタクシーが目の前を通り過ぎようとした。車体の上にある行灯《あんどん》にランプが灯っていたので慌てて手を挙げると、数メートル先まで行き過ぎたタクシーが、急ブレーキを踏んで停まってくれる。

「京都駅の八条口方面までお願いします」

タクシーに乗り込み行先を告げると、バッグの中のスマホが鳴った。画面に浮かぶ『非通知着信』という文字に、胸が苦しくなる。これで三回目。二回目は無視してやり過ごした。

「はい」

電話を受けながら、今日も相手が名乗らないのなら警察に相談すると決めた。

『すみません、夜分に失礼します。こちらは十川《トガワ》美咲さんの携帯でしょうか』

「……どちらさまですか」

『十川さんですね。失礼ですが、いまどちらにおられますか』

「あなたは……誰ですか」

『今日はギャラリーで展示会をされていたんですよね？　こんな時間までやってるんですか。いまもそちらにいるんですか』

声は以前聞いたのと同じ。慇懃《いんぎん》な口調も前と同じだが、やはり相手が自分の名前を名乗ることはない。

「名前を言わないのならお答えできません」

『いまどこにおられますか？　外ですよね。どこかの店ですか』

「あなたは誰ですか。言わないなら警察に通報しま……」

通話終了のボタンが押されたのか、話の途中で電話は切れた。

六章　袋小路

　支払いを済ませると、タクシーを降りてアパートまで少し歩いた。アパートの前ではなく、少し離れた所で降りたのは防犯のためだった。

　角を折れ、アパートの前の道に入ると、人の姿がうっすらと見えた。敷地内ではなく、建物の前で男性らしき人影がある。一瞬、佳太かと思い、でもまるで別人だった。期待と落胆を繰り返す自分に嫌気がさしてくる。

　美咲がアパートのすぐ前まで来ると、だらりと闇に溶けていた人影がしゃんと背筋を伸ばす。

「おかえり。おつかれさま」

　人影は和範だった。彼が自分の前に姿を現したのは四か月ぶりのことで、「あの、これ」と言いよどみながら、和範が紙袋を渡してきた。

「こんな……わざわざいいのに」

「とらやのお汁粉、前に食べたいって言ってただろう？　氷を混ぜたり、冷蔵庫で冷やして食べるんだ。疲れが取れるよ。季節限定なんだ」

紙袋を押しつけるようにして美咲に渡すと、和範が踵を返し歩いていこうとした。

「ちょっと待って」

思わず声をかけたのは、彼が襟の伸びきったTシャツを着ていたからだ。たぶん家でパジャマ代わりにしているやつ。それなのに下はスーツのズボンで、足元は裸足にサンダルだった。

「お茶飲んでいく？　……いつももらってばかりだから」

背中に向かってそう尋ねると、彼は立ち止まりゆっくりと振り返った。

「熱いお茶でいいかな。冷たいのは麦茶しかなくて、お汁粉には合わないでしょう？」

京都の人はお茶にも強いこだわりがあるのだと最近知った。ほうじ茶、番茶、煎茶、玉露や抹茶……。料理やお菓子、その場に合わせてお茶も飲み分ける。京都には平安時代に創業した茶の店がいまも残り、茶文化を守り続けているのだということを由井から教えてもらった。美咲の実家では一年中いつも麦茶を飲んでいたので、軽い衝撃だった。自分はそんなことも知らずに京都の商家に嫁ごうとしていたのだ。真知子や知佳が眉をひそめるのも仕方がなかったのかもしれない。

「麦茶でいいよ。おれ、麦茶好きだから」

作業用のローテーブルの前に、和範が硬い表情のまま座っている。

「今日ね、お義母さんと知佳さんと乃亜ちゃんがギャラリーに来てくれたの」

真知子のことをお義母さんと呼んでいいものかどうか。でもそれ以外の呼び方をとっさに思いつかなかった。

「ああ、行くって言ってたよ。おれが教えたんだ、展示会のＤＭをデパートの外商から偶然渡されて」

「そうだったのね。三人の顔を見た時はほんと驚いたけど、みなさんＴシャツを買ってくださったからありがたかった」

氷をトッピングしたお汁粉と冷たい麦茶を、和範の前に置く。美咲も彼に向き合って腰を下ろし、甘いお汁粉を頂く。

ガラスの器にスプーンが当たる涼しげな音が部屋に響いていたが、もうなにも話すことがなくなってしまった。気まずい沈黙に話題を探す。

「展示会用に六十枚のＴシャツを作って、そのうち五十九枚売れたの。すごいでしょ？まあ和範からすれば趣味……みたいな売り上げだけど」

自嘲気味に笑ってみせると、

「趣味じゃないよ。あんな言い方して……悪かった」

と和範が真顔になる。

「いいの。和範は間違ったことは言ってないよ」

「でも……美咲が真剣にやってたことを趣味だの遊びだのってけなして……。本当に酷いことを口にしたと思ってる。最低なことを言ってしまった」

「もういいの。気にしないで」

美咲は、和範のTシャツの襟ぐりを見ていた。東京で一人暮らしをしていた頃は、ワイシャツもズボンもこまめにクリーニングに出し、身だしなみには人一倍気を遣う人だった。それがいまは髪も耳の下まで伸びていて、力なくスプーンを持つ指の爪も鳥のように伸びている。

「私もね、実はついさっき、この仕事で生計を立てるのはきついなって考えてたの。アパレル業界そのものがいまは厳しいでしょう？　消費者は低価格志向だし、実際に業績を伸ばしてるのはファストファッション中心で、和範が言うように一枚一万円近くもするTシャツを売るのは厳しいと思う。店舗もないしね」

「ネット販売は？」

「それは考えてる。でもまだブランドの知名度がないし、一人で一枚ずつ手作りしてるから商品がまだ揃ってなくて。縫製工場でまとめて作ってもらうことも考えてるけど、発注数が少ないと工賃も割高になるだろうから慎重になってて……」

「そっか……。でもいまはデパートに集客力がないから老舗のアパレルも苦戦してるし、こういう時だからこそ、ネットで新ブランドを立ち上げるのもおもしろいかもしれないよ。たしかに消費者は低価格志向だけど、ファッションに金をかける人間は必ずいると思う」

「そうかなー。でも元敏腕銀行員に励まされると心強いな」

美咲が明るく言うと、和範もほっとしたように目尻を下げた。甘いお汁粉のおかげで空気が和む。

「……ありがとう。ごちそうさま」

お汁粉を食べ終えた頃には、また話すことがなくなってしまった。和範が腰を浮かしたので、美咲も「こちらこそお汁粉ありがとう」とゆっくりと立ち上がる。

「あの」

玄関先まで見送ろうと歩き出すと、和範が立ち止まった。蛍光灯の褪せた白い光に、青白い顔が浮かぶ。少し痩せたかもしれない。頬が薄い。

「あのさ」

「うん」

「おれにも……買わせてくれないかな。美咲が作った服、おれも欲しいんだ」

言いにくそうに口にすると、和範が真剣な目を美咲に向ける。

最後の一枚は、京都ゆかりの家紋シリーズだった。黒色のTシャツの襟ぐりから両肩にかけて、光沢のある白糸で月の文様を散らしている。男性向けの型やデザインなのでちょうどよかった。

「これがラストの一枚。メイド・イン京都のTシャツだから、デザインは全部京都っぽくしてみたの。気に入ってくれたらいいんだけど」

「ありがとう」

ズボンのポケットから財布を取り出そうとする和範に、「お金は要らない」と告げる。

この四か月間でお菓子をたくさんもらったから。あのお菓子を食べてここまで踏ん張ってこられたから。美咲がそう言うと、和範が両目を閉じて俯いた。そして、

「美咲、もう一度、やり直さないか」

とくぐもった声で呟く。

「やり直す……」

どこを直せばまた元に戻れるのだろう、と美咲は絡んだ糸を思う。

「どうしてこんなことになったのか自分なりに考えてみて……それでやっぱりおれが悪かったんだと思った。おれ、こっちに戻ってきてからほんときつくて……それで美咲にあたってた。最低だった」

和範が音を立てずに、深く息を吸い込んだ。涙をこらえているのが伝わってくる。

「でも私は……変わったよ。いまはきっと、和範が知ってる私じゃないと思う」

和範が顔を上げ、「いいんだ」と頷く。おれの知らない美咲でもいい。やり直せるならどんな美咲でもいいと、和範が腕を強く摑んでくる。

二年前、和範を好きになったのは、彼が自分を好きになってくれたからだった。毎日を平穏に過ごすことで満足していた自分に、さらに居心地の良い場所を与えてくれた四歳年下の男の子。和範といれば、なにも言い訳せずに過ごしていられたのだ。誰もが和範と一緒にいる自分を見て、潤いのある人生だと認めてくれた。でも潤うことが恋なのだろうか。いま胸の中にある好きという感情は、こんなにも乾いている。

「いまの私は……和範を利用するかもしれない」

「いいよ。それでもいい。利用されてもいい。だからやり直そう」

肩に両腕を回されると懐かしい匂いがした。だが胸の中にあるのは懐かしいという感情だけで、美咲は強く抱きしめられながら、どうすれば佳太への恋を終わらせられるか、楽になれるかということばかり考えていた。


梅雨入りが発表された六月の半ば、当たり前だけれど毎日雨ばかり降っていた。

「また今日も雨か」

朝起きて、いちおう空気を入れ替えるために窓を開けてはみたが、その湿度に驚きすぐに閉める。スマホがピロンと鳴ったので手を伸ばすと、和範からＬＩＮＥが届いていた。

『おはよう。今日も雨だね。うっとうしい天気が続くけど、京都には紫陽花《あじさい》がきれいな場所がたくさんあるよ。ここは宇治市にある三室戸寺です。よかったら行ってみて』

昨日、得意先の人と訪れたという寺の写真が添付されている。五月上旬に開いた展示会を機に関係を修復してからは、こうして毎日、和範から連絡が来ていた。

『ありがとう。こんなきれいな紫陽花が見られるなら梅雨も悪くないね。三室戸寺、行ってみたい』

短い文章を書き込み返信すると、食パンを食べてからミシンの前に座った。

ミシンは奥の和室の角にテーブルを設置し、その上に置くことにした。一日八時間以上座って作業するので、どの姿勢が楽か自分なりに試行錯誤した結果、オフィスで使う事務椅子に座り、机に向き合うのがいいことに気づいた。パソコンを使って仕事をしてきたからか、その感じが一番しっくりくるのかもしれない。

「今日中にこの一着は仕上げないと……」

電源を入れると、烈しい雨音にも似た規則的な音が部屋を満たした。銀色の針が高速で上下するのを見つめながら、下絵の図案通りに刺繍をしていく。

東京ビッグサイトで開催されるイベントへの出店許可は、三日前に届いた。出店希望数が多い時は抽選になると聞き、外れることも覚悟していたので幸運だった。今回のイベントは企業向けで、一般客以外にもセレクトショップのオーナーや、百貨店のバイヤーが訪れると聞いている。三日間の開催で出店料は十万円。痛い出費ではあるけれど、新事業に繋げるチャンスでもある。美咲はこのイベントに向けて、三十種類のデザインを準備するつもりでいた。ギャラリー京都ＫＩＴＡでの展示会で人気があった鴨川、紅葉、大文字山などのデザイン十種類に加えてあと二十種類、新しいものを考案するつもりだった。

三十種類のデザインのＴシャツをＳ、Ｍ、Ｌの三サイズで作るのが目標だが、今回はデザインに集中し、九十枚分の刺繍は工場に委託することに決めている。工場はいくつか見学に行った上で京都府舞鶴市にある縫製工場に決めていた。刺繍を得意とする工場で、京都駅からだと特急に乗って一時間半ほどの距離にある。

「うちの工場では、お引き受けすることができません。注文をお受けする最低ロット数が、百枚からなんで」

だが美咲が初めて工場を訪ねた時、応対に出てきた営業担当の若い男性社員にはそう言って断られた。一種類のデザインをS、M、Lサイズのわずか三枚。それを三十種類。そういう面倒な仕事はしていない、話にならない、そんな雰囲気だった。

ところが諦めて帰ろうとした時に、工場責任者の矢本《やもと》という人が顔を出し、

「十川さんとは、この先長い取り引きになるかもしれません。京都のデザイナーさんを応援するのも私たち工場の大事な仕事です。割高になってもいいのならお引き受けしますよ」

と言ってくれたのだ。

「サンプルの製造という形で引き受けますので、工賃はデザインにもよりますが、複雑なものでしたら一枚につき税込み三千三百円。通常価格の二倍になりますが、注文枚数が増えたら価格は規定通りに下げさせていただきます」

矢本から条件を聞いて、美咲はその場で契約を交わした。京の風物をあしらったTシャツを、京都の工場で製造してもらう。これもなにかの縁だと嬉しくなった。

刺繍を請け負ってくれる工場が決まると、美咲は一日二案を目標に新しい図案を考え、フリースケッチしたものを方眼紙に写し取っていった。実はもう、三十種類のデザイン

は完成している。ただ出来上がりのイメージは正確に伝えたいので、いまは自分で見本のTシャツを作っていた。見本の刺繡が三十種類すべて完成したら、工場での製造を始めてもらうことになっている。

「赤字にならないようにしなきゃ」

一枚につき三千三百円の工賃で九十枚ぶん発注するとなると、工場に支払う金額は二十九万七千円になる。Tシャツと糸の原価が一枚につき千円ほどかかるので、製造費の合計は三十八万七千円。これに出店料やTシャツの運送費、舞鶴や東京を往復する交通費がかかってくる。

ブランド「リュス」を継続していくためにも、東京ビッグサイトでのイベントはなんとしてでも成功させなくてはいけない。

気合いを入れつつ、前回の展示会で人気があった星に似た紅葉柄を縫い込んでいると、スマホが鳴った。手を止めないまま画面を見ると「和範」という文字が浮かんでいる。

「もしもし」

ミシンをいったん止めて電話に出ると、

『ごめん、いまいいかな』

と気遣う彼の声が聞こえてきた。

「大丈夫。いま仕事中？」

『仕事の合間って感じかな。実はちょっといい物件があって、美咲に相談してみようかと思って』

「物件って、店舗のこと？」

『そう。寺町京極っていう繁華街に、老舗の判子屋があるんだ。そこが今年いっぱいで閉店するらしくて、今後は貸しに出すという情報が入った。取引先の社長に極秘情報として教えてもらったんだけどね。ああその社長っていうのが、昨日一緒に宇治の三室戸寺に紫陽花見に行った人で……』

　復縁してからの和範は、美咲の仕事を全面的に応援してくれた。瑠衣に「早く立ち上げて」と急かされていたオンラインショップは、彼の協力で五月の下旬には開設でき、商品の写真を撮ってくれたのも柊月屋に出入りするプロのフォトグラファーだった。

「でも寺町京極っていったら、四条通と御池通を結ぶ目抜き通りなんでしょ、そんな繁華街、賃料も半端ないんじゃない？」

「たしかに安くはないよ。でも柊月屋の店舗として借りて、雑貨や土産物を売りつつ『リュス』の服も販売すればいいかと思って。直営店があるのは強いよ。柊月屋にとってもメリットはあるし」

「そんなの厚かましいよ。現実的じゃないって」

　話しながらふと、この前の展示会での売り上げのことを和範に相談してみようかと思った。誰にも話せずもやもやしていたのだが、彼ならきっと適切な意見をくれるはずだ。

「ねえ和範、ちょっと聞いてほしい話があるんだけど……」

五月の展示会では、税込みで八千円のTシャツをギャラリー京都KITAで、当日注文を受けたものを合わせて六十九枚売った。売上金は五十五万二千円。そのうちの三割、十六万五千六百円はオーナーの由井に支払う契約になっているので、美咲の口座に振り込まれるのはそれを差し引いた三十八万六千四百円になる。なのに実際には売り上げの半額にあたる二十七万六千円しか振り込まれていなかった。どうしてだろう、と美咲は和範に問いかけてみる。

『美咲の銀行口座への振り込みは誰がしたんだ？』

「瑠衣さんだけど」

展示会での精算はギャラリーに併設する書店のレジを使わせてもらったので、本来は由井が売上金の三割を差し引いた分を美咲に支払うことになるが、なぜか「株式会社MOON」の名前で銀行に振り込まれていた。そのことを和範に伝えると、彼はあっさり、

『じゃあその瑠衣さんに抜かれたんだな。計算すると売り上げの二割が彼女の取り分になっている』

と言ってくる。

「瑠衣さんが二割も？」

『仲介料ってことなんじゃないか』

瑠衣と美咲の間で仲介料についての話など、これまでいっさい出たことはなかった。

もし彼女が仲介料を請求したなら、自分は支払っただろう。展示会はたしかに彼女がいなければ実現しなかったからだ。でも、それならどうして事前に仲介料を二割差し引くことを伝えてくれなかったのか。

『もしかして、仲介料のことは初耳だったのか？』

「うん……友達の知り合いだから親切にしてもらってると思ってた」

『彼女、バイヤーなんだろう？　美咲のささやかな売り上げから二割抜くのはどうかと思うけど、まるっきり無償では動かないだろ、普通』

普通がわからないのでそれ以上はなにも言えなかったが、それでも腑に落ちない感情はどうしても消えない。

「和範、いったん電話切るね」

『え？　どうして』

「いまから瑠衣さんに電話してみる。私への振込金額から彼女が仲介料分を差し引いているのだとしたら、ちゃんとした説明がほしいから」

『わかった。じゃあまたどうなったか聞かせて』

和範はあっさり言うと、今夜一緒に夕食を食べようと言ってきた。店が決まったら携帯にＬＩＮＥ送るから、と。

和範とは午後七時半に、京都駅直結のホテルグランヴィアのロビーで待ち合わせた。

京都駅なら美咲のアパートから歩いて行けるし、和範の会社がある四条烏丸からでも地下鉄でわずか二駅で着くからと、最近いつもこの近辺で会うことにしている。

薄暗いホテルのロビーで彼の姿を探していると、和範はすでに来ていてソファに深く腰掛けていた。

「ごめんね、待った？」

「いや、おれもいま来たとこ」

美咲に気を遣っているのか、このごろはいつも早い時間に待ち合わせをしている。京都に来てすぐの頃は帰宅が十一時より早くなることなんてなかったのに、仕事が落ち着いたのだろうか。

和範が立ち上がり、ホテルにある日本料理店を予約しているからと先に歩き出す。

「それで、瑠衣さんとは連絡とれたの？」

席に着くと、和範がやんわりと切り出してきた。食事はすでにコースを予約しているらしく、飲み物だけを聞かれたので、ウーロン茶を頼んだ。帰ったらまたミシンに向かうのでアルコールはやめておく。

「うん、とれた……」

けど、という言葉が出そうになって口をつぐむ。

瑠衣とは電話で話をした。和範と話をして、その後すぐに電話をかけたら、その時は留守番電話になっていた。だが数分後に向こうから折り返しかかってきたので、振込があったことへのお礼を伝え、そしてその後で金額のことをさりげなく口にしてみた。仲介料については直接問わず、「由井さんへのお支払は売り上げの三割でしたよね。それにしては振り込まれた金額が少ないのですが」とまるで由井が勘違いしたかのような言い方をしてみたのだ。すると瑠衣は、さも当たり前のように、

「売り上げの二割は私の取り分よ」

と言ってきた。「そういうお約束でしたっけ」とふんわり聞き返すと、「ええ、話したわよ」となんの迷いもなくきっぱり告げられたので、それ以上問いただす勇気は出なかった。

「彼女、なんて言ってた？」

「自分の取り分だって言われた。前にそう約束したらしいんだけど……」

「なんだ、そういうことか。まあ美咲も忙しかったし、忘れてたんだろう。次からは契約は書面にしてもらうといいよ」

「うん、そうだね……。でもそんな重要なこと、忘れるとは思えないんだけどな……」

展示会を開催する前、ギャラリーで打ち合わせをしていた由井に「月橋さんには気をつけなさい」と言われたことがいまさらながら思い出される。

あと半月、七月に入れば京の町は祇園祭一色になる。豪華できらびやかな山鉾。涼しげな祇園囃子。長刀鉾に乗るお稚児さん。駒形提灯に淡い明かりが灯る祇園祭の夜を、美咲と一緒に過ごしたい。和範がそう話しかけてくる。

美咲はうん、うんと頷きながら、まだぼんやりと瑠衣のことを考えていた。

「どうしたの、まだなにか困り事が？」

「あ、ごめん。なんでもない」

和範に由井の話をしてみようかとも思ったが、やめておく。せっかく仕事を応援してくれているのに、あえて瑠衣に不信感を抱かせる必要はないだろう。瑠衣は本当に、美咲に仲介料のことを話したと思い違いをしているのかもしれないし……。

「商売って難しいなと思ってただけ」

「そうだな、ほんとに難しい」

和範はそう言って微かに笑った後、急に真顔になって、

「美咲、また一緒に暮らさないか。結婚式の日取りも早々に決めたいと思ってるんだ」

と口にした。鱧《はも》の天ぷらを箸で挟もうとしていた美咲の手が、止まる。

「よりを戻したからって調子に乗んな、って言われそうだけど……。でも仕事のことも含めて、美咲のことをもっと近くで支えていきたいと思って」

別々に暮らしていたこの期間は、自分にとっていい経験になっている。あのまま結婚するよりもずっとよかった、美咲と会えなくなってから、わかったことがたくさんあった、と和範が真剣な目で見つめてくる。

「返事……いましなくちゃいけないかな」

「できれば早いほうが嬉しいけど」

「八月に東京ビッグサイトでの出店があるから、それが終わったら返事するね。いまは服作りでばたばたしてて……」

本当は、わかっている。好きという気持ちは、結婚したい、一緒にいたいという気持ちは、考えることじゃない。もう初めから決まっている。だから返事を待ってもらうような結婚は、たぶん本当じゃない。

でも和範は不満げな様子もなく、むしろほっとした表情で、「わかった。待つよ。考えてもらえるだけでもありがたい」と笑顔で頷いた。

鱧の次に運ばれてきたのは鮭飯と生筋子だった。赤出汁と香の物が添えられている。和範は、小さな頃から父親に連れられて、この店をよく訪れたのだと話した。自分の代ではまだまだ難しいけれど、いつか柊月屋でこの店の味に近い料理を出してほしいと、父親から再三言われていたのだという。地元でとれた野菜や魚を使った、本格的な和食が手頃な値段で味わえる店。柊月屋を、京都の人の自慢になるような店にしたい。父親はそんな夢を亡くなるその日まで持っていたのだ、と。

近いからここでいい、と言ったのに和範はアパートまで送ってくれた。彼は日本酒を飲んでいたので少し酔っていて、でもそれくらいのほうがいまの美咲にとっては話しやすかった。よりを戻したとはいえ、まだ互いに気を遣っている。喩えるなら怪我から回復したスポーツ選手がこわごわ試合に出るような感じ。一緒にいると気疲れしてしまう。

「ありがとう、じゃあここで。今日はごちそうさまでした」

アパートの前まで来ると、美咲は礼を言って頭を下げた。

「あと少しだけ、一緒にいたいんだけど」

暗がりの中、和範が遠慮がちに口にする。いまからすぐにでも見本作りに取りかかりたかったけれど、「じゃあ少しだけ上がっていく？」と言ってしまう。和範が目に見えて緊張しているのが、気の毒に思えたから。

外階段を先に美咲が上がり、その後から和範がついて来る。彼がそうやって自分の背後にいることが久しぶりすぎて、違和感を覚えながらも、「どうぞ。散らかってるけど」と玄関のドアを開けた。

「お腹はいっぱいだよね。お茶にする？　アイスコーヒーもあるけど」

手前の和室にあるローテーブルの前に、和範が腰を下ろす。そういえばやり直すと決めてから彼を部屋に呼ぶのは初めてだ。この一か月の間はだいたい外で会っていて、でもそれも一緒に夕食を食べるだけの短い時間だった。

「じゃあアイスコーヒーをもらおうかな」

美咲は頷き、アイスコーヒーの入ったペットボトルを冷蔵庫から出した。

「これ、東京ビッグサイトの準備？」

トレーにアイスコーヒーの入ったグラスを載せてテーブルまで運ぶと、和範が奥の部屋を指差した。部屋の隅に置いているハンガーラックには、出来上がったTシャツが並べて掛けてある。

「そう。工場に持っていく見本なんだけど」

「一日で何枚くらい作れるもんなの？」

「そうだな――一日半で一枚かな」

「見ていい？」

「いいよ、どうぞ」

グラスのアイスコーヒーを半分ほどひと息に飲むと、和範がハンガーラックに近づいていく。手を伸ばしてハンガーをひとつ選んでラックから下ろし、Tシャツの模様に目を近づけている。

「すごいな……どうやったらこんな模様を考えつくんだよ」

「これはね、西京区の松尾にある西芳寺《さいほうじ》を訪ねた時にひらめいたの。西芳寺は苔寺《こけでら》とも呼ばれているんでしょう？　庭園一面を覆う、あの緑のビロードのような質感を、Tシャツの中で表現してみたの」

「苔かぁ」

「うん。小さな正方形をTシャツの前面に規則的に配置して、緑の糸で埋めていくの。同じ緑でも微妙に色目を変えて苔の艶っぽい感じを出してる」

「美咲にこんな才能があるなんて、知らなかったよ」

「才能だなんてオーバーだよ。でもね、自分でもアイデアはおもしろいと思ってるの。ほら、これこれ、こっちのTシャツはね……」

そばに置いてあった別のTシャツを美咲が持ち上げた瞬間、すっと空気が流れるように、和範が顔を寄せてきた。拒む隙もなく唇が重なり、コーヒーの芳しい香りが口の中に広がる。

「あ……」

思わず両手を強く前に出し、和範の体を押しのける。それでもまだ強引に顔を寄せてこようとするので、「やめて」と小さく叫んだ。

和範が慌てて体を引き、「ごめん」と呟く。

美咲はその場に立ち尽くしたまま俯き、しばらく顔を上げられなかった。

沈黙が二人の間を重く漂い、息苦しさも限界になってきた頃、

「今日はもう帰るよ」

と和範が静かな口調で言ってきた。美咲はまだ下を向いたまま「ごめん」とだけ返し、その場から一歩後ずさる。

喧嘩をしていた友人と仲直りをしたわけではない。よりを戻す、婚約をしていた関係に戻るというのは、こういうことなのだ。自分たちは恋人同士だったのだから。

和範が玄関から出て行くと、美咲はようやく顔を上げることができた。

さっきはあまりに突然のことで、心の準備ができていなかったからあんな態度を取ってしまったのだ。自分を宥めるように何度も何度もそう繰り返しているうちに、説明のつかない、理由のわからない涙が両目に滲んできた。

東京ビッグサイトのイベントは、予定通り八月の上旬に開催された。

「ねえ美咲、この箱、ここに置く？」

段ボール箱を抱えた桜子が、額から汗を滴らせて聞いてくる。

「うん、とりあえずそこに。あ、もうちょっと奥に寄せておいて。ありがと」

東京在住の知り合いに今回の出店を告知すると、思っていたよりたくさんの反響があった。中学、高校、美大時代の友人、インテリア会社の同僚たち、なぜか妹の友人からも「ぜひ行きます」と連絡が来た。和範とよりを戻してからは両親や妹とも話しやすくなり、今回初めて美咲は、自分が服を作っていることを家族に伝えることができた。驚かれるかと思ったが、むしろ応援され、特に妹は「これまで仕事頑張ってきたんだから、好きなことやりなよ」と言ってくれたのだ。

「お疲れー。とりあえず搬入は完了だね」

三時間かけて荷物をすべてブースに搬入し終えると、桜子が胸の前でパチパチと拍手をする。売り物の服は二日前にイベント会社の倉庫に送っていたので、今日はその荷物を搬入するだけでよかった。イベントのスタートは午前十一時からだが、美咲と桜子は朝の七時には会場に着き、八時から始まるイベント会社の受付に備えた。

「ここ、なかなかいい場所よね。会場のどの位置にブースを出すのかも抽選なんでしょう？」

「うん、もうこればっかりは運だよね」

美咲が割り当てられたスペースは十字路の角だった。角が最も人の目に触れる場所だと聞いていたので、本当に運が良かった。今回の展示スペースがある東1ホールは、展示面積が八六七〇㎡もあるらしく、そんな巨大なスペースで自分のブースを目立たせるのは至難の業だと思う。

「でも、まさか東京で美咲の手伝いをするなんて思わなかったよ。結婚するって京都に行ったのにさ。セレブな奥様になる予定はどうなったの」

桜子が、割り当てられた小さなスペースに折り畳みデスクを広げる。桜子は「私も手伝うね」と言ってくれ、さすがに三日間は無理だけれど、初日は有休をとってくれることになった。

「ほんとそれだよ。刺繍をお願いする工場を探すのに、京都以外にも滋賀や岡山の縫製工場まで見学に行ったんだよ。配達用の中古の軽自動車も買ったしね。セレブどころか貯金を取り崩しての生活ですよ」

冗談っぽく口にしながらハンガーラックを立て、ハンガーを掛けていく。

「まあこういうのもいいと思うけどね」

ブース内に設置した縦長の鏡に、桜子がポーズをとりながら全身を映している。

「こういうのって？」

「美咲が自分の作品を世に出そうって思ったことよ。あんた昔っからセンスあったからさ」

「センスなんてないよ」

「あったよ。あんたにはたしかに才能があった。私なんて美大に入ったものの、なんにも持ってなくて……。大学一年の終わりにはすでに新聞社か出版社に就職しようって思ってたから。美術史や芸術理論の勉強は好きだったしね」

「そうだったの」

「そうよー。気づかなかったでしょ、私なりの挫折があったんだよ」

「でもいまは桜子、成功してるじゃない。海外の取材までばんばん行っちゃって」

「まあね。給料以外で仕事に不服はないわね」

「給料もけっこうもらってるくせに。私なんか、仕事も結婚もどうなるかわからないんだから」

「いいじゃん、芸術は不幸からしか生まれないって、昔誰かが言ってた気がする」

デザインが異なる三十着を並べると、スペースはいっぱいになった。ブースじたいがお洒落な空間に見えなければお客さんに足を止めてもらえないので、服と服の隙間は大切にする。余白の美学だ。

「ところで美咲、隣のブースの人に挨拶した？　なんかアクセサリー売ってる」

これ買おうかな、可愛い、と桜子がラックに掛かっているTシャツを手に取る。

「うん、したよ。『KATORI』っていうジュエリーブランドだった。オーナーは香《か》取絵音《とりえのん》さん。名刺交換もしてきた」

「よろしい、よくできました。美咲、私、これいただくね。お金は後でいい?」

「お金はいいよ。桜子の家に寝泊まりさせてもらってるし、今日手伝ってくれたお礼にプレゼントするよ」

「それはだめ。お金は絶対に払う。ねえ美咲、それよりいまここで着替えていい? これ着て接客するから」

試着したいお客さんもいるだろうと、スペースの奥に衝立を立てておいた。その陰で桜子が服を着替える。

「このデザインおもしろいね。胸の真ん中に三角形がどーんって」

「そうそう。離れれば離れるほど三角形の中に『大』の文字が浮き上がって見えてくるの。対面する人との距離感で見え方が変わるよ」

彼女が選んだのは、ギャラリー京都KITAで真知子が買ったのと同じデザインだった。鱗紋といわれる二等辺三角形を規則正しく上下左右に組み合わせ、大きな三角形を描いたものだ。でも真知子とおそろいになったことは、桜子には黙っておく。

十一時に開場すると、巨大な容器に水が流れ込んでくるかのようにお客さんが入ってきた。会場はいっきに混雑し、活気が満ちる。

「十川さん、お久しぶりでーす」

お客さん第一号は、すらりと背の高い女の子だった。女友達二人と連れ立って、ブースに入ってきてくれる。

「大原さん！　わあ、来てくれたのね」

その見覚えのある美人は大原茉莉江だった。瑠衣の姪の披露宴で、美咲の服を初めて買ってくれた顧客第一号。

「この子たちも美咲さんの服を買いたいって言うから、連れてきたんです。リュスのオンラインショップものぞいたんですけど、商品が残ってなくて」

「ごめんなさい。開設したものの、まだ数が作れてなくて。だめだよね、そんな状態でショップ開いたら」

笑みを浮かべつつ、胸の内で反省する。ショップをのぞいてくれている人もいたのだ。このイベントが終わったら、残ったものをオンラインショップにあげるつもりだったのだけれど……。在庫の少ないネットショップは、手が回ってない感を伝えただけかもしれない。

「かわいーい。私、これにします」

茉莉江が高い声を上げると、他の二人も「ヤバイ、こんなデザイン見たことない」とハンガーごと手に取ってくれる。華やかな容姿の三人がブース内にいることで、他のお客さんの足も止まる。

茉莉江が二枚、他の二人も一枚ずつTシャツを買ってくれたことに勢いがつき、次々に服が売れていく。驚いたのは意外にも男性客が多かったことで、十代から四十代くらいまで、幅広い世代の男性がデザインをおもしろがってくれた。

「上々の滑り出しじゃない」

服を紙袋に入れたり、会計をしたりしてくれている桜子が耳元で囁いてくる。彼女が事務的なことをしてくれるので、美咲は接客に集中できた。

「ほんとに、信じられないくらい」

とにかく会場にはお客さんがたくさんいて、みんなが買い物を楽しんでいた。その陽気で前向きな空気にリュスも心地よく巻き込まれていく。

「美咲、ハンガー五本ぶん空いてるよ。新しい服を出さないと」

「あ、そうだね。了解」

ブースの隅に置いていた段ボール箱の中から、次に出す五枚を選んだ。そのうちの一枚が、前に佳太が買ってくれた服と同じデザインのものだった。

「……美咲？　なにぼんやりしてんの」

「ああ、ごめん。このデザインと同じ服を、前に佳太くんが買ってくれて……」

桜子の視線から逃れるように、美咲はさりげなく背を向けた。

「そういえば佳太くんは知ってるの？　美咲と和範さんが復縁したこと」

「いちおうＬＩＮＥでは伝えたよ。彼にはいろいろ迷惑かけたから、報告しておかなきゃと思って」

佳太とは、瑠衣と三人で打ち上げをした日から三か月近く会っていない。和範とやり直すことをLINEで伝えたら、『よかったな』と返ってきて、その数日後には、前に彼の工房で創ったペアのコーヒーカップが送られてきた。カップには『なんとなく送れへんかった。やっと渡せてよかった』というメッセージが添えられており、友人としては当たり前のその言葉に胸が痛んだ。

「佳太くんってさあ」

客がいないブース内に、桜子の声が響く。スペースの前を通りかかった親子連れがこちらを向いたので、美咲は笑みを浮かべた。足を止めてくれるかと思ったが、残念ながら行ってしまった。

「佳太くんってね、昔、美咲のこと好きだったんだよ」

振り向くと、鏡に桜子の笑顔が映っていた。好き、という一言に心臓がどくんと弾む。

「昔って……いつ」

鏡の中の桜子に問いかける。

「大学時代。知らなかったでしょ」

失礼な話なのよ、と桜子が屈託なく言葉を続ける。

「大学二年の後期に、陶芸の授業があったでしょ。陶芸コースの学生が立体コースの私たちにマンツーマンで基礎的なことを教えてくれて、茶碗だの、お皿だの作ったじゃない。それであの時、私を教えてくれたのが大輔だったじゃない？　でもほんとは、私の先生は佳太くんのはずだったの」

「え、そうなの？」

「そう。佳太くんが大輔に、教える相手を代わってほしいって頼んだらしいの。まあ大輔と私はそれが縁でつき合ったからいいんだけどね。大輔の話では、佳太くんって、一年の時からずっと美咲のことが好きだったらしいよ」

鏡に映る自分の顔が引きつっていた。桜子が真意をはかるような表情で美咲を見つめてくる。

「でも私と佳太くん……二年になるまで一度も話したことなかったよ。あ、でも私が犬連れて大学に行ってたこと知ってたな……。あれって一年の時かも……」

「そうなの？　一目惚れからの片想いってやつか」

若かったね、純愛だったね、と桜子はおどけたが、美咲はしばらくなにも言えなかった。そんなことをいま聞いてもどうしようもない。

「でも結局、佳太くんは告白はしなかったんだよね。美咲が杉野くんとつき合ってたから」

桜子が大学時代の彼氏の名前を口にした。杉野という名前を久しぶりに聞く。

「だから滋賀であんたたちが再会した時、なんかあるかなって密かに思ってたの」

「なんかってなに？」

「佳太くんが十年ぶりに片想いの相手と会ってどうするのか、ちょっとわくわくしながら成り行きを見守ってたけど、でもやっぱなんもなかったか、と思って」

「なんかなんて……あるわけないよ」

「そうだよね。まあ十年も経ってるわけだしね。でも美咲がもうすぐ結婚するんだって電話で佳太くんに伝えた時は、なんだろう……妙な間があったの。消沈というか、落胆というか。そういう気配が伝わってきたから、まだ好きなのかなって期待しちゃった」

「それ……なんの期待よ。そもそも佳太くんには彼女がいるんだし」

笑って返したはずが、声が上ずった。

「え、彼女なんていないでしょ。前に会った時、もう三年近く誰ともつき合ってないって言ってたよ」

「嘘？　桜子の口が軽いのを察知して言わなかっただけでしょう」

「いやいや、私ほど口の堅い女はいないって佳太くんもわかってる。大輔から聞いた彼の片想いの話にしたって、現にずっと黙ってたわけだし。今日暴露しちゃったけど、さすがに時効でしょう」

「佳太くん、ほんとに誰とも……」

つき合っていないのか、と確認しようとしたところに客が入ってきた。スーツ姿の年配の男性が、「はじめまして。ご挨拶よろしいでしょうか」とブースの前で丁寧に頭を下げてくる。

「はい、ありがとうございます。いらっしゃいませ」

「私、東伊百貨店の木下《きのした》という者です」

男性は上着の内ポケットから名刺入れを取り出すと、一枚を引き抜いて美咲に渡してきた。名刺には『東伊百貨店バイヤー　木下幸三《こうぞう》』と書いてあった。

京都駅で新幹線を降りると、美咲は自宅には戻らず、そのまま地下鉄に乗って四条へと向かった。東京ビッグサイトに出店した三日間のイベントでは、九十着準備していた服のうち八十四着が売れ、出店料やイベント会社の倉庫を借りた保管料、東京までの往復交通費などを差し引いても手元には七十万円ほどの金額が残った。驚いたのは和範が自分の知り合いに、このイベントの告知をしてくれていたことだった。大学の友人や銀行の同僚、学生時代のアルバイト先にまでSNSやDMを使って、宣伝してくれていたのだ。

四条駅で地下鉄を降り、そのまま階段で地上に出ていく。階段を上りきると、盆地特有の喉が詰まるほどの湿気と熱気に眩暈《めまい》をおぼえたが、それでも足取りは軽い。和範が好きな銀座千疋屋のひとくちフルーツゼリーを手土産に、美咲は柊月屋の本社に向かった。

イベント中の三日間、和範とは毎日のように電話で話した。夜になると彼のほうから電話がかかってきて、一時間近く、ビジネスの相談をした。今回のイベントで二軒のセレクトショップから「取引をしたい」という申し出があり、さらに茉莉江が所属するモデル事務所のマネージャーからも連絡をもらった。事務所のマネージャーからは、来春、オーディションを兼ねたファッションショーをする予定なので、その時にリュスの服を提供してもらえないかという問い合わせだった。提供といってでも買い取ってもらえるので、宣伝もできる上に利益にも繋がる。一度にいろいろなチャンスが飛び込んできたことに戸惑ったのだが、そうした内容を和範に一つひとつ相談でき、ずいぶん助かった。

京都に着いたらすぐにお礼を伝えに行こうと思い、朝から二度ＬＩＮＥを送っていたのが既読にならず、直接会社まで出向くことにしたのだ。彼は会社用のスマホも持っているので、ひょっとするとプライベートのほうは電源を切っているのかもしれない。

「五番出口を出てから、四条烏丸を五十メートルほど上がったところ……だったかな」

柊月屋の本社ビルには和範と一緒に一度だけ行ったことがあるが、それも九か月も前のことなので、記憶があやふやになっている。京都の人は北に進むことを「上がる」、南に進むことを「下がる」と言うが、美咲はなかなかその表現に慣れず、上がる、下がると言われると、その場で浮かぶか沈むか、そんなイメージしか持てない。

迷って袋小路に入ってしまうのが嫌で、スマホの地図アプリを使う。スマホの案内を頼りに四条烏丸を北に向かって歩いていくと、見た憶えのあるビルにたどり着く。五階建ての建物は柊月屋の自社ビルだが、一階だけは品の良いジュエリーショップが入っていた。

「こんにちは」

エレベーターに乗って二階で降りると、透明のドアを押しながら中に向かって挨拶をした。通りかかった従業員らしき年配の女性が美咲に気づき、「なにか御用ですか」と立ち止まる。

「すみません。私、十川と申しますが古池和範さんにお会いしたくて」

美咲の言葉に、女性は一瞬だけ驚いたように口を開け、それから「十川さんですね」とすべてを心得たという表情で頷いた。

「どうぞどうぞ、中に入ってください。社長、いま打ち合わせ中ですねん。ちょっとだけ待っててくれはりますか」

女性に言われ、会議室らしき一室に通される。どこに座ればいいのか迷ったが、窓から離れた、一番ドアに近い場所にする。

「すみませんねぇ、こんな殺風景な部屋でお待たせしてしまって。応接室はいま社長が使ってはって」

ドアが開き、さっきの女性がお盆を手に入ってきた。お盆の上には湯のみ茶碗が載っている。

「いえ。私のほうこそアポイントもとらず突然来てしまって、申し訳ありません」

「そんなん、ご家族の方やのにアポなんていらしませんわ」

やっぱり気づいていたのか、と女性の笑みを見て納得する。柊月屋の従業員の間では、自分たちの結婚は確定しているのだろう。

「そしたら、もう少しだけお待ちくださいね。社長が応接室から出てきたらすぐにお伝えしますわ」

女性が部屋から出て行くと、美咲は気持ちを落ち着けるために深呼吸をした。電話では頻繁に話していたものの、和範と直接会うのは一か月半前の夜以来だった。あれから何度か食事に誘われたのだが、服を作るのに忙しくて断り続けてきた。でもたとえ時間があったとしても、会っていたかどうか正直わからない。

それでも、と思う。それでも自分は和範との関係を立て直すと決めたのだ。そしてそのことを彼にも伝えた。ここでまた気持ちが揺れるのは和範に失礼だと自分を律し、彼の好きなお菓子を手土産にここまで会いに来た。九か月前に描いていた人生の設計図通りに事を進めることが、誰にとってもいいに違いない。このまま滞りなく結婚式を挙げ、自分の両親と和範の母親を安心させる。家に入ってからは柊月屋の社長である彼を支え、古池家の嫁としての役割をこなす。和範の妻になることで美咲自身の生活も安定し、その守られた暮らしの中で服作りを続けていく。

誰に聞いても、それがベストだと言うだろう。三十二歳の自分がいま選択できるベストな未来。そう頭ではわかっているのに、でもずっと迷っていた。本当にこれでいいのかと、気がつけば自問自答している自分に気づく。

「ほなあの物件は、社長に任せましたで。この不景気や。むこうさんも相当ふっかけてきよる思うけど、言いなりになったらあきまへんで。いま現金欲しいてしゃあないんは、むこうさんやからなあ」

窓から見える景色をぼんやり眺めていると、廊下のほうで話し声が聞こえた。京都は建物の高さが制限されているので、こんな町中でも遠くの山が見える。

「わかりました。ぼくも、予算以上の額で契約をするつもりはありませんから」

「どうやろなぁ。社長は泣き落としに弱いからなぁ。もしなんやったら誰かもう一人、はっきり物言う部下を連れて行かはったらどうやろか」

「そんな、いいですよ。むこうも社長一人で来られるんですから、そこは一対一で話し合わないと」

会話を聞いているうちに、和範が修と話しているのだとわかった。打ち合わせ相手は柊月屋の専務だったのかと、昨年の十一月に挨拶したきりの修の顔を思い浮かべる。

そんなつもりは全然ないのに盗み聞きをしているような状況に戸惑っていると、

「それより和範くん、結婚式はいつにすんのや。式はしません、籍だけ入れました、いうのはあかんで。柊月屋の新社長としてきちんとお披露目せな」

と突然、修が私的な話をし始めた。仕事の話をする時はいちおう敬語だが、いまは叔父の立場で物を言っているからか威圧的だった。

「わかってます。式は年明け早々にする予定です」

「年明けまで延ばさんと、年内にしとき。式場が空いてへんいうんやったら、おれがなんとか口利いたるし」

「ありがとうございます。日にちは美咲と話し合ってから決めようと思ってますんで」

自分の名前が出てきたことに、体が強張った。なんともいえない圧迫感と閉塞感で、この場から逃げたくなる。

「真知子ねえさん、えらい心配しとったで。このままやったらどうなるかわからへん言うて」

「……すみません、叔父さんにまでご迷惑かけて」

「ほんで、なんもなかったんやろ？　あの女の子の身辺調べてみても、埃は出てこおへんかったって真知子ねえさんはほっとしとったけど。頻繁に会っとった男とも、結局なんもなかったんやて？　ほんまにただの同級生やったって」

初めは耳が冷たくなって、それからその冷気が背骨を伝い、足先まで凍らせていく。あの女の子とは、美咲のことだろうか。身辺を調べる。埃。頻繁に会っとった男。修の口からぽんぽんと飛び出す単語が、現実味を奪っていく。

「その節は叔父さんにまでご迷惑をおかけしてすみません。些細な喧嘩やったのに、母がえらい大ごとにしてしもて」

「いやぁ、でも真知子ねえさんの話聞いたら、些細な喧嘩やなかったで。『和範のお嫁さんが突然家を出て行ってしもた』『和範が二股かけられてた。騙されてた』て、えらい剣幕で電話かけてきはったんや。それでおれが懇意にしてる興信所紹介して、あの女の子のこと洗いざらい調べて。調査員は東京の実家の近所や、会社まで、わざわざ足運んだんやで」

「叔父さん、その話、ここではやめましょう」

「別に誰も聞いてへんて。まあそれだけこっちも大変やったいうことや。そやけどそのおかげでよりを戻せたんやろ？　和範くんも報告書見て正直なところ安心したんと違うんか。そもそもな、結婚相手の身辺調査をしてへんこと自体がおかしいねん」

「でも黙ってそういう調査をするんは、ぼくには抵抗があります」

「なに言うてんねん。おれらの世代より上はみんなしてきたことや。結婚は家と家の大事な契約や。不良物件つかまされたらたまらんやろ」

気がつけば両方の拳を固く握りしめていた。握りながら小刻みに震えていた。喉の奥に硬い異物を押し入れられたかのように、呼吸がしにくい。

二人の声が聞こえなくなるのを待って、美咲は椅子から立ち上がった。雲の上を歩いているような浮遊感を覚えながらドアを開け、廊下に出る。そしてそのまま会社の玄関を足早に通り過ぎていく。

外に出ると真夏の太陽がいっせいに美咲を照射し、意識がふつりと遠くなった。蒸し暑さのせいか、さっきから全身を毒のようにめぐる嫌悪感のせいか、吐きけをもよおし、その喉の圧迫感に涙が滲んだ。

和範が急に態度を改めたのは反省したからでも、やり直す覚悟を決めたからでもなく、興信所の調査結果がシロだったからだった。美咲を信じてくれたからでもない。

美咲は足元を見つめたまま、吐きけをこらえながら焼けたアスファルトを歩いていく。

四条駅に行くには来た道と逆に進めばいいだけなのに、途中でどこを歩いているのかわからなくなった。どっちが「上がる」で「下がる」なのかわからない。太陽を反射する道路は真っ白で、氷原を歩いているような気持ちになってくる。熱いのか冷たいのかもわからない。

どこからかスマホの着信音が聞こえてくる。意思とは関係なく手が伸び、バッグの中を探った。電話をかけてきたのは和範だったが、とても話せる状態ではなく、そのままバッグに戻した。

足をただ前に出し、通行人に何度か体をぶつけながら、それでもなんとか四条駅に着いた。来た時に出てきた五番出口ではなかったけれど、地下に潜る階段を見つけ、手すりを強く握りしめ、足を踏み外さないようにゆっくりと降りていく。

ひんやりとした地下道に入ると、いくぶん気持ちが落ち着いてきた。

行き交う人たちに不審に思われないように顔を上げ、地下鉄の改札に向かって歩く。財布からICカードを取り出していると、再度スマホの着信音が鳴った。

「はい」

歩くのを止めて電話に出たのは、スマホの画面に『非通知着信』という文字が浮かんだからだった。名前を明かさないこの電話に出たのは過去に二度だけだったが、それでもいまも定期的にかかってくる。

『もしもし、こちらは十川《トガワ》美咲さんの携帯でしょうか。失礼ですが、あなたはいまどこにいますか』

前に二度かかってきた時も、同じ質問をされたことを思い出す。あの時もこんなふうに奇妙な質問をされた。まさか興信所の調査員から電話がかかってきていたなんて、考えもしなかった。

「もうこういうのはやめていただけませんか。あなたが誰なのか見当がつきました。これ以上続けるのであれば警察に届けます。……一度お会いして話しませんか」

腹立たしさのあまり、そんなことを口にしていた。こうやって人のプライベートに介入することは、罪に問われないのだろうか。

「これ以上電話をかけてこられるのは不快です。あなたが知りたいことを直接答えますので、一度お会いしましょうよ」

黙り込んだ相手に向かって、美咲は再び強く言い放った。自分はいつまでこうして見張られていなくてはならないのだろうと、強い憎しみがこみ上げてくる。

一時間後、美咲はホテルのカフェで電話の男と待ち合わせた。京都駅のすぐ近くにある、歩いて五分ほどの観光ホテルだった。十分以上早く着いた美咲は奥まった二人席を選び、アイスコーヒーを注文して男を待った。

男は約束の時間ちょうどに現れた。興信所の調査員だから帽子を被っていたりサングラスをかけていたりするものだとばかり思っていたが、あまりに普通の身なりをしていたのでかえって驚く。いや、目立ってはターゲットに気づかれてしまうから、そういうものなのかもしれない。

　入口に立ってカフェの中を見回していた男は、美咲と目が合うと、そのまままっすぐ近づいてきた。ボタンダウンのピンクのワイシャツに、グレーのスラックス。年の頃は四十代半ばから五十代の初めくらいだろうか。髪には少し白髪が交じっていて、美咲が勝手に想像していた裏社会的な印象はない。むしろ線が細く、神経質な感じがした。

「十川《ソガワ》です」

　身辺を探られていた相手に対してバカみたいだと思いつつ、美咲はいちおう挨拶をする。美咲が「そがわ」と名乗ると、男は少し驚いたように目を見開いた後、「『とがわ』じゃなかったのか……」と視線を逸らせた。そして自分は素性を明かさないまま、注文を取りに来たウェイトレスにコーヒーを頼んでいる。

なにをどう話せばいいか。いろいろと考えているところに、

「いろいろと不快な思いをさせて申し訳ありません」

と男が頭を下げてきた。話ができない相手ではなさそうなので、美咲はなるべく冷静に、

「あなたもお仕事でしょうから、百歩譲って仕方がないかとは思います。でも私にもプライバシーがあります。こういう……行動を見張られるようなことをされると、精神的に擦り減ってしまいます」

と告げる。

「ごもっともです」

「正直に申し上げますが、私は本当に一人で暮らしていますし、古池さん以外につき合っている男性もおりません。もちろん仕事をしてますから、打ち合わせをする相手に男性はいます。でもプライベートで会うような人はいません。それはあなたも私を見張っていてわかっていたと思います、プロなんでしょうから」

途中から語気が荒くなってしまい、落ち着かせるためにアイスコーヒーのグラスを手に取った。

「見張ってた？　私があなたを？」

「私の身辺を探る行為は、見張っていることになりませんか」

「私はあなたを見張ったことはありませんよ。電話をかけただけで」

「でも私の行動や交友関係を逐一報告していたんでしょう？」

「報告？　どういうことですか」

「だから、あなたは興信所の調査員ですよね。私の素行を調査している」

そばを通ったウェイトレスが、怪訝《けげん》そうな表情で振り返った。店内に客が少なく、思ったより声が響いてしまう。

「それは誤解ですよ」

「誤解？　どういうことですか」

「だから、私は……興信所の調査員ではありません」

「じゃあなんなんですか。どうして私に電話をかけてきたんですか。名乗りもせずに、何度も」

まったくわけがわからなくなって、美咲はアイスコーヒーを飲み干した。この期におよんで知らないふりをするというのか。美咲は目の前の男を睨みつける。

男は押し黙ったままコーヒーカップを見つめていたが、やがて覚悟を決めたように顔を上げ、

「私は月橋瑠衣の夫です」

と告げてきた。夫であることが後ろめたい、そんな感じだった。

あまりの衝撃に、美咲はしばらく口を利くことができなかった。男が嘘をついているとしか思えず、でもそんなすぐにばれる嘘を、なぜつく必要があるのか。瑠衣の……夫？　すとん、と美咲の中でひとつだけ腑に落ちる。そういえばこの男が自分に電話をかけてくるのは、瑠衣と会った後のことだった。東京ビッグサイトにも彼女は足を運んでいて、知り合いのバイヤーを連れてリュスのブースにも立ち寄ってくれたのだ。瑠衣が会っていたのが本当に十川美咲という女だったかどうか。目の前のこの男は、それを確かめるために電話をかけてきたということか。

無言になった美咲を上目遣いで見ながら、男は手に持っていたセカンドバッグを探り、名刺入れを取り出す。

『株式会社ＭＯＯＮ　月橋恵一《けいいち》』

テーブルの上に置かれた名刺にはそう書かれていた。

「株式会社ＭＯＯＮって……。瑠衣さんのイベント会社？」

名刺と男を交互に見ながら、美咲は口にする。

「株式会社ＭＯＯＮは妻が立ち上げた会社ですが、いろいろと事情があって四年前から私もこの会社で働いています」

男の肩書は「イベント業務管理士」となっていた。どこまで信じていいのだろうか、と美咲はなにも言わずにじっと名刺を見つめる。

「私はあなたではなく、妻の行動を見張っていました」

数秒の沈黙の後、恥ずかしながら、と男が言いにくそうに口を開いた。イベント会社を営んでいる妻は、ほとんど家にいることがない。月の何日間かは出張で、家に帰って来ない日もある。自分は共同経営者として主に事務仕事を担当し、現場の仕事は妻に任せっきりなので、彼女の行動に意見する立場ではない。

「ですが時々……」

言いかけて、男が口をつぐんだ。気が弱いのだろう。美咲から視線を逸らせ、額の汗をハンカチで拭っている。

「家にいない瑠衣さんのことが、心配なんですね」

浮気が心配なんですね、と言いそうになって言葉をのみ込んだ。瑠衣が風呂にでも入っている時か、眠っている時か。男は妻のスマホの着信履歴をこっそりのぞいたのだろう。そこに最近、「十川美咲」という名前と電話番号が頻回に入っていることに気づいた。時々、瑠衣本人からも美咲の名前が出るので、本当に「十川美咲」と会っていたのかを確認するために美咲に電話をかけてきたのだろう。

「心配というか……」

心配というより、もしかすると夫婦仲はとっくに冷めきっているのかもしれない、と美咲は思った。もう心配をしている段階ではない、ということだ。でもこの男には瑠衣と別れられない、別れたくない理由がある。その理由は会社を共同経営していることかもしれないし、もっと別のものがあるのかもしれない。でも女の直感として、瑠衣と男の間には、夫婦としての情愛のようなものはもはやないような気がした。

「あなたは、仁野佳太とお知り合いですか」

これ以上話す気持ちが失せていたところに、男が聞いてきた。

「ええ、知ってます。大学時代の同級生で、私に瑠衣さんを紹介してくれたのも仁野さんです」

屈託のある表情で、男が美咲のことを見つめてくる。

「その仁野という男と妻は、どういう関係でしょうか。あなたになにか話していませんか」

男の顔が軽く引きつっているのを見て、美咲はそっと目を伏せる。

「私には……わかりませんが」

「でもあなた、同級生でしょう?」

「彼とは……仁野さんとはこれまで長く会ってませんでした。同級生といっても、私も昨年の十一月に十年ぶりに再会したんです。私にはなにもわかりません」

そうだ。自分にはなにもわからない。佳太のことも瑠衣のことも、二人の関係もなにも……。

でもどうして佳太は、瑠衣に夫がいることを教えてくれなかったのだろう。

彼の中ではこの夫の存在は抹消されていたということなのか。十年ぶりに会った同級生にあえて伝えることでもないと気にもしていなかったのか。瑠衣とあんな出会い方をしたら、自分じゃなくても瑠衣と佳太が恋愛関係にあると思うだろう。

「仁野という男と出会ってからなんです」

「え?」

「瑠衣の様子がおかしくなったのは、あの仁野佳太という男と一緒に仕事をするようになってからだ」

ただ虚ろだった男の目が嫌な光を持つ。憎しみや嫉妬は、時に人に活力をもたらす。こんな時なのにそんなことに気づいてしまう。

「とにかく月橋さんにしても仁野さんにしても、私には仕事以外ではなんの関係もない方です。この話はもうここまでにしてもらっていいですか」

二度と電話をかけてこないでほしい。もし次にかけてきたら警察に行く、と美咲は男にそう告げて席を立った。伝票を手にした美咲を、男がまだなにか言いたげに見上げてくる。支払いをすませて店を出た瞬間、足元がぐらつくくらいの眩暈がした。

七章　チャンス到来

男と待ち合わせたホテルから二十分ほど歩き、自宅のアパートに着いた。真夏の陽射しに焼かれた鉄製の外階段を、一段ごと踏みしめるように上っていく。玄関のドアを開けると蒸した空気にむせそうになり、パンプスを脱いで部屋に入ってすぐにエアコンをつける。

疲れた……。もう信じられないことばかりで、なにが本当でなにが嘘なのかがわからなくなってくる。自分はいったいなにを信じればいいのか、烈しく混乱していた。畳の上にへなへなとしゃがみ、背中を壁につけて座る。今日帰って来たというのに、五日間の東京出張が、遠い昔のように感じられた。さっきから繰り返しスマホが振動していたので着信履歴を確認してみると、ゲシュタルト崩壊現象が起こりそうなくらい「和範」という文字が並んでいた。だがひとつだけ初見の電話番号があったので反射的に仕事の電話だと思い、その履歴に指を滑らせてかけ直す。

『はい』

電話をかけてわずかワンコールで相手が出た。落ち着いた低い声。年配の男性のような気がする。

「私、十川と申します。さきほどこちらのほうにお電話をいただいたみたいで」

『ああ、リュスの十川さんですね。突然のお電話失礼しました。私は、東京ビッグサイトで名刺を交換させていただいた東伊百貨店のバイヤーの木下です』

やっぱり仕事の電話だった。美咲は改めて背筋を立て、「はい、憶えております」と返す。だが名刺を交換したものの、まさか老舗のデパートのバイヤーから本当に連絡がくるとは思ってもみなかった。

『さっそくですが、実はうちのデパートの大阪店での催事に、十川さんも出店していただけないかと思いまして』

木下はきちんと日本語を話しているのに、言葉が耳をすり抜けていく。誰かにたちの悪いいたずらを仕掛けられているような気持ちで、

「あの……本当にうちですか。リュスですか」

と聞き返した。

知名度も販売実績もない自分が、大手デパートの催事に呼ばれるなんてことがあるのだろうか。

『はい。月橋さんにご紹介いただいて、それで私もこの目で商品を拝見した上でご依頼の連絡をしております』

月橋、という名前に心臓の鼓動が速くなった。あれほど多数の店舗がある中で、なぜ

東伊百貨店のバイヤーがうちのブースを訪ねて来たのかと不思議だったが、瑠衣が紹介してくれたのだ。これまでならば屈託なく彼女に感謝するのだが、いまは手放しには喜べない。

『もしご興味がおありなら一度お会いして、お話しさせていただきたいのですが』

だが木下の申し出に、

「ありがとうございます。よろしくお願いします」

と間髪を容れずに礼を述べた。いまここで頷かなければ、もう二度と東伊百貨店から連絡がくることなんてないだろう。

電話を切った後もしばらく緊張が解けず、美咲はスマホの画面を見つめたまま呆然としていた。リュスが東伊百貨店の催事に参加するという、この興奮を誰かに伝えたい。そう思い桜子に電話をかけようとして、ふとわれに返る。こんな忙しい時間に電話をしても困らせるだけだろう。それでも喜びを抑えきれず、その場で立ち上がり、両手でガッツポーズする。嬉しい。本当に嬉しい。こんなことが自分の身に起こるなんて思ってもみなかった。瑠衣に連絡してお礼を伝えなくてはと思い、躊躇する。いつもなら迷いなく彼女に電話をかけ、感謝の気持ちを口にするのだが、夫と名乗る男と会ったことでやり過ごせないほどの不信感が生まれてしまった。そういえば出会って間もない頃、瑠衣は「月橋」という名字で自分を呼ばないでくれと美咲に言ってきた。下の名前で呼んでくれ、と。もし自分が勘のいい人間なら、あの時点でなにか気づけたのだろうか。

瑠衣のことを考え、スマホを睨んでいるところに着信音が鳴った。木下かもしれないと、慌ててスマホを手に取る。次に会う場所と日時は名刺のアドレスにメールを入れると言っていたが、なにか言い忘れたことがあるのかもしれない。

スマホの画面に浮かぶ「和範」という文字を見て、はしゃいでいた空気がふっと萎み、躊躇いながらタップする。

『……和範です』

硬く冷たい石のような声に、頬が強張る。

「はい」

『いまから少し話せないか』

「……そうだね、私も思ってた」

アパートのすぐ近くに来ている、と和範は言ったが家に上げるつもりはなく、美咲は近所にある小さな喫茶店の名前を告げた。一度も入ったことがなかったが、アパートから十数メートル離れた通りの角にある、レトロな雰囲気のこぢんまりとした店だった。

ドアを開けると、チリン、と懐かしいようなベルの音が鳴った。エプロンをつけた白髪の初老の男性が美咲を見るなり、「待ち合わせですか」と聞いてくる。頷くと、一番奥の二人席に座っていた和範のほうに視線を向けた。

美咲はにこりともせずに椅子に腰掛け、店主にアイスレモンティーを注文する。

「あの……、急に呼び出してごめん」

和範がテーブルの端に視線を置いたまま、唐突に頭を下げて謝ってきた。仕事の途中で来たのか、夏用の淡いブルーのスーツに、水色のネクタイを締めていた。銀行勤めをしていた時ですらクールビズを徹底していたのに、こっちに戻ってきてからは目上の人とばかり会うせいか、身なりにも気を遣っている。

「仕事の途中だったの？」

世間話をする気もなかったが、なにも言わないわけにもいかないので、思いついたことを口にした。

「うん、裏千家の事務所にご挨拶をしてきた帰りで」

「そう」

会話が途切れたところに、レモンティーが運ばれてくる。

「美咲……さっき会社に……寄ってくれたんだな。事務の人が会議室で待ってるって……」

「今回のイベントではいろいろ協力してもらったから、お礼を言いたくて。お土産、会議室に置きっぱなしで出てきちゃった」

すでに結論が出ていることを話す時、人はこんなにも冷静になれるのかとしみじみ思う。和範がこれからなにを言っても、美咲から返す言葉はひとつしかない。言いよどんでいる姿を見ていると、早く結論を告げたほうがお互いに楽なのかとも思い、また、そんなふうにいまの状況を俯瞰している自分にも驚いていた。

「本当に悪かった。申し訳ない……」

テーブルに両手をついて、再び和範が頭を下げた。振動でグラスの中の氷が揺れる。

「びっくりしたけど……運命なのかなって思った」

「運命って？」

「今日私が会社に行って、会議室であなたを待って、そこであの話を耳にした。そんなふうにもう決まっていたことなのよ、たぶん。だからこれで良かったんだと思う」

きっと決定的なものが必要だったのだ。古池家の敷居の高さでもなく、真知子や知佳とそりが合わないことでもなく、美咲が仕事を始めたからでもなく、京都という息苦しい土地柄のせいでもなく、自分たちが別れるにはもっと決定的なものが必要だったのだ。本物の終わりというのはそういうものだ。瑠衣が言っていたように、否が応でも強制終了をかけられる瞬間がある。

「あなたは私を信用できなかった」

それは和範にとって決定的なことだ、と美咲は伝えた。

「そして私は、自分を信用していない人を、信用することはできない」

むしろ今日、会社に行って良かったと美咲は思っていた。結婚してから興信所のことを知ってしまったら、立ち直れないくらいに傷ついていただろう。

「なんか……ごめんね」

自分はやっぱり余所者で、京都特有の袋小路をうまく歩けなかった。進めば進むほど奥に入り込んでしまい、見て見ぬふりをしなくてはいけない人の意を素通りできず、自分の中に重苦しく取り込んでしまったように思う。

「……あのまま東京にいればよかった。京都になんか帰らずに、あのまま二人で過ごしていればおれらはこんなふうにはならなかった」

目を伏せたまま和範がうわ言のように口にする。そうかもしれない。和範の言う通りかもしれない。あのまま東京で過ごしていたら、二人の気持ちが離れることはなかったのかもしれない。でも自分たちはそういう運命だったのだ。

「和範には本当に感謝してる。これまでありがとう」

本心だった。大学生の時からつき合っていた杉野と、彼の転勤が理由で二十代半ばで別れた後、結婚に結びつくような恋はしなかった。学生時代の延長だった前の恋愛が気楽すぎたせいか、大人の男性がよくわからなくなっていた。だからもう恋なんてしなくてもいい。そう思っていた美咲を、和範は好きになってくれた。和範と出会えたからいまの自分がいる。

「じゃあもう行くね」

財布を出そうとすると和範が伝票を引き寄せ、ゆるゆると首を振った。この人のこういうところが好きだった。肩肘を張らないいまどきの二十代のくせに、古風なところ。ドアを手で押そうとすると、店主が近づいてきて「ありがとうございました」と開けてくれた。最後に一度だけ振り返ると、和範は顔を上げて自分を見ていた。

電話で話してから一週間後、東伊百貨店の木下が京都まで訪ねてきた。一度話がしたいというメールがあったので美咲が出向くつもりでいたが、向こうから京都に来ると言ってきたのだ。

「私は喫茶店を回るのが趣味なんですよ」

待ち合わせの席に着くなり木下が言ってきた。彼が指定してきたのは店内がブルーライトで照らされた幻想的な雰囲気の、一九四八年に創業した喫茶ソワレという店だった。

「そうなんですか。私もカフェは大好きです」

「ところで十川さんは京都の方ですか」

「いえ、私は東京出身です」

「ああそうですか。ぼくは北海道なんですよ」

大学進学を機に東京に出て、卒業後は東伊百貨店に就職して全国を転々としてきたと話す。気さくな人だというのが、改めて感じた印象だった。

「東京出身でもいいですか？」

もしかすると京都出身のデザイナーという付加価値が欲しかったのかと思い、美咲は聞き返した。

「いえいえ、出身なんてどこでもいいんですよ。ただ、京都生まれの方だったら、あからさまに京都通を口にするのが恥ずかしいなと思って。この喫茶店がいい、この料理屋が美味いと知ったかぶりをしたら『あそこはたいしたことないのに。この人なんも知らはらへんなぁ』って心の中で思われるでしょう？　それが怖くてね」

抑揚をつけた木下の京言葉がおかしくて、美咲は笑ってしまった。肩の力が抜ける。年の頃はもう六十近いのだろうが、大手百貨店のバイヤーというだけあって、洒落た身なりと巧みな話術は年齢を感じさせないくらいに軽やかだった。

「ところで本題なんですが」

美咲が注文したアイスコーヒーが運ばれてくると、木下が表情を引き締める。

「お電話でも少し話しましたが、うちのデパートの催事にリュスの洋服を出品していただきたいのです」

木下が「企画書」と印字された一枚の用紙を取り出し、テーブルに置いた。仮見出しとして『新しさをまとう！　新進気鋭の職人展』と書かれている。

「催事の場所は、デパートの上階にあるイベントスペースを考えています。そのスペースでは毎週なんらかのイベントを行っていまして、たとえばいまだと北欧ブックフェアをしていますし、来週からはおもしろ文具を展開します」

「服に限らずいろいろなんですね」

「そうなんです。デパートの上階というのは、昔からお客様があまりいない空間でしてね。この空間にどうすればお客様を集められるかというのが、私たちの切実な課題なんですよ」

出品料は不要。デパートへの支払いは売り上げの二割。東伊百貨店の包装紙などは実費で支払ってもらうが、その他の金銭的な要求はないことを木下が提示してくる。

「あの、ちょっとお伺いしていいですか」

「はい。なんでも聞いてください」

「どうしてうちのような新規の、まだたいした実績もないブランドにお声をかけていただいたんでしょうか」

大手デパートへの出品ということで、多額の出品料を要求されるのかと思っていた。売り上げに対するデパートへの支払いが二割というのも良心的だし、東伊百貨店という名前に鑑《かんが》みれば低すぎるといっても言い過ぎではない。

「一言で申し上げますと、我々はクリエイター系のイベントを打ちたいんです。世間があっと驚くような作品を扱いたいと願っています。デパートに来ればこんな新しいものに出合えるんだという感動を、お客様に示したいわけです。今回は金箔や絹糸を用いてジュエリーを作る作家さんや、山ぶどうの蔓《つる》でバッグを作る作家さんなど、ちょっとおもしろいものを作る方にお声掛けをしているんです」

百貨店の多くは、元の商いが呉服屋だったのだと木下がその歴史を語り始める。呉服屋を発端とする百貨店は、昔から消化仕入れという慣行で、アパレルメーカーと商いをしていた。消化仕入れというのは、百貨店の売場に置いてある洋服はあくまでアパレルの在庫として扱い、客に売れた時点で百貨店が仕入れたという仕組みになることである。そうすることで百貨店は売れ残りの在庫を抱えなくてよかったのだ。アパレルメーカーにとっても百貨店の売り場に並べてもらえると商品価値も上がるし、長い時代、お互いにメリットを感じながらやってきていた。

「十川さんは記憶にないかもしれませんが、バブルという時代がありましてね。高級な服が飛ぶように売れた時期がありました。『ATSUKI ONISHI』、『ビギ』、『ピンクハウス』といったDCブランドが出現し、人々はこぞって一着数万円のブランドの服を身に着けていました。一九八〇年代のことです。私は当時は二十代の若造でね。私も買いましたよ、背中にブランドのロゴが入った黒色のレザージャケットを。十万円近くしたのを憶えてますよ」

だがバブルが弾け、景気が悪くなり、消費者たちの状況も変わった。一九九〇年代以降は若い人を中心に百貨店離れが進み、低価格で高性能を前面に押し出したファストファッションに流れていったと木下が笑みを消して顔をしかめる。

「仕方がないことです。ここだけの話、うちの家族も私以外は妻も娘も、ユニクロのへビーユーザーなんですよ」

「まあ……それはいいと思います」

家具の会社に勤めていた美咲にしても、すべて自社の商品を買っていたわけじゃない。やっぱりニトリはお値段以上、安くて良い品が置いてある。

「じゃあでもどうしていま、クリエイター系のイベントなんですか。リュスのTシャツも一枚一万円前後の価格帯ですから、百貨店離れした消費者を呼び戻せるとは思えませんけど……」

「たしかにうちのイベントスペースで扱われる商品は、文具にしてもインテリアにしても決して安いものではありません。ですが百貨店を営む我々としては、低価格、高性能以上に価値のあるものをお客様に示していかなくてはいけないんですよ。つまり、大手、老舗の百貨店に来たからこそ出合える特別な商品です。私たちはさきほどご説明した消化仕入れの慣行があったために、売れ筋を見定める力を磨かずにここまで来てしまいました。つまり目利き力を失っていたのです。ですがここから先は、そうした力無くしては生き残ってはいけません。デパートはやっぱり違う。そこらでは買えないものが置いてある。誰も持っていない、洗練された新しいものが見つかる。お客様にそうした気持ちになっていただける場所にしないと、存在する意味がないんですよ」

週がわりのハイペースで行う催事は、デパートのアンテナをお客様にアピールするためでもある。自分はいま五十代で、あと数年で定年退職を迎える。百貨店の生き残りを懸けて自分にできることは全てやっておきたい、その上で次の世代に引き継ぎたいのだと、木下が深刻めいた表情に再び笑みを戻した。

「うちの百貨店でリュスの洋服をお買い上げになったお客様はこう思うでしょう、『東伊百貨店にいけば特別な価値を持つ商品と出合える』。そうするとまた、そのお客様は期待以上の物と出合える場所。それが百貨店の存在価値だと木下は頷き、もうすっかり冷めてしまったコーヒーに口をつけた。

「わかりました。ご丁寧に説明していただき、本当にありがとうございます。ぜひそちらの催事に参加させていただきたいと思います」

木下の説明を聞いた後では、もう迷うことはなかった。自分にとっても大きなチャンスだと美咲は気を引き締める。

「こちらこそありがとうございます。では契約内容などの詳細は後日メールにて送らせていただきますのでご確認ください。あと、今回は株式会社ＭＯＯＮさんからのご紹介ということもあって、月橋さんに間に入っていただくことになっていますが、それでよろしいでしょうか」

月橋という名前が出たことに一瞬戸惑い、だがその動揺を木下に気づかれないよう平静を装って、「はい、大丈夫です」と即答する。瑠衣とは距離を置きたい気持ちはあるが、木下との縁を繋いでくれたのは彼女なのだから、と自分に言い聞かせる。

「あの、木下さん。最後にひとつだけ質問してもいいですか」

「はい、なんでも聞いてください。私は十川さんより三十年近く長く生きておりますので、そのぶんはお答えできますよ」

「いま日本はもちろん、世界中の景気が低迷していますよね。その中でもアパレル業界は特に厳しいと聞いています」

「ええ、仰る通りです。有名ブランドの全店閉店など信じられないことが起こっています」

「そんな時代にファッションというのは……どうなんでしょうか」

「と言いますと？」

「多くの人が生活を切り詰める中で、洋服にかけるお金などあるんでしょうか」

いまさらとは思いつつ、せっかくの機会だからと勇気を出して尋ねてみた。大手百貨店のバイヤーと二人で話す機会など、この先もう二度とないかもしれない。美咲の質問に対して、木下は驚いたように軽く目を見開き、手にしていたカップを置いた。そして、

「十川さん、それはありますよ」

と言い切った。

「あなたはどうですか。何日もアルバイトをしてでも、一食を抜いてでも欲しかった洋服はありませんでしたか」

自分にはあった、と木下が真顔で頷く。さっき話した黒いレザージャケットを買うために、一人暮らしをしていた自分は一日二食、カップ麺と納豆だけを食べて金を貯めたのだ、と。

「私もあります。どうしても欲しいワンピースがありました。会社の同僚の結婚式に着ていきたくて、そのためにお昼の外食をやめてお弁当にしたことがあります。二か月く

らいのことでしたけど、毎日お弁当を作って出勤しました」

「そうでしょう。洋服というのはそういうものですよ。腹を満たさなくても心を満たします」

「心を満たす……」

「そうですよ。たかが洋服。されど洋服。身に着けるもので自分の気分はもちろん、他人の目も変わります。十川さんは『長靴をはいた猫』という童話を知っていますか？」

「知ってるような……でもはっきりとは」

「とんでもなく賢い猫が、貧乏でなにも持たない哀れな男を救う話ですよ」

「ああ、なんとなく思い出しました。三人兄弟の親が亡くなって、上の二人のお兄さんは、粉挽き小屋やロバを相続したのだけれど、末っ子の弟に遺されたのは猫一匹だけで、っていう話ですよね。それでその猫が貧乏な末っ子を裸にして川に入らせておいて、通りかかった王様に助けてもらう話だったような……」

「そうそう。それです。猫が王様に『私の主人が水浴びをしている間に服を盗まれた』って訴えるんですよ。その貧しい男のことを、もともとは由緒ある家の子息だということにして。すると同情した王様は男に服をやるんです。服はもちろん最高級の、王族が身に着けるものです。王族の服を身に着けた男は別人のように見栄えがし、お姫様の心をも射止めるといったサクセスストーリーなんですがね。ここで重要なのは、猫が長靴を履いているというところです」

「そうでした！　乗馬ブーツのような、かっこいい長靴を履いた絵を憶えてます」

「猫は長靴を履くことによって、自分をさも位の高い猫のように見せたんですよ。気品溢れる、特別な猫に自身を仕立て、王様に嘘を信じ込ませたのです。洋服というのは、身に着けている人の背景を創るものです」

リュスの服には、猫が履いていた長靴くらいの魅力がありますよ、と木下が微笑む。お洒落で上質なものを身に着けたいという人間の欲求は、決してなくならない。ファッションに価値がなくなることは絶対にない。あなたはマスではなく、コアな人に向けてファッションを発信していけばいい。木下に力強く言われ、美咲は思わず涙ぐむ。東伊百貨店のバイヤーとまさか童話の話をするとは思わなかったが、彼の励ましは胸に沁みた。

せっかくなのでこの店の名物、ゼリーポンチを食べていきます、五色のゼリーが宝石のようだと評判なんですよ、と嬉しそうな木下を残して美咲は店を出た。とても有意義な商談だったと晴れやかな気分になる。少しずつ、本当に少しずつだけれど事業が軌道に乗ってきたような気がしていた。

家に戻ると、蒸れた空気が充満する部屋ですぐにノートパソコンを立ち上げた。

木下と会ったことを瑠衣に伝えなければと思ったが、でもどうしても電話をかける気になれず、パソコンの前に座る。木下と会ってイベントについて打ち合わせしたことを、今回は電話ではなくメールで伝えようと思っていた。

彼女とはこれまで電話で連絡を取り合うことが多かったので、まずメールアドレスを打ち込むところから始めなくてはならず、以前もらった名刺を手元において メールの画面を開く。だが驚いたことに『月橋です』と書かれたものがすでに届いていた。すぐさまクリックして内容を読むと東伊百貨店の催事に関するものだった。木下と会って話をしたら連絡がほしいと書かれている。

気が進まなかったが、瑠衣に電話をかける。今回の催事でも間に入ってもらうので、そのあたりのことは直接話したかったし、ギャラリー京都ＫＩＴＡの時のように仲介料を断りなく抜かれるのも避けたかった。

『もしもし。月橋です』

「こんにちは、十川です。いまお電話いいですか」

夫からなにも聞いていないのか、瑠衣の声は拍子抜けするくらいいつも通りだった。だから美咲も彼女の夫のことにはあえて触れず、普段の感じで話を進める。

木下と会ったこと、商談がまとまったことを美咲が話すと、「おめでとう。よかったわね」と口にし、そしてすぐにギャラリー京都ＫＩＴＡの時と同じで一方的に契約内容を伝えてきた。

「今回の催事は、うちが東伊百貨店と美咲さんの間に入ることになります。売上金の配分は美咲さんが七割、東伊百貨店が二割、そしてうちが一割。そういう契約でいこうと思っています。いいかしら」

いいかしら、と言われてももう決定事項なのだろう。たしかに瑠衣なしでは木下と知り合うことも、東伊百貨店での催しに参加することもできなかったので、一割の仲介料は支払って当然だと納得する。

「わかりました。大丈夫です。よろしくお願いします」

契約内容を突然告げられたことに面食らうが、ギャラリー京都KITAの時には売上金の二割だった仲介料を、一割に減額してもらえたのはありがたい。

「こちらこそ、よろしくお願いします。売り上げの振り込みは前回と同じで、うちから美咲さんの口座に振り込ませてもらいますね。口座は前と同じでいいかしら」

「はい。変わっていません。あの、お手数ですが、いま話した契約内容を後で文書にしてメールで送ってもらえませんか」

口約束ではいけないと思い、美咲は慌てて念を押す。

「……瑠衣さん？　あの、契約書を文書にしてもらっていいですか」

不自然な間があったので、緊張しながら返事を促すと、

『ごめんなさい。このまま待っててもらえる？』

と瑠衣がいったん会話を切った。自社の事務所にいるのだろうか。別の電話のコール音が聞こえてくる。

待っててと言われたので、美咲は耳にスマホを押し当てじっとしていた。スマホの向

こうで、瑠衣が別の電話に出る声が聞こえてくる。

『だから、その件は私に言われても困るんです。経理を担当する者が別におりますので、その者からお聞きになってください。担当者が社に戻りしだい折り返し電話をさせますから』

そう広くはない室内で話しているのか、瑠衣の声は筒抜けだった。なにかトラブルでも起こったのか。彼女の苛立ちがこっちにまで伝わってくる。

『もしもし美咲さん？　お待たせしてごめんなさいね。契約内容を文書にする件、了解しました。今日中に契約書を作成してメールで送るようにします』

再び電話に出た瑠衣は、そうあっさり言うと「じゃあ」と電話を切ろうとした。まるであの話題を避けているかのように、急いでいるのがわかる。

「あのっ」

自分でも驚くほど大きな声が出た。やっぱりこのままやり過ごすわけにはいかない。

「私、先日、月橋恵一さんとお会いしました。瑠衣さんの旦那さんですよね？」

早口でいっきに言ってしまうと、スマホの向こうで小さな間があった。電波が途切れたのかと思い、美咲はスマホを持つ角度を変えたり、小さな部屋の中を歩いたりした。

それほど長い沈黙が、二人の間に落ちる。

『……それがどうかした？』

低く冷たい声が聞こえてきたのは、美咲がスマホを耳に押しつけ、奥の部屋の窓際に立った時だった。なにも聞こえないのは電波が届かないからではないようだ。

「旦那さん、これまでにも何度か、私のスマホに電話をかけてきていたんです。名前を名乗らず、非通知着信だったので誰だかわからなかったんですけど、この前初めて素性を明かされて……驚きました」

『そう……。迷惑をかけたわね。ごめんなさい』

「いえ、それはいいんですけど……」

『私にとってあの人は、株式会社ＭＯＯＮの共同経営者よ。いまは仕事以外のことで話すことはなにもないし、夫とも思ってない。……じゃあ』

ぷつりと電話を切られ、用意していた言葉が唇に残ってしまった。

だったら佳太とはどういう関係なのか――。

そう聞きたかったが、たとえもしあのまま話が続いていてもたぶん口にはできなかったと思う。

二人はいわゆる不倫関係なのだろうか、と詮索しかけて首を振る。自分にしても他人のことをあれこれ批判する立場にはない。結婚を目前に婚約者の実家を飛び出した上に、昔の同級生に気持ちが傾き、興信所に調査までされて……。瑠衣のことをとやかく言える立場ではない。

「仕事しよっと」

美咲はノートパソコンを閉じると、ミシンが置いてある奥の和室に移動する。八月まではと続けてきた服作りの仕事が、また次の挑戦へと繋がった。今日からは九月の催事に間に合うように、新しいデザインを考えなくてはいけない。茉莉江がリュスの服をインスタやツイッターにアップしてくれたおかげで、オンラインショップへの注文も増えているので、これからさらに忙しくなるだろう。

残りの夏も服作りに没頭しようと決め、美咲はミシンを前に背筋を正した。


九月に入ると、大阪にある東伊百貨店のディスプレイは秋一色に染め変えられていた。今日は少し早く着いたので、美咲はデパート一階の入口の前で足を止めてショーウィンドウをしばらく眺めた。ローズヒップやベリーピックといった赤い小さな実をつける植物の造花がウィンドウのあちらこちらに鮮やかに散らされ、その中でトレンチコートやニットを身に着けたマネキンがポーズをとっている。背景は全体的に濃いめのパープルで統一されているが、それが小物の赤やオレンジを引き立たせ、秋色を演出していた。

「美咲ちゃん、おはよー」

肩を叩かれ振り返ると、香取絵音が立っていた。絵音とは先月の東京ビッグサイトに続き、今回もまた同じイベントに参加している。実は彼女も瑠衣とはつき合いがあり、その紹介で東伊百貨店との商談がまとまったようだった。

「絵音さん、おはようございます」

美咲は笑顔で挨拶を返す。『ＫＡＴＯＲＩ』と『リュス』は偶然にもまた隣同士のブースなので、初日から仲良くしてきた。お互い一人きりで店に立っているため、お客さんが混み合った時にはさりげなく協力し合い、いまではちょっと戦友のような関係になっている。

「美咲ちゃん早いなー。あたしなんて今朝寝坊しそうだったよ。さすがに疲れてきた」

今週の月曜日から始まったイベントは、土曜日の今日で六日目を迎える。

「私も。でも週末ですからね。この二日でいっきに売り上げを伸ばすために栄養ドリンク入れてきました。一本三百円もする高いやつ」

「あ、あたしも飲んでくればよかった。朝の準備終わったら買いに行こっかな。美咲ちゃんが三百円のやつ飲むんだったら、あたしは五百円は出さなきゃね」

「三百円ので効きますよ」

「だめよ。だってあたしのほうが十歳も年上なんだし、その分上乗せしないと」

軽口を叩きながら、二人並んで従業員専用の出入口からデパートに入っていく。催事会場は六階にあるので、荷物搬入用のエレベーターに乗り込んだ。

「美咲ちゃん、ここにTシャツ置いていいよ」

与えられたブースに服をディスプレイしていると、絵音が声をかけてきた。

「いいんですか。こんな角のいい場所に？」

「うん、お洒落な服が近くにあると、ジュエリーも映えるから。ウィンウィンよ」

催事用に準備してきた百十着の洋服は、この五日間で七十二着売れた。東京ビッグサイトでは三日間で八十四着だったのでペース的には少ないが、それぞれの催事に訪れる客数や会場の展示面積で比べると、百貨店のほうが圧倒的に売れ行きを実感できた。この週末で客足が増えると考えれば、もしかすると完売も夢ではないかもしれない。

あと二十分で開店。今日も頑張るぞ、と姿見に笑顔を映していると、

「十川さん、おはようございます」

木下が現れた。催事が始まる月曜日に挨拶をしたきり、五日ぶりに顔を見る。

「おはようございます。今日もよろしくお願いします」

美咲が挨拶を返すと、木下は小さく頷いた後、「少しお話いいですか」と言ってきた。なにか失敗でもしてしまったのだろうか。穏やかな中にも緊張の滲むその表情に、胸騒ぎがする。すぐ近くでガラスケースの位置を調整していた絵音が、ちらちらとこっちを見ていた。

「どうぞおかけください」

デパートの四階にある休憩所のソファに腰掛け、美咲は木下と向き合った。衝立で仕切られただけの簡素な空間は、人の話し声が筒抜けだった。

「忙しい時間にすみませんね」

「いえ。大丈夫です」

木下が意味ありげに深く頷き、美咲の目をじっと見つめてくる。

「実は昨日、Eワールド株式会社の企画部から連絡がありまして。リュスの商品を扱い

たいとのことでした。それで、ブランドのオーナーを紹介してもらえないかと言われたのですが、十川さんの連絡先を先方に伝えてもよろしいでしょうか」

「Eワールド……ですか」

Eワールド株式会社と言われても、どことなくぴんとこなかった。聞いたことのある会社名なのだが……。

「十川さんはEワールドをご存知ないですか」

「すみません、あまり詳しくは……」

正直に伝えると、木下はEワールド株式会社の概要を丁寧に説明してくれた。日本最大の年間来場者数を誇るテーマパークを運営している会社だと教えられてからは、正気が飛んでしまう。「夢と冒険の楽園」と称されるそのテーマパークには、美咲もこれまでに何度か行ったことがあった。

「私はとてもいい話だと思いますが、十川さんはどうですか」

「すごい……お話だと思います。でもどうして突然……」

驚きすぎて言葉が出てこない美咲の前で、木下は落ち着き払っている。

「十川さん、チャンスというものは、突然やってくるものですよ」

木下の言葉と同時に、美咲は息を深く吸い込んだ。太腿の上に置いていた手はまだ震えている。

「ちょっと……現実味がなくて……」

今年の一月に、瑠衣の姪の披露宴で初めて自分の作品を他人に買ってもらった。それからは一段ずつ、ゆっくりではあるが着実に階段を上っている気はしていた。だがこの話は自分が歩いていた場所から続くものとは思えない。もっと先の、はるか遠くにあるものではないだろうか。一足飛びにそんな場所に立って大丈夫なのだろうか。

「先方はあなたの服を、テーマパークの記念グッズのラインナップに加えたいと考えているようです。もちろんすぐに納入ということではなく、審査を経てからになりますが」

「審査……ですか」

「ええ。実はこれが厳しいんですよ。私もこれまでに何度か他のデザイナーさんで経験がありますけど、商品に対する事細かな注文があってね。それをクリアした商品しか取引してもらえない。話を受けたデザイナー側が時間を割き、労力を費やして必死で作成しても、審査を通らなければ不採用になります」

一次審査、二次審査があり、さらにそこから最終審査に進まなくてはいけない。一次審査では服のデザイン画を作成して見てもらい、二次審査では服につけるタグの内容や、作成の手法、生地の素材などあらゆる方面のチェックがされるという。一次と二次を通過したものだけが最終審査に進めるのだが、ここではS、M、L、O全サイズのサンプルを作成し、提出しなくてはいけないのだと、木下が説明する。

「これは正直言って、なかなかに骨の折れる作業ですよ。あと、Eワールドはテーマパークの実務的な運営だけを行っているので、パークで使われるキャラクターなどの著作権や版権ビジネスはアメリカの会社が担当しています。なので提出する書類などはすべて英語での作成となるんですよ」

「英語で作成……ですか」

美咲が口にできたのは、その一言だった。審査にしても、とてもじゃないが通る気がしない。奇跡が起こったのかと頭が真っ白になるくらい喜んだだけに、落胆も大きい。

そういえばそのテーマパークで扱う商品は、ネームタグひとつにしても入念な審査をするのだと以前誰かに聞いたことがある。たとえば途上国の子供が働く工場などで作られたものは、決して取り扱わないのだという。「夢と冒険の楽園」は、貧しい国の、幼い労働力によって成り立たせてはいけないという理念からだ、と。

「ゆっくり考えてからお返事するので、いいと思いますよ。先方の連絡先は、さっき渡した名刺の通りですから」

木下が、腕時計にちらりと視線をやった。そろそろ開店の時間なのだろう。

「わかりました。しっかり考えてからお返事させていただきます」

Eワールドがリュスを知ったのは、企画部に所属する社員がたまたま出張の帰りに東伊百貨店をのぞいたからだ、と木下が教えてくれる。店頭に立つ美咲から服を買ったらしいが憶えていないかと聞かれ、まったくわからないと首を振った。混雑していた時に来てくれたお客さんかもしれない。こんな出会いがあるのだと、美咲は左胸にそっと手を当て、弾む鼓動を宥めた。

「あの、木下さん」

ソファから腰を浮かせようとしていた木下を、美咲は慌てて呼び止めた。そう背の高くない木下の顔が、同じ目の高さにある。

「ありがとうございます」

腰を折り深々と頭を下げると、「いやいや、私はなにもしてませんよ。お礼なんてやめてください」と木下が手を伸ばして肩を叩いてくる。

「でも、東伊百貨店の催事に呼んでいただいてなければ、こんな出会いはなかったですし。私はなんていうか、この数か月間、運だけでここまで来たというか……」

まだEワールドとの契約が決まったわけではないのに、感極まってしまう。いま東伊百貨店で服を販売していることすら信じられない思いで、礼を言わずにはいられなかった。

「十川さんは、自分が運のいい人間だと思ってますか」

木下が静かな声で聞いてくる。

「はい。もうだめだな、無理だなと思った時に誰かが助けてくださって……。私はほんとに、運だけはいいなと思うことがしょっちゅうです」

際立った才能もなければ、頭が格別に良いわけでもない。人が振り返るほどの容姿でもなければ、実家が裕福だということもない。なんの取柄もない自分が、それでも三十二歳になったいまもなんとか一人で生きていけている。これはやっぱり運の良い人生だといえるだろう。

「十川さん、運というものは、どこかから降ってきたりはしません。空が、雨や雪を気まぐれに落とすようには、運は降ってきませんよ。運は、人が人に与えるものなのです。人が、人に運んでいくのです。運という字を考えてごらんなさい。運ぶと読むでしょう?」

「そう……なんですか」

「そうです。運を良くしたいと思うならば、人に信用されることです。運は信用に値する人間のもとにしか訪れません。あなたがこれまで運が良かったというのであれば、それはあなたが周りの人に信用されていたからですよ」

木下はにこやかにそう口にすると、「さあ仕事に戻りますよ。この土日でもうひと頑張りしましょう」と、あと数年で六十歳とは思えない若々しい身のこなしで衝立の間を抜けていった。美咲も目尻をそっと拭い、彼に続いて眩《まばゆ》いほど明るいフロアへと進んでいった。

自宅アパートに戻ったのは、午後九時を過ぎてからだった。栄養ドリンクを飲んだとはいえ足も腰も背中も痛くて、部屋に入って座り込むとしばらくは動けなかった。

「今日も疲れたな……」

畳の上に座ったままストッキングを脱ぎ、そのまま体を横に倒していく。デパートが朝の十時に開店してから夜の七時に閉店するまで、昼食の時以外は、ブースの中で立ちっぱなしだった。デパート内を流れるアナウンスのセリフが、頭の中で繰り返し再生される。

ピロン、とスマホの着信音がしたので画面を見ると、絵音からLINEが届いていた。『いま電話してもいい？』と一言だけ書かれていたが既読にはせず、そのままマナーモードに設定してスマホを床に置く。「ごめん絵音さん、もう少し休ませて」と両目を閉じる。

今日は昼過ぎから大雨が降ったせいか客足が鈍り、七着しか売れなかった。明日の日曜日でなんとか巻き返したいところだ。

「なんか食べなきゃ……」

お昼は社員食堂のざる蕎麦を十分でかき込んだ。絵音に店番を頼んでいたのでできるだけ早く戻らなくてはいけなかったからだが、それからは空腹も感じず接客をしていた。自分が作った服を誰かが手に取り鏡の前で嬉しそうに合わせている姿を見ていると、胸がいっぱいでお腹はすかないものだ。

「冷蔵庫になんかあったかな……」

ゆるゆると体を起こし、なんとか立ち上がる。足の指がやけに痛いのは、慣れないハイヒールを履いていたからだ。カジュアルなTシャツでも大人っぽい着こなしもできることを知ってもらうために、あえて踵の高いヒールを選んだのがよくなかった。

冷蔵庫から卵、冷凍庫からご飯を取り出す。今夜は疲れた時の鉄板メニュー、卵かけご飯。

「キャラクターのTシャツか……」

凍ったご飯をレンジに入れ三分間待っている間、Eワールドが運営するテーマパークのキャラクターの顔を思い出していた。動物を模した、美咲にも馴染みのあるキャラクター。あの可愛らしいキャラクターを、リュスの図柄に組み入れるのは至難の業だ。あのままの顔を刺繍したところで野暮ったくなるだろうし。いや、まずは、そのEワールドの社員の人と話してみないことには始まらない。うちに依頼したいということは、ある程度こういう商品が欲しいという案があるのだろうから、それをまず聞いたうえで……。もしまとまった数の受注があれば、舞鶴の工場にもすぐに連絡をしないと。みんな驚くだろうな。喜んでくれるかな。あれこれ考えていると、レンジの電子音が鳴っているのに気づかなかった。私、仕事に夢中だ、とおかしくなる。そうだった。和範に出会う前も、出会ってからも、自分は仕事が好きだったのだ。

ちょうどいい具合に解凍されたご飯に生卵を割り入れ、その上から醬油をかける。茶碗をお盆に載せて和室に移動し、ローテーブルの前で遅い夕食を食べた。食べながら、頭の中では服につけるタグのことを考えていた。いまのタグは布用の判子を使って『lys』という文字を入れていたが、Eワールドの審査に出す商品にはもっと高級感のあるものを使わなくてはいけないだろう。高額にはなるがブランドロゴの版を作って、工場に織ネームとして発注したほうがいいかもしれない。画面を伏せたまま床に置いていたスマホに手を伸ばし、織ネームの原価検索をしようとした時だった。

絵音から不在着信があることに気づいた。

ＬＩＮＥのほうは一件目が届いてから、続けて四件も入っている。今度は躊躇することなくＬＩＮＥを開くと、すべて、連絡をください、という内容のものだった。なにかあったのかもしれない。体調不良かと慌ててＬＩＮＥのほうに電話をかけると、

『はい』

と絵音がすぐに出てきた。

「すみません、返信が遅くなって。家に戻って来てからウトウトしてて……」

『あのさ美咲ちゃん』

言い訳を聞くのももどかしいという感じで、絵音が美咲の話を遮る。

「はい？」

『月橋さんの連絡先ってわかる？　会社のほうじゃなくて、彼女個人の携帯電話』

なんだ、そんなことかとほっとした。ＬＩＮＥを連打してきた切羽詰まった感じに不吉な予感が滲んでいたから、もっと重大なことかと思った。

「わかりますよ。このまま数秒お待ちください」

通話をスピーカーフォンに切り替えてから、スマホのアドレス帳に入力してある彼女の番号を絵音に伝える。

『美咲ちゃんが知ってるのって、この番号だけ？』

「どういう意味ですか？　これが瑠衣さんの携帯の番号ですけど」

『これならあたしも知ってる』

「あ、そっか。でも私も他の番号は知らないです」

『……わかった。ありがとう』

なにかあったんですか、と尋ねる前に電話が切られた。普段はもっと丁寧なやりとりをする人なのに、と意外に思ったが、絵音もきっと疲れているのだろう。

翌日、絵音はデパートが開店する十時直前になってやって来た。昨日の電話が気になり、やっぱりなにかあったのかと美咲は何度も絵音の携帯に連絡を入れた。だが返信がなく、いよいよフロアマネージャーに伝えに行こうかと思っていたちょうどその時、

「美咲ちゃん、ちょっと」

と向こうから歩いてくる絵音に手招きされた。「絵音さん、遅いですよー」と美咲が近づいていくと、思ってもみないほど強い力で腕を摑まれ、『KATORI』のブースの奥に引っ張られた。

「絵音さん、どうしたんですか」

昨日眠っていないのか、絵音の目の下には青黒い隈が浮いていた。化粧をしていないのをごまかすように、大きめのマスクで顔を隠している。

「どこか具合が悪いんですか？　あ、そうだ。昨日、月橋さんと連絡とれたんですか」

「あのさ美咲ちゃん。詳しいことはまだ話せないんだけど、今日はできるだけ商品を売

らないほうがいいよ。店頭に並べる商品を極力少なくして、在庫を隠すの。フロアマネージャーにばれない程度にね」

美咲の問いかけには答えず、絵音が耳元で囁く。美咲は「どうしてですか」と聞き返したが、それにも返答はない。売上金は一日ごとに集計され、その数字をもとにフロアマネージャーから厳しい言葉をかけられることもある。もしかすると絵音はなにか言われたのかもしれないと、美咲は機械を点検するかのように彼女の動きを観察する。美大時代にも時々いたのだ。自分の作品に自信を持つあまり、評価が低いと心が折れてしまうような……。『KATORI』のジュエリーは一点が三万円以上する高価なものが多いので、売り上げが伸びていないのかもしれない。

絵音はブースに並べたガラスケースから、ジュエリーを回収していた。絹の手袋をはめ、一心不乱にジュエリーを集めているので、大胆な仕事をする宝石泥棒のように見える。

「美咲ちゃん、早く服引っ込めなさいって言ってるでしょっ。あと数分で開店するよっ」

美咲の視線に気づいたのか、振り返った絵音の目が怖いくらい真剣だった。いったいどうしたというのだろう。考えにくいが、Eワールドの話が絵音にも伝わっていて、美咲に対して嫉妬心を抱いているのかもしれない。そんなことまで勘ぐりながら、美咲はなんとも腑に落ちない気持ちで自分のブースに戻った。服を引っ込めろと言われても、この最終日で完売するくらいの気持ちでいるのだ。

開店を知らせるメロディが流れると、美咲はブースの前に立ち、お客さんたちを迎えた。従業員は開店時には「おはようございます」とお客さんに挨拶をするのが規則になっている。姿勢を伸ばしてお客さんを迎えながらちらりと『KATORI』のブースをのぞけば、かなりの数のジュエリーがガラスケースから消えていた。

天気が良かったこともあり客足はまずまずで、午前中に八着のTシャツが、午後には新作のデザインを含めた十六着が売れた。嬉しかったのは百貨店離れを指摘されている十代や二十代の男女がブースをのぞきに来たことで、そのうちの数人が「なにこれヤバイ、カワイイ」とTシャツを買ってくれたのだ。美咲のブースが賑わっていたのとは対照的に、『KATORI』にはほとんど客が入らず、奥に引っ込んでいたのか絵音も姿を見せなかった。

午後七時になり閉店のアナウンスが流れると、絵音が「美咲ちゃん」とブースをのぞいてきた。営業時間内には一度も顔を見せなかったので怒っているのかと思ったが、むしろ感情すら消えた憔悴《しょうすい》しきった表情で見つめてくる。

「絵音さん？」

いったいどうしたというのだろう。あまりのテンションの低さに臆しながら、

「なにかあったんですか。片付けが終わったら、打ち上げがてらご飯でも食べて帰りませんか」

と明るく誘ってみる。

「あのさ、美咲ちゃん……」

絵音が言い淀みながら口を開いたところに、木下がやって来た。目の下を引きつらせ、唇を強く引き結んでいる。まっすぐにこっちに向かってくる彼の様子で、なにかあったのだと直感で思う。重大なことが起こったのだ、と。

「香取さん、十川さん、ちょっとお話があります」

不吉な予感は的中し、重苦しい口調で木下が言ってきた。絵音の顔をちらりと見れば、彼女はその話の内容をすでに知っているかのように深く息を吐く。目を伏せ、いまにも泣き出しそうな顔で木下を見つめていた。

デパート内のスタッフが閉店の片付けに追われている中、美咲は絵音と並んで木下の後をついて歩いた。彼は昨日と同じ四階フロアに入っていったが、今日は衝立で仕切られた小部屋ではなく、会議室のような部屋に連れていかれた。がらんとしたその部屋は冷房が利きすぎていて両腕にざっと鳥肌が立った。

「どうぞ。どこでもいいので座ってください」

片仮名のコの字に並べられた長テーブルを、木下が指差した。美咲と絵音が隣同士に腰を下ろすと、彼はその真正面に座る。

「お疲れのところ、突然お呼びたてしてすみません」

緊張した面持ちはそのままだったが、いくぶん落ち着いた声で木下が話しかけてくる。

美咲の隣で、絵音が表情を硬くする。

「実は一時間ほど前に株式会社MOONの月橋恵一さんから連絡がありまして、今年に入って二度目の不渡りを出したと言われました」

俯いていた絵音がゆっくりと頭を上げた。美咲は言葉を失ったまま絵音の横顔を見つめ、そしてまた木下の顔を真正面から捉える。

「二度目の不渡り……というと、倒産するということでしょうか」

情けないほどに声が震える。倒産、と口にしたとたん、美咲の全身に汗が滲んだ。

「驚かれたと思います」

木下は同情的にそう呟くと、つと表情を引き締めた。

「私も非常に混乱しています。MOONさんとは十年以上のおつき合いでしたし、一度目の不渡りを出された時もきちんとした説明があり、信頼もしておりましたから。それで、です。ここからは非常にシビアなお話になりますが」

木下が一呼吸置き、美咲と絵音を交互に見つめる。いまからなにを言われるのかと、心臓が嫌なリズムで胸を打ち、体が冷たくなってくる。

「契約書にもありました通り、催事の売上金は全額いったん東伊百貨店に納めていただきます。そしてうちの取り分である二割を引いた残りの八割を、中間イベント会社MOONに支払わせていただきます。それは香取さんも十川さんもご承知ですね」

「はい……」

答えない絵音の代わりに、美咲は頷いた。

「MOONが不渡りを出した今後も、その金銭の流れは変わらないということをお二人には改めてお伝えしておこうと思いました。そして、もしMOONとあなたがたの間で重大なトラブルが発生したとしても、うちのデパートが関与することはいっさいありません。そのことを確認したくてこちらにお呼びたてしました」

話の途中から、美咲はわけがわからなくなっていた。今回の催事の売上金の八割は、東伊百貨店からMOONに支払われる。そして自分や絵音にはMOONから売上金の七割を振り込まれることになっていて……。頭の中で金銭の流れを整理していくが、ただ一点、わからないことがあった。

「あの、木下さん、ひとつ聞いてもいいでしょうか。MOONが不渡りを出したということは、私や香取さんへの支払いはどうなるんでしょう」

木下が口にした「トラブル」の内容が気になって、声が上ずった。

「それは、私どもが関与する範疇ではありませんので」

木下が眉をひそめて声を落とす。その表情で、支払われない可能性もあるのだと悟る。

そういうことか、と美咲は絵音の肩に手を置いた。手を置いたまま、その肩を揺する。

「絵音さんはMOONが不渡りを出したってこと、知ってたの？」

「……昨日の夜ね、作家仲間からちょろっと聞いた。たまにあるのよ、こういうこと。あたしたちみたいなフリーランスには、天災みたいに時々降りかかってくるの」

「時々……あるんですか」

「……たまにょ」

「ごめんなさい。……私全然知らなくて」

「美咲ちゃん、なに謝ってんの？　そこは謝るところじゃないでしょ。美咲ちゃんは怒らなきゃいけないところだよっ」

だから絵音は、今日はできるだけ商品を売らないほうがいいと言ってきたのだ。店頭に並べるのを極力少なくして在庫を隠せと忠告してくれたのだ。商品が売れたとしても、自分の手元に売上金が入ってこないかもしれないから。売れば売るほど、自分の店は損をするから。

「でも、こんな無責任なことを瑠衣さんがするでしょうか？　これまでつき合いがあった私たちを裏切るようなことを、そんな……」

たとえ会社が倒産したとしても、瑠衣が自分たちを見捨てるようなことをするだろうか。いままでずっと応援してくれていたのに。売上金の支払いがなければ、美咲が生活できなくなることも知っているのに……。

「美咲ちゃんは月橋さんのことどれだけ知ってんの？　つき合いっていっても、月橋さんとはビジネスでの関係でしょ。友達でもなんでもないんだよ。あたしなんてもう五年以上のつき合いだけど、あの人のプライベートの話はなにも知らないよ」

ビジネスでの関係、と言われてなにも言い返せなかった。月橋恵一のことを告げた時の、返ってきた言葉の冷たさが、まだ胸に残っている。

「では、そういうことで。このたびは東伊百貨店の催事に参加していただき、本当にありがとうございました。また機会があればお声かけさせていただきますので、どうぞよろしくお願いします」

そう言って頭を下げる木下もまた、疲れた表情をしていた。

のろのろと歩く絵音の手を引き、会議室を出た。怒りと焦りと不安が頭の中でぐるぐると黒く渦巻いている。

「絵音さん、やっぱり片付けが終わったら……どこかでご飯食べましょうよ」

美咲の目尻から涙がひとすじ流れてきた。信じていた人に裏切られるのは辛い。大人になっても、いくつになっても、辛いものだ。

使用していたブースを雑巾を手に隅々まで掃除し、フロアマネージャーへの挨拶を済ませると、美咲は絵音と一緒に従業員専用の出入口に向かった。ハンガーなどの備品はすべて梱包し、百貨店から直接自宅のアパートに送ってもらうことにしたので、手荷物は売れ残ったTシャツだけだった。

「じゃね美咲ちゃん。今日は見苦しいとこ見せちゃってごめん」

デパートを出たところで絵音が言ってくる。一緒にご飯でも、という誘いは断られてしまった。

「いえ。いろいろ助けていただいて、本当にありがとうございました。隣のブースがKATORIでよかったです」

「こちらこそよ。じゃね、また」

「はい。また」

絵音と別れると、美咲は早足でJR大阪駅に向かった。いまから新快速に乗れば、十時半過ぎには安曇川駅に着けるはずだった。

八章　片想いの結末

時間より少し遅れて、電車は安曇川駅に到着した。電車を降りたのは美咲一人で、ホームの白い電灯がやけに寂しく目に映り、心細さで身が縮んだ。

木下から不渡りの話を聞かされた直後、美咲は瑠衣に電話をかけた。だが彼女が電話に出ることはなく、仕方がないので佳太と久しぶりに連絡をとってみた。彼は今回の不渡りはもちろん、一度目のことも聞いていなかったらしく、電話の向こうでただ呆然としていた。

「おつかれさん」

ホームから続く薄暗い階段を降りて改札を抜けると、佳太が片手を上げて迎えてくれた。タクシーで行くと言ったのに、「そんな時間につかまるわけないやろ、ここをどこやと思ってんねん」と電話口で笑われてしまった。

「ごめんね、こんな夜遅くに」

「気にせんでええよ。緊急事態や」

電話で詳しい事情を話すと、佳太は「瑠衣を捜す」と言ってくれた。でも正直なところ彼の言葉もさほど信じてはいなかった。もし瑠衣が拒んだら、美咲に彼女の居所を教えるわけがないだろうと思っていた。だが絵音と二人でデパートのエレベーターに乗っていると、佳太から「今夜、瑠衣が自分の家に来るから」というＬＩＮＥが来たのだ。

「瑠衣さん……様子はどう？」

「どうって、普通やな。怖いくらいにいつも通りや」

軽トラックが電灯のない真っ暗な道を走っていく。車の窓から見上げた空には雲が厚く垂れこめていて、星の光も月の明かりもない。車のライトだけが目の前の道を狭く照らしていた。

「夏がすっぽり抜けてしもたな」

窓を全開にして外の景色を眺めていると、佳太が低い声で呟く。

「え？　なにが抜けたって」

「前に会うたのが五月やろ。いま九月やし、夏がまるごとすぽっと抜けてる」

二人の夏が、という意味か……。美咲は「そうだね」と頷く。四か月も会っていなかったことに、改めて気づく。

「元気やったか」

「うん、元気だよ。昨日までは」

軽く口にしたつもりなのに、佳太が顔をしかめて黙り込む。彼がなにを思っているかがわからず、美咲もそれ以上はなにも言わずに口をつぐんだ。

瑠衣に会ったらまずなにから話そうか、と美咲はまた窓の外の薄暗い藪に目を向ける。不渡りの話は事実なのか。事実だとしたら、いつからわかっていたのか。売上金の支払いはどうなるのか。聞きたいことをメモしてくればよかったと後悔するほどに、次々と疑問が浮かんでくる。

「瑠衣さんはどこにいたの？　大阪の自宅？」

車が雑木林の中の急な坂を上がっていった。この坂を上りきったところに佳太の自宅があるので、間もなく瑠衣に対面することになる。

「いや、三重にある実家に帰ってたみたいや」

瑠衣の実家が三重にあることを初めて知った。絵音の言った通りだ。自分は彼女のことをなにも知らない。

「暗いし気いつけて」

佳太が自宅の前に車を停めて、先に外に出た。美咲も出ようとドアを開けると、助手席側に回ってきて、荷物を持ってくれる。

「ありがとう」

街灯のない道路は真っ暗で、すぐ近くにいる佳太の顔すら見えなかった。自宅の周りを囲む緑が黒い影になって風に揺れている。

佳太の後について倉庫の中に入っていくと、中は電気が煌々と点いていて、昼間のように明るかった。その白い光の中に瑠衣がいた。椅子に腰掛け、足を組んだまま片手でスマホをいじっている。

「瑠衣さん……」

美咲が呼ぶと、瑠衣が驚いた表情で顔を上げた。一瞬だけ非難めいた視線を佳太に投げかけ、そしてまた美咲を見る。佳太が倉庫の隅に置いてあった丸椅子を持ってきて、美咲のそばに置いた。

「じゃあおれは仕事してくるわ」

佳太が工房に入っていくのを見届けてから、美咲は、

「こんばんは。突然すみません」

と話しかける。手に持っていたスマホを置いて、瑠衣が深い息を吐く。

「実は今日、東伊百貨店の木下さんからMOONが二度目の不渡りを出したと聞きました」

今日は催事の最終日だった。片付けを済ませてからここへ来たのでこんな時間になってしまった、と美咲は続ける。

「私もKATORIの絵音さんも、事情がわからなくて混乱しています。瑠衣さんに連絡を取らなきゃと思って電話をかけまくったんですけど……。でもなかなか通じないので佳太くんに頼んでここまで来てしまいました。なんかすみません。不意打ちのような感じで現れてしまって」

瑠衣が黙り込んでいたので、そのぶん美咲が喋り続けた。本当は瑠衣のほうから事情

を説明してくれるのを待っていたのだが、彼女は目を逸らし口を閉じたままだ。

「木下さんから売上金の支払いについても説明がありました。東伊百貨店から私たち出店者に直接お金を支払うことは、契約上できないということでした。私たちは瑠衣さんの会社から売上金の七割をいただくことになっているので、その支払いはどうなるのかと思って。それを聞きたくてここまで来ました」

大学を卒業してから、大手ではないが経営の安定した会社に勤めてきた。会社が倒産するといった危機に直面したことも、取引先の経営が危うくなるという経験もなく、こうした事態にはまるで無防備だった。絵音は「フリーランスで働いていれば珍しくもない」と言っていたが美咲にはまるで現実味のない話で、瑠衣に直接相談する以外、対処の方法が見つからない。

長い沈黙が、倉庫の中に漂った。土を練っているのか机を叩くような太い音が隣の工房から聞こえてくる。土の匂いと秋の湿った空気が満ちる倉庫内で、美咲は俯く瑠衣を見つめ続けていた。

「私もわからないの」

そう口にした瑠衣の顔は、思い詰めたようにも開き直っているようにも見える。

「経営のことは夫にすべて任せていたから、こうなるまで、なにもわからなかったの。なにがどうなっているのか……私にも本当にわからないのよ」

会社が倒産することを、自分も数日前に聞かされたばかりなのだと、瑠衣は口にした。

「もう終わりにしよう」と夫が突然言い出し、ようやく離婚を承諾するのかと思ったら、MOONのことだったと瑠衣が唇を歪める。

「瑠衣さんは離婚したかったんですか」

「ええ。もう何年も前からね」

「どうしてしなかったんですか」

「夫がね、ほらあなたも会ったことがあるでしょ、月橋恵一。あの男が拒んでいたからよ」

会社を共同経営していたから、ということもある。でもそれ以上に、夫は自分に対して深い憎しみを持っていたのだと瑠衣が忌々しげに口にした。

「憎しみがあるのに離婚しないって……おかしくないですか。普通、嫌になったら離れたくないですか？　旦那さんは、瑠衣さんのことがまだ好きだから、離婚したくなかったんじゃ？」

美咲がそう返すと、瑠衣は心底おかしい、というふうに声を上げて笑った。

「あなたって、本当におめでたいわねぇ。夫が私と離婚しなかった理由はね、好きだからとか、離れたくないからとか、そういうことじゃないの。私だけが自由になって、一人で幸せになるのが許せないだけなのよ。わかる？」

あなたに不審な電話をかけていたのも、自分に有利な証拠を集めていただけなのだ、と瑠衣がまた笑った。妻が不倫をしていたら、いざ離婚になった時に自分が調停で優位に立てるから。

「そんなことって……」

「あるのよ。美咲さんにはわからないでしょうけどね。愛情が腐って憎しみに変わって。相手に嫌悪感しか抱いていないのに、なぜか別れない夫婦。そういう気味の悪い関係がこの世にはあるのよ。どうせなら夫に愛人でもなんでもいればよかったんだけど……。まあもしかしたら実はいるのかもしれないけど、私が知らないだけで」

瑠衣は椅子から立ち上がって倉庫を横切るように窓に近づくと、窓枠に並べて置いてあったラムネの空き瓶を手に取った。倉庫を照らす白い蛍光灯に向けて瓶を持ち上げ、中のビー玉を転がす。

「私ね、本当は初めて会った時から美咲さんのことが嫌いだった。ああ、ごめんなさい。美咲さんのこと、じゃないわね。あなたみたいな人が嫌いなのよ」

そう口にした瑠衣の顔には表情がなかった。ただ金属のような冷たい目で美咲を見ている。

「どういう……ことですか」

「そうねぇ。わかりやすく言うと、私は人を傷つけたりせず、正しく生きてきました、っていうような人。純粋で。一生懸命で。人に対して思いやりがあって。礼儀もあって心も体も健康で。老若男女、誰もが好感を持つような人が私は嫌いなのよ。うさん臭くて」

無防備に開いていた胸に悪意に満ちた言葉が放たれ、とたんに痛み始めた。これまで瑠衣とは良い関係を築いていたと思っていたのに、それは全部自分の思い込みだったということか。

「美咲さんって、婚約者がいるじゃない？　京都のいいおうちのご子息で、東京にいる間は都銀で働いていたんだっけ、きっと大学も優秀なところを出てるんでしょう？　あなたすごく恵まれてるわよ、客観的に見て。それなのに婚約者の元を飛び出して、ままごとみたいな一人暮らし始めて、そこに佳太まで巻き込んで……。いまはまたその婚約者とよりを戻してるんでしょう？　そういうのほんとに甘えてる。ぬるいなあって思う。三十二歳にもなって中途半端なのよ。あなたがなにをやりたいのか、私には全然伝わってこない」

瑠衣の言葉ひとつひとつが矢になって、冷えた胸を突いてくる。ごもっとも、と納得するところもあり、全身に悪寒が広がっていく。そうか。自分は嫌われていたのだ、この人に。そういえばこんなふうに、知らないうちに悪意を抱かれることは初めてではない。自分の持つなにかが、瑠衣のような人を苛立たせてしまうのだろう。

「あとひとつ、教えてあげるわ。あなた、自分ではそうは思っていないでしょうけど、本当はプライドが高いのよ。だから婚約者の実家から出るような真似をしたの。本当に謙虚な女だったらやり過ごせるわよ、それくらいのこと。だってほんの少し我慢すれば裕福な暮らしが待ってるんだもの。私なんて全然だめです、って言いながら、あなたは自分の才能を信じてる。そうでなきゃ、美大になんて進まないでしょう？」

言い返す気力もなく、美咲は黙って言われるままになっていた。この人に、私のなにがわかるというのか。美大に入るためにどれほどデッサンを重ねたか。入ってから、周りの才能にどれだけ打ちのめされてきたか。夢を抱き、夢をあきらめ、あきらめたことに後ろめたさを感じながら生きていく鈍い痛みを、この人は知っているというのか。瑠衣のように思ったことを口に出して、自分の好きに行動できる人もいる。でもそうじゃない人もいて。別に、いい人に見られたいわけじゃない。気づいたらこんなふうに生きていただけだ。本当はそう思いきり反論したかったけれど、こんな時ですら争うことの苦しさを考えてしまう。人と真っ向からぶつかることを避けているから、自分は瑠衣のような人に疎まれるのかもしれない。

「十川にあたるなよ」

喉の奥に言葉を溜めたまま窓枠に並ぶラムネの空き瓶を見つめていると、工房の扉が開き佳太が出てきた。瑠衣がきつい目をして佳太を睨みつける。

「自分の旦那が会社の金を使い込んだことと、十川を見てたら苛つくって話は、まったく別の問題やろ。瑠衣は会社の取締役社長として対応せなあかんのと違うか」

月橋恵一が会社の金を使い込んだというのは、初めて耳にする事実だった。

「十川、今回の催事で、服はどれくらい売れたん?」

「全部で百三着……」

「十川の取り分は何割?」

「七割。二割が東伊百貨店さんで、一割がMOONさんで」

「そしたら一着一万円として、ざっと七十万円。瑠衣は七十万円を十川に支払って、それで終わりにしたらええやんか」

これを最後に美咲とは顔を合わさない。取り引きもこれで終わり。そうすればいいだろうと、佳太が諭すように口にする。

「お金なんてないわよ」

「そんなことないやろ。なにも大金を出せと言うてるわけやないんや。七十万円やで」

「銀行口座は全部あの男に握られてるから、私が自由に使えるお金なんてないわ。カードも止められてるし……」

あいつ、絶対に許さない、と忌々しげに瑠衣が首を振る。どこかの窓が開いているのか、外からの風が倉庫内に流れてきた。水気を含んだ土の匂いが鼻をかすめ、熱くなっていた体が少しずつ冷えていくのがわかる。

「佳太くん、もういいよ」

考えることも争うことも辛い。瑠衣の会社の破綻も、夫婦間のトラブルも、自分がどう努力したところで改善することはできない。絵音には悪いけれどこれ以上はなにもできそうにない。

「もういいって、そんなこと言うてたらリュスを守れへんで」

「でもまだ貯金もあるから、未払いの縫製工賃や材料費はそこから出せるし。それに……これからも服作りを続けるかどうかは、わからないから」

　今回の一件でフリーランスでやっていくことの厳しさを学んだといえば、物わかりが良すぎると言われるだろうか。

「私、あなたのそういうところも嫌い。私はね、自分の人生を懸けて会社を守ってきたの。会社のためなら大嫌いな男の妻でいることすら我慢してきた。あなたはそんなふうにすぐ引いてしまうから、人になめられるのよ。婚約者にもその身内にも。傷つくのを恐れる弱い人に、闘わない人に、夢なんて叶えられるわけがないわ。まあ、訴訟でもなんでもしてちょうだい」

　椅子の上に置いていたバッグを肩にかけると、瑠衣が早足で倉庫の出入口に向かって歩いていく。ヒールがコンクリートを打つ冷たい音が、倉庫内に響く。

「あの、瑠衣さん」

　光沢のあるオーガンジーのシャツを羽織った細い背中に、声をかける。いまは怒りも恨みもない。この人と会うのは、これで最後になるだろうという寂しさ。漠然とした虚しさのようなものを感じていた。

　瑠衣はその場で立ち止まったが、振り返りはしない。

「私の服を褒めてくれたのも……あれも本心ではなかったんですか」

「私、こんな服初めて見たわ。糸と布で、ちゃんと絵が描かれてる。

この服には十川さんの主張がある。

安曇川にあるカフェで、披露宴会場で展示する服を見せた時、瑠衣はそんなふうに言ってくれたのだ。その言葉を聞いた時、嬉しくて、胸いっぱいに熱いものが広がってきて、頭の中が痺れるほどの喜びを感じた。もう一度なにかを作りたい。そう胸を震わせたあの時間も全部偽りだったのだろうか。

瑠衣が前を向いたまま、

「あの言葉は本心よ」

と呟く。

「あなたの作る服は、本当に素敵」

瑠衣が肩越しに振り返り、強い目で美咲を見つめてきた。

「……ありがとうございます」

美咲の目から涙が溢れてくる。こんな別れになってしまったけれど。本当は嫌われていたのかもしれないけれど。それでも、この人と出逢えて良かったと心から思っている。白いヒールが床を打つ音が遠ざかっていき、やがて車のエンジン音が聞こえてきた。白い外国車が樹木が茂る闇の中を猛スピードで走っていく絵が頭の中に浮かぶ。

「十川もそろそろ帰らんと、もう十二時過ぎてるで」

車で送っていくから、と佳太が言ってくる。

「もう少し……ここにいさせてくれないかな」

「おれはいいけど……。婚約者が心配するやろ？」

車の鍵を手にしたまま、佳太が困り顔でこっちを見ていた。そうだった。佳太には、和範と別れたことを伝えていない。

「でも……今日はもう動く気力がなくて……。家のほうにはちゃんと……連絡しておくから」

早く泣きやみたいのに、どうしても涙が止まらない。瑠衣が去って緊張が緩んだせいか、体のどこにも力が入らなくなっていた。

「なんか飲むか」

しんとした倉庫に、佳太の声が落ちる。

「うん。飲む」

「なにがいい？　アルコールもあるけど」

「じゃあアルコールで」

佳太が工房に続く扉を開け、同時に倉庫の電気を消した。昼のように明るかった場所が、とたんに夜になる。音のない静かな夜だった。

ここが一番片付いているからと、佳太は工房に併設するギャラリーに美咲を呼んだ。

「いいの？　こんなとこでお酒なんか飲んで」

「ええよ別に」

佳太は木製のテーブルから香炉や花器を下ろし、そこに缶ビールやワイン、焼酎の瓶を運んできてグラスを二つ並べた。

「とにかく乾杯しよか」

グラスにビールを注ぎながら佳太が言ってきたので、

「乾杯って気分じゃないけど」

と首を横に振る。

「でも百三着も服が売れたんや」

「うん……そうだね」

でも、と言いかけて口をつぐんだ。せっかくお祝いだと言ってくれているのだ。お客さんに自分の服を選んでもらえたことは素直に喜びたい。

「さっき言うてたこと、本気なんか」

「さっきって？」

「服作りを続けるかどうかはわからん、っていう」

「ああそれ……。そうだねぇ、いまのまま続けるのは苦しいかも」

このまま京都で一人暮らしを続けるのは無理だ。古池家を出て、和範と二人で暮らしていたマンションを飛び出してから八か月。貯金を取り崩しながらの生活はいずれ限界がくるだろう。

「瑠衣がさっき言うてたけど、十川は訴訟とか考えてるん？」

「訴訟……」

空っぽになったグラスに、佳太は自分でビールを注いだ。勢いよく入れすぎて泡が溢れそうになったので、慌てて唇を寄せている。

「佳太くんはこれまでこういうことなかったの?」

「こういうことって?」

「だから今日みたいな。信じてた人に裏切られて……」

酔ってしまったのだろうか。なにか言葉を出すたびに泣きそうになる。

「仕事上で?」

「仕事でもなんでも」

「そういえば、あんまりないな。ギャラリーのオーナーに作品を壊されたことくらいや」

「そうなの?」

「個展用に預けてたやつ、当日行ったら割れとってん。それで文句言うたら謝るどころか逆ギレされて『こんな場所に置いとくな。うちには年寄りがおるんや』やて。知らんがな」

なにがおかしいのか全然わからなかったけれど、なぜか大笑いしていた。笑って笑って笑って、涙が出る。

「ごめんな」

「なんで佳太くんが謝るの」

「おれが瑠衣を紹介したから」

悪かった、すみません、と佳太が頭を下げる。その姿を見て、また涙が溢れた。

東伊百貨店の催事のために、木下と会った後の一週間、部屋にこもって新作のデザインを考え、サンプルを作り続けた。食事もろくにとらずに一日十時間近くミシンの前に座って。首も肩も腰も凝り固まって。肩や腰に湿布を貼って鎮痛剤を飲みながら仕事に向かった。この催事を成功させれば、少しまとまった金額が入る。それを元手に縫製工場に規定のロット数をクリアする発注をかけるつもりだった。在庫をある程度確保できれば、声をかけてもらっているセレクトショップと契約ができる。ブランドデザイナーとしてやっていくことができるかもしれないと意気込んでいた。

でも結果はこれだ。

売上金の未払いに泣く、フリーランスの末路。訴訟をするにも弁護士費用が必要だし、破産宣告をされてしまえば取り戻すことはできなくなる。それくらいは甘くてぬるい中途半端な自分にもわかる。

「夢なんて、そう簡単に叶うもんじゃないから……」

美咲はそう口にして、白ワインをグラスに注いだ。フルーツの甘い香りは、いまの痛みを一時的だけど和らげてくれる。

「せっかくこんなに頑張ってきたんやし、服作りはやめんなよ」

「頑張ったからって、うまくいくもんでもないし」

「おれはやめてほしくない」

佳太が、グラスを持つ美咲の手首を握ってくる。飲みすぎ、ということだろうか。美咲は彼の手を振り払うと、

「そもそも、佳太くんが言ってくれなかったから悪いんじゃない」

とグラスの中の白ワインを飲み干した。顔も体も熱くて、思考がまとまらなくなっているのが自分でもわかる。

「言ってくれなかったって、なにをや」

「瑠衣さんが結婚してるってことよ。私は、ここに初めて来た時からずっと、佳太くんと瑠衣さんがつき合ってると思ってたのよ。だからそれを前提にいろいろ話してたの。いまから思えば、瑠衣さんに失礼なことを言ってたかもしれない。いや、絶対に言ってた。瑠衣さんはいいなあ、なにもかも順調で、くらいのことは絶対に口にしてたよ。私が瑠衣さんに嫌われたのって、佳太くんも無関係じゃないよね。いやいや、はっきり言って佳太くんのせいなんじゃない？」

そんなこと、たったいままでこれっぽっちも思っていなかったのに、悪態をつくと気分がすっきりして、するすると口が滑る。酔っぱらって人に当たって。こんなの最低だと頭のどこかでは思っているのだが、愚痴を言わずにはいられない。熱風に煽られたかのように顔が熱い。

「ごめん」

「なんで謝るの？」

「え、いま十川がおれのせいって言うたやん」

「佳太くんのせいじゃない。私のせいだから」

頭が異様に重くなってきて、テーブルの上に突っ伏した。ゴンと音をさせて額をぴたりとつけると、ひんやりとして気分がいい。木製のテーブルから檜の香りがする。

「十川が創った『夢』っていう作品、あるやんか」

「夢？　ああ……芸祭で展示した」

「うん。前も言ったけど、おれ、あの作品がすごく好きで。陶器は光を弾くけど、ガラスは光を吸い込むんやなって感動したんや」

美咲は酔いの回った頭で、大学一年生の時に創った作品を思い出していた。青みがかった透明なビー玉を中心に置いて、その周りに雨に濡れた蜘蛛の巣のような透明な糸を巡らせたオブジェだった。あのビー玉は私自身だ。夢はあるけれど周りには障壁が幾重にも張り巡らされている。透明な膜に包まれて、やがてビー玉は隠れてしまうのだが、でも光の加減によって被膜の中から光を放つような細工をした。

「おれはあの作品を見て、十川のことが好きになった」

頭の中で熱い渦が巻いていて、佳太の言葉がその中にのみ込まれていく。

「でもそれは私を好きだったわけじゃなくて、作品が好きだってことだよね？　普通は話したこともない人を好きになったりはしないよ」

「そんなことないやろ」

佳太が話すのをやめてしまったのでどうしたのかと顔を上げると、彼は眉をひそめて首を傾げていた。

「どうしてって……」

「どうして？」

「話したことがなくても、相手につき合うてる人がおっても、人は人を好きになるやろ？　ええなあって思ってる子が誰かと話して笑ってるところとか、学食でうまそうにラーメン食ってるところとか、授業に遅れそうで口開けて必死に走ってるところとか、顔しかめて一心不乱に作品と向き合ってるところとか……。そういうの見てるだけで、片想いは上書きされる。継続していくんや。この世の中、どれだけの片想いが存在してると思ってるんや？　両想い以外の恋は、全部片想いやで」

そう言うと佳太はゆっくりと立ち上がり、ギャラリーを出て行った。

彼が扉を開けると、外から草の匂いを含んだ水っぽい空気が流れ込んできた。美咲は突然の告白に戸惑いながらも、ぼんやりとしたまま、一面ガラス張りの扉のほうを見ていた。扉の向こう側では樹木の影が風に揺られている。アルコールを飲むのも酔っぱらうのも本当に久しぶりで、後悔や不安に抉《えぐ》られていた胸の傷が一時的に癒やされていく。

「やっぱりこういう日は飲むに限るね。こうやって人はアル中になるのか……」

白ワインのボトルを揺らし、瓶の内側に残っている透明な液体を眺めていると、

「アル中になる前にこれ飲み」

佳太が扉の向こうから現れた。右手と左手に一本ずつラムネの瓶を持っている。

「ラムネ？」

「そう。ちょっと酔いさまさんと、明日起きられへんで」

手の中にあった白ワインのボトルが取り上げられ、代わりに冷えたラムネの瓶を渡される。佳太は慣れた仕草で瓶の口に手をやると、プシュッという音をさせてビー玉を瓶の中に落とした。

「佳太くんってラムネ好きだよね」

「なんで知ってんの」

「倉庫の窓枠に、空いた瓶が並んでたから。めっちゃ飲んでるじゃんって思った」

「そうそう。好きなんや。王冠やなくてわざわざビー玉で瓶の栓をしてるところに惹かれる。小学生の時、瓶の中のビー玉をなんとか取り出してやろうと思ったことがあってん。瓶割ったら取り出せる思て」

「割ったの？」

「いや。瓶は買った店に返さなあかんやろ。それに、瓶返したら十円戻ってくるし」

「せこーい」

「子供にとったら十円は貴重やで。それにやっぱりビー玉は、ラムネの薄緑の瓶の中にあるもんなんや。瓶を割るのはやっぱりあかんって思ったんや」

瓶の中にあるビー玉を見ているのが好きなのだと、佳太は手に持っていたラムネを目の前に掲げた。瓶を左右に振ってビー玉を揺らす。カラン、コロンと涼し気な音に誘われるように美咲は両目を閉じ、そのままゆっくりと深い眠りに落ちていった。

犬の鳴き声で目が覚めた。起き上がろうと体を動かすとひどい頭痛がし、酔いつぶれたことを思い出す。ここは佳太の自宅なのだろうか。十畳近い部屋には縁側があり、そこに花器や壺、香炉、茶入れなどの焼き物が美術館のように並んでいる。ところどころ色の抜けた古い板の間と彼の作品が調和していて、陶器は背景を選ばずどこに置いても馴染むのだと改めて感心する。たとえば昨夜二人で打ち上げをしたギャラリーのように、構図を計算し尽くされた室内でも、そしてこのありふれた民家の縁側にも。

布団から立ち上がると、美咲はまっすぐに縁側のほうに歩いていき、ガラス戸を開けた。磨りガラスになったその戸を引くと目の前に鮮やかな緑の庭が現れる。手入れの行き届いた庭の隅で、キンモクセイが金平糖のようなオレンジ色の花を咲かせていた。

「おはよう。昨夜はごめん、酔いつぶれて」

いま散歩から戻って来たところなのか、佳太がケン太に水を飲ませていた。

「ああ、おはよう。無事に起きられたか」

振り返った佳太が笑顔になる。部屋が暗かったせいか外が眩しく感じ、美咲は目を細めた。

「朝飯できてるし、食べよか」

部屋から出て来るよう、佳太が言ってくる。「着替えてから行くね」と返そうとして、はっとした。どうやら服のまま、化粧も落とさずに眠ってしまったようだ。泥酔、という二文字が頭に浮かぶ。もしかしてこの部屋まで彼に運ばれてきたのだろうか。

和室を出ると、磨き込まれた廊下に出た。ちょうど佳太が玄関から家の中に入ってきたところで、彼の背後から朝の光が差し込んでくる。

「こっち」

と彼が指差すのでその方向に進んでいくと、八畳くらいの食堂があった。

「すごい。実家みたい」

食堂には四人掛けのテーブルの他にも冷蔵庫や壁の半分を覆う大きな食器棚、電話台など普通の家庭にあるようなものがそろっていて、とても男の一人暮らしとは思えない。

「前に住んでた人が、家具をそのまま置いてってくれたから。その食器棚も、中の食器も譲ってもらった」

「へぇ……そうなんだ」

「食器、欲しいのあったら持ってってええよ。信楽《しがらき》焼のけっこういい器もあったと思うし。新婚家庭はいろいろ物入りやろ」

美咲が言いよどんでいると、笑いながら佳太が味噌汁を二つ、両手に持って運んできた。茄子とお揚げの具が入っている。魚のお造り、目玉焼き、山菜のおひたしという朝ごはんが佳太の手でテーブルに並べられる。

「食べよか」

「あ……いただきます」

テーブルを挟んで向かい合って朝食を食べた。彼が作った器に盛りつけられた料理は、どれもみんな美味しくて素朴な味がした。

「純和風の朝食だね」

「食材はほぼ現地調達するからな」

「朝から贅沢すぎない？ このお造りってサーモン？」

「ああ、これはビワマスや。鮭の仲間で琵琶湖でしか獲れへん魚らしい。滋賀の漁師さんから買うてるんやけど、これがとてつもなく美味い。食ってみ？」

卵も茄子も山菜も、農家の人たちから安く分けてもらってる。時々は自分も食器を焼いて持っていったり、物々交換を楽しんでいると佳太がビワマスのお造りに箸を伸ばす。

「いい暮らしだね」

「うん、ええよ」

二人きりで食事をするのは初めてだったが、不思議なくらい馴染んでいた。「醤油とって」とか「ご飯のおかわりは？」とか。もうずっとここで長く暮らしてきたような気がする。

「佳太くんはどうして結婚しないの」

「朝からなんやねん。唐突やな」

「実は人に言えない趣味があるとか？」

「ないない」

「独身主義者なの？」

「主義者ってほど偉そうではないけど、正直、そんなに結婚したいわけではないなぁ」

「最近多いよね、そういう男の人。いま四人に一人の男性が生涯を通して未婚だって、なんかの雑誌で読んだことあるよ」

「まあ独りでもそう不自由ないしな。結婚って、その人と一生一緒にいたいと思うからするわけやろ。少なくともおれはそうやし。だから結論から言うと、おれの場合はこれまでの人生でそういう相手と出会わんかっただけのことや。……なんか朝から語ってしもた」

　照れを隠すかのように、佳太が息だけで笑った。

「ずっと一緒にいたい人と出会うのって、ほんとに難しいよね」

「難しいというより奇跡に近いな」

「たとえ出会えても、相手にもそう思ってもらわないといけないわけだしね」

　佳太と一緒にいたら、きっと、同じような毎日が続いていくのだろう。でもそれは退屈ということではなく、とても穏やかで静かな時間が流れていく。都会的な暮らしではないかもしれないけれど、この朝食のような素朴な日々が送れるのであれば、それは幸せに違いない。瑠衣が佳太から離れられなかった理由が、美咲にもなんとなくわかった。

強風が吹き荒れる中、佳太が運転する軽トラックが安曇川駅に着いた。

「風、えらい吹いてるな。台風でもくるんかな」

佳太の前髪が風に持ち上げられ、いつもは隠れている額が全開になっている。

「風が強いから気をつけて帰ってね」

「そっちこそ。気をつけて」

朝食を食べ終えた後、もう一度二人でケン太の散歩に行った。

家から少し離れた山のふもとでリードを外してやると、ケン太が弾丸のように反対方向へと走っていこうとした。「あいつ、ウサギを襲うつもりやっ」と佳太が慌てて追いかけ、その途中で勢い余って転んでしまうと、それに気づいたのかケン太がブーメランのような動きで戻ってきた。自分のせいで佳太が転んだことをわかっているのか、ケン太のばつの悪そうな表情がおかしくて二人で思いきり笑った。

「じゃあまたね」

「おお、またな」

手を振って改札に向かって歩く。もうここに来ることも、佳太に会うこともないだろう。そんな確かな予感を持って、美咲は振り向くことなく改札を抜ける。

ホームに続く階段を上りながら、これからどうしようかと考えていた。いや、そう多くの選択肢はない。いますべきことをひとつひとつ堅実にやっていくしかない。

階段を上りきりホームに出ると、風が真正面から吹いてきた。強風だが天気は良くて、風が吹くたびに光が乱反射し、ホームをまだらに照らしている。

そろそろ電車が来る頃だろうかと電光掲示板を見上げれば、到着が遅れるという表示があった。きっとこの風のせいだ。そういえば前にも一度、強風で電車が止まったことがあった。

まさか今日は止まらないでよ、と線路の先を睨む。あの日は佳太が家まで送ってくれたのだ。和範と一緒に暮らしていたマンションまで……。もう遠い昔のことに思えるけれど、あれからまだ一年も経っていない。

もういいか……。東京に帰ろう。両親にすべての事情を打ち明け、しばらくは実家に置いてもらおうと、小さく息を吸って気持ちを立て直す。

京都に移り住んで悪いこともあったけれど、いいこともたくさんあった。プラスマイナスゼロ、ではない。プラスだ。最後はこんな結末になったけれど、瑠衣に出会えたことも自分にとっては大きな転機だった。自分の思いをきちんと口にすること。思いを形にするために行動すること。生きていく上で必要な強さを、瑠衣が教えてくれた。ラムネの瓶を叩き割って、曇っていたビー玉に強烈な光を見せてくれた。これから先、どんな仕事に就いても、どのような生き方をしても、私にはこれしかないのだと言い切れる人生にしたい。線路のはるか先を見つめ、自分自身にそう誓う。

一人、二人とホームに乗客が増えてきた。地元の人は遅れることに慣れているのか、誰もが平然とした表情でいつ到着するかわからない電車を待っている。

ホームの一番端に立ち、風で揺れる樹木を眺めていると、佳太が歩いてくるのが見えた。強風で電車が止まっていると思い、心配して戻ってきてくれたのだろうか。心臓の鼓動が自分の意思とは無関係に速くなっていく。

「どうしたの？　大丈夫だよ。電車、遅れてるみたいだけど止まってはないから」

美咲は内心動揺しながらも、ぎこちなく笑いかける。だが佳太は、美咲の言葉にはなにも返さずまっすぐ近づいてくる。

「佳太くん？」

美咲のすぐ隣に、佳太が立った。二人で並んで線路を眺めているような、不思議な構図だった。

「十川、大学生の時、彼氏おったやん。杉なんとかっていう、歌舞伎役者みたいな顔したやつ」

佳太が前を向いたままおもむろに話し出す。彼がそっぽを向いたまま独り言のように口にするので、美咲も相づちは打たない。

「おれが初めて口をきいた時、十川は歌舞伎役者とつき合うてた」

風が音を立てて吹き抜けていき、体が揺れた。佳太が肘をつかんで支えてくれる。

「それで……十年ぶりに再会した十川は婚約してた。もうすぐ結婚するって津山から聞いて、マリッジブルーやから元気づけてあげて、みたいなこと言われて。なんでおれがそんなことせなあかんのやって思ったけど、十川と久しぶりに会いたかったから、ええよって言うた。それで会ってみたらやっぱり可愛いな、ええなって、危うくまた好きになりそうになったわ」

反対側のホームを見つめたまま、佳太が小さく息を吐く。電車が遅れたことを詫び、あと数分で到着するというアナウンスがホームに流れる。

「十川が、おれと瑠衣の関係を誤解してたんはわかってた。初めて三人で顔を合わせた時から、おれらがつき合うてると思ってたやろ？　でもそのほうがおれにとっては都合が良かった。婚約中の同級生にそう簡単には連絡取られへんし、勘違いしてくれてたほうが会いやすかったから……。おれ、もうちょっとだけ十川と話してみたかったんや。大学の時にはあんまり話せんかったから」

瑠衣がいることで、美咲とも構えることなく会えたのだと佳太が話す。でも瑠衣はわかっていた。自分が利用されていることも、佳太が美咲に片想いしていることにも気づいていた。

「嘘……」

佳太の横顔を見上げる。

「嘘やないよ」

「ほんとに？　大学の時からずっと？　十四年間も？」

佳太が美咲の顔に視線を移し、疑わしそうに目を細める。

「ずっとではないわ。十四年間も同じ人に片想いするやつおる？　ないやろ普通」

「でもいま片想いしてたって」

「大学時代は十川のこと好きやったよ。四年間ずっと。でも卒業してからは、さすがにおれも好きな子できたり、つき合ったりはしたよ」

佳太が首をひねり、美咲をじっと見つめてくる。

「十川美咲という女とはとことん縁がない。再会してそう確信したわ」

大人になってからの片想いはきついな、と佳太は眉をひそめた。でももう、二人で会うのはこれが最後だと思う。だから全部話してしまおうと決めた、と佳太が微かな笑みを浮かべた。

「瑠衣が十川のことを、傷つくのを恐れる弱い人間や、って言うてたやろ？　でもおれはそうは思ってない。十川は、自分の思いを口にして、相手を困らせたくないだけや。弱いんと違って優しい。昔からそうやった。おれは知ってる」

緑色の車体を揺らしながら、電車がゆっくりとホームに入ってくると、

「そしたらこれで」

と佳太が少し体を離し、片手を挙げた。

「気をつけて帰れよ」

美咲は冷たくなった手でバッグの紐を強く握り、片手で紙袋を持ったまま、振り返ることなく電車に向かって歩いていく。頭の中が混乱していて、いまなにをすればいいの

かわからなくなっていた。なにを伝えればいいのか、わからなくなっていた。

「幸せになれよ」

佳太に背を向けたまま電車に乗り込んだので、彼がどんな顔をしてその言葉を告げたのかはわからない。でもきっと笑っているのだろうと思い、美咲は背中を向けたまま頷いた。彼に背を向けたとたんに涙が溢れ、頬を濡らす。

最後まで「十川」と名字でしか呼ばれなかった。自分たちは最後まで、十三年前の初めて顔を合わせた日のままで会話していたなと、電車が動き始めて気づく。

はじめまして。

おれ、仁野佳太といいます。

陶芸の授業、おれが教えることになって――

佳太と初めて話した日のことが、頭をよぎる。ずっと忘れていたのに、本当に突然。

そうだった、陶芸コースの教室に入ったらすぐに、美咲が来るのをまるで待っていたかのように、彼がそう声をかけてきたのだ。油性の人工的な匂いをまとっている自分たちとは違い、土と火の匂いがするなと思った。この人は自然の中から作品を取り出しているのだな、と。

瑠衣が言った通り、私はプライドが高いのかもしれない、と美咲はドアのすぐ横に立ったまま窓の外に目をやった。婚約者とだめになったから次の人に乗り換える。そんな人間に見られたくないという思いが邪魔をして、自分の気持ちを隠してしまった。彼に本心を伝えることができなかった。

私も恋をしていた。

この数か月間、彼に片想いをしていた。

まだ風が強く吹いていて、青々と伸びあがった田んぼの稲を右へ右へと烈しく押し出している。太陽はいまは厚い雲に隠され、仄暗い空が広がっていた。

エピローグ一年後

縫製工場から届いたTシャツを確認していると、スマホが鳴った。

「はーい、もしもし」

画面に桜子の名前が出ていたので、美咲は気の抜けた素の声で電話に出る。

『ああ美咲。今日行くの？　行かないの？　いいかげん決めてくれないと、こっちにも予定があるんだからね』

苛立ち混じりに桜子が言ってくるのを、美咲はまだ迷いながら聞いていた。

「どうしようかな……」

『なによー。まだ決めてないの？　もうっ、ほんっとイライラする。いいじゃん来れば。他にもたくさん人が集まるんだし、美咲が来てることなんて気づかれないよ』

「気づかれないって言われてもなあ。呼ばれたわけでもないのに突然現れて、厚かましいって思われたら……」

佳太の創った大鉢が、『日本伝統工芸展』で大きな賞を受けたのは先月、八月末のことだった。この工芸展は日本工芸会とともに桜子が勤める新聞社も主催しているので、どこよりも早く、桜子から連絡が入った。桜子から一報を受けた後、美咲もすぐに新聞社のホームページを開いて、佳太の名前を確認した。『仁野佳太』という文字を見つけた時はあまりに嬉しくて、声に出して繰り返し読み上げてしまった。

昨年の九月を最後に、彼とは一度も連絡を取っていなかった。美咲が東京に戻ったことも伝えていない。受賞を知ってすぐにお祝いのTシャツを作ったのだが、それもまだ渡せず、サクラ柄の包装紙に包んだままクローゼットに置いてあった。

『で、どうするの美咲』

いまこの時期、佳太が東京にいることは桜子から聞いていた。入選した祝いを兼ねて、親しくしている銀座のギャラリーで展示会を開いているのだという。今日は夕方から親しい人だけが集まるパーティーがあるので、美咲も一緒にどうかと桜子が言ってきた。自分は取材もするから、そのアシスタントとして来ればいいじゃないか、と。

「う……ん。やっぱりやめとく。会っても話すことないし」

『もうっ。なんでかなー。わかった。じゃあどちらにしても私は行くから、もし気が変わったら来なさいよ。ギャラリーの場所と連絡先はわかってるでしょう？　時間は七時からだからね』

突如ぶつりと通話が切れる。桜子を怒らせてしまったかと反省したが、でもやっぱり勇気は出ない。会いたい気持ちはあるが、こんな華々しい祝いの席に呼ばれてもいない自分が嬉しげに出て行くのも気が引ける。

「仕事もあるし……」

昨年の九月末に東京に戻った美咲は、とりあえず実家を頼った。両親に事情を話すと、がっかりされるかと思ったが意外にもあっさり「古池さんとは縁がなかったのだ」と受け入れられた。妹なんて「私は初めから和範さんにはなんかあると思ってた」と言い出し、「ああいう完璧な男こそがやばい」と婚約解消をむしろ喜んでいるように見えた。

東京に帰ってからも、すでに取引をしていたセレクトショップへの納品やオンラインショップでの販売は続けてきた。「貯金が底をついたら就職をする。それまでは服作りをさせてほしい」と両親に頭を下げ、数か月間の猶予をもらったのだ。

本当はその時点で、舞鶴の縫製工場とは契約を解消しようかとも考えた。距離があるので頻繁に行き来ができないし、なにより配送料の負担が大きい。だが美咲の描いた刺繍の図案をここまできっちり再現してくれる職人が他に見つかるとも思えず、これまで応援してもらった経緯もあり、悩んだ末に最後まで世話になろうと思った。服作りをやめるその日が来たら、きっちりと頭を下げにいこう。そう心に決めて、沈みゆく船の甲板に立つような気持ちでリュスを続けた。

だが今年に入って、美咲の身に夢のような出来事が起こったのだ。

ＭＯＯＮが倒産し、売上金が一円も入らなかった絶望の中、それでも懸命に進めてきたＥワールド株式会社との契約が成立したのだ。

一次、二次、最終と厳しい審査を受けている間は、もう無理だろうと思っていた。「縫製が甘い」「色がイメージと違う」「キャラクターの表現が弱い」と数えきれないほどの指摘を受け、そのたびに手直ししてきたが、これほどダメ出しをされる製品が審査に通るとはとても思えなかった。

だが今年の三月、まさかの採用通知が美咲のもとに届いたのだ。「採用」の二文字を見た瞬間、文書が印刷された紙を胸に押し当て、その場で泣き崩れた。すぐ近くに母と妹がいたにもかかわらず、子供のように泣きじゃくった。嬉しくて、本当に嬉しくて、これまで辛かったことをすべて忘れた。

そしてEワールドとの契約が成立したことをきっかけに、世界は大きく変わった。美咲がデザインしたTシャツが「夢と冒険の楽園」のショップに並んだとたん、いくつもの有名ファッション雑誌にリュスの服が取り上げられ、全国展開している大手セレクトショップからまとまった数の受注があった。

「やりました。大量注文をいただきました！」

縫製工場に美咲がそう電話をかけた時、工場責任者の矢本が「おめでとうございます。私はずっと信じてましたよ。必ず認められると思ってました」と声を震わせながら、これまでの頑張りを称えてくれた。

リュスの名前が世の中に少しずつ知られるようになると、他店からの受注も格段に増えていった。ひとつの大きな成功が足がかりとなって次の仕事に繋がり、波紋のように広がっていく様を美咲は体感した。夢を叶えるというのはある日突然、真っ暗な闇の中に花火が上がるようなものではない。種を蒔き花を咲かせるように、時間をかけて育てるものなのだと実感する。

「よし、完璧」

縫製工場から届いた服は、どれも指示通りに出来上がっていた。

「これはEワールドに卸すぶん、と」

五十着分のTシャツを入れた段ボールを粘着テープで閉じてから、部屋の隅に寄せる。美咲の部屋には他にも何箱かの段ボールが積み上げてあり、それは引っ越しのための荷物だった。取り引きしている工場が舞鶴市にあることもあって、やはりリュスの拠点は京都にしようと決めたのだ。売上が伸び、経営が安定し、限りなくゼロに近づいていた貯金額も増えてきたところで出発点に戻ることにした。京の風物をモチーフにした商品なのだから、香気と妖気を孕む日本の古都、京都から発信したい。

机の上に置いてある時計を見ると、午後五時を回ったところだった。美咲の実家からだと銀座まで一時間近くかかるので、もしギャラリーに顔を出すならそろそろ支度をしなくてはいけない。

美咲は心を決めると立ち上がり、部屋のクローゼットを開ける。中からシンプルなデザインの、でも色は鮮やかなナイトブルーのスカートを取り出した。この服は東京に戻って来てから唯一買った洋服で、四万円近くした。一張羅のロングスカートに自分の作ったシャツを合わせて姿見の前に立つ。よし、いい感じ。リュスの服に力をもらい、それからもう一度クローゼットに戻って、サクラ柄の包装紙に包まれた贈りものを手に取った。

「あれ、お姉ちゃんどっか行くの」

ノックもなしに部屋に入ってきた妹の菜々美《なな み》が、不思議そうに首を傾げる。

「うん、いまから桜子と会うの」

「桜子さんと？ 嘘だー。桜子さんと会うのにそんなお洒落しないっしょ」

鋭い、と思いつつ「嘘ついてどうすんの。ちょっといいお店でご飯食べるのよ」と軽くいなし、服に合うピアスとネックレスをジュエリーボックスの中から探す。

「ねえ菜々美、翡翠《ひ すい》のピアス貸してくれない？」

「やだ」

「なんでよ。お願い」

「無理。失くされたら困る」

「失くさないよ。万が一失くしたら弁償するし」

菜々美が面倒くさそうに自分の部屋に戻り、ピアスを持ってきてくれる。

「そういえば、お姉ちゃんにハガキ来てたよ。どこかの店のDMだと思うけど。ねえ、桜子さん以外にお姉ちゃんのいまの居所を知ってる人っているの？ 前の会社の人は、お姉ちゃんが結婚したって思ってるんでしょ？ なんか嫌だよね、そういうの。東京の街でばったり会ったら、なんて言えばいいのかって思うと」

菜々美の軽口が止まらないので、「はいはい」と適当に返して部屋を出た。いまはもう佳太に会いにギャラリーを訪ねていくことを決めていた。気負わずに、ただ「お祝いの気持ちを伝えたかった」と言えばいいのだ。こんなに気合いを入れてお洒落をしているのは、銀座のギャラリーでのパーティーだからと、自分に言い聞かせる。

「お母さん、ちょっと出かけてくるね」

久しぶりにきっちり化粧をしていると、母も驚いた顔で美咲を見てきた。

「あら、どうしたの。誰かと思ったわ。まるで別人ねー」

「なによお母さんまで。ひどいなあ」

実家に戻って来てから、自分はそれほどひどい格好で過ごしていたのかと笑えてくる。たしかにもうなりふりをかまっている場合ではなかった。なんとかこの道で生きる手段を模索しながら服を作ってきた。中途半端な人生には終止符を打つと心に決めて……。

ふとテーブルの上を見るとカード会社や保険会社からの封書に混じって、美咲宛のハガキが置かれていた。これが菜々美の言ってたDMか、となにげなく手に取り、『仁野佳太』という差し出し人の名前を見て胸が震えた。

どうして佳太がうちの住所を……。戸惑いながらハガキを裏返すと、

『東京にいることを津山さんから聞きました。よかったら顔出してください』

と黒いペンで書かれていた。

自宅のポストに届いたのは、銀座のギャラリーで開催される『仁野佳太展』の案内だっ

た。

七時より少し前にギャラリーに着いたが、もうすでに人が集まっていた。二十畳ほどのスペースに十人あまりの人がいて、みんなそれぞれに談笑している。美咲は桜子の姿を探して部屋を見回したが、先に来ると言っていたくせに姿がなかった。

「十川」

スーツ姿の佳太がいち早く美咲を見つけて、こっちに向かって歩いてくる。それまで佳太と話をしていたらしい白髪の男性が、興味深そうにこちらを見ている。

「あ、佳太く……先生」

「なんやねん。先生て」

「だって先生でしょう？　あの、このたびは受賞おめでとうございます」

ギャラリーに向かう途中の花屋で買ってきた花束を、佳太に手渡した。なんの花にするか迷ったけれど、彼が創る花器に似合いそうな豪華だけれど繊細なカサブランカにした。

「ありがとう」

佳太がアルバイトらしい若い女の子を呼んで、花器に生けるよう頼んでいる。ギャラリー内にある花器のどれを使ってもいいから、と。

「さて、なにから話そか」

冗談っぽく佳太が言うので、美咲もそれまでの緊張が少し和らぎ、ここへ来て初めて笑うことができた。友達なのだから、気楽に振る舞えばいいのだと自分に言い聞かせる。

「津山から十川が東京に帰ったことを聞いた時は、ほんまびっくりしたわ。なんでおれになんも言うてくれんかったんやろって」

「ごめんね。なんか……言えなくて」

「いや、別に謝ることじゃないけど」

自分にしてももう、これで一生会うことも、連絡を取ることもないと思っていたから、と佳太は頷く。

「ケイタ！」

二人で話しているところに、背の高い外国の男性がやってきた。その場にいる人のほとんどがスーツやワンピースといった装いの中で一人、作務衣姿なのが目立っている。

佳太がその男性の方に向き直り、笑顔で握手を交わす。

美咲は外国人と話しこむ佳太からそっと離れて、壁際に立った。一生会うことも、連絡を取ることもないと思っていた……。彼のその言葉を聞いたとたん、美咲は、自分の顔から表情が消えていくのを感じた。私はなにを期待していたのだろう。ひとりで盛り上がり、手作りの贈りものまで用意して、なにを……。もうこのまま帰ろうと出入口に向かったところに、

「美咲、来たんだね。あんなに渋ってたくせに、めっちゃめかし込んできて」

と桜子が近づいてきた。そういう彼女も普段はめったに穿かないタイトスカートで、メイクにも隙がない。

「あの人、いま佳太くんと話してるの、フランスの有名なコレクターだよ」

「へえ……そうなんだ」

「佳太くん、仕事のパートナーを変えたみたい。これまでは年上の女の人だったでしょ？　いまは東京在住の若い男性と組んでる。世界進出でも企んでるのかなってみんな冗談ともなく噂してるよ」

今回の受賞がブレークスルーになるかもしれないと、桜子から聞いて嬉しくなる。地道な努力を重ねてきた人の成功は、心から喜べる。それが佳太ならなおさらだった。

「私、そろそろ帰るね」

美咲は満足して、そう桜子に告げた。佳太とも話せたし、花束も渡すことができた。ここにいる人たちは全員、彼と話をしに集まって来ているのだ。

「なんでよ。せっかく来たのに」

「でももう話したし。差し迫った仕事も残ってるし」

「ちょっとなに言ってんの。佳太くんに会うのって一年ぶりでしょう？　せっかくだからちゃんと話しなよ。佳太くん、美咲が東京にいるって聞いてすっごく驚いてたよ。婚約を解消したことも伝えてなかったんだって？」

桜子が肩にかけたバッグから雑誌を一冊取り出し、美咲に見せてきた。それには佳太を大きく取り上げた記事が載っていて、「ほらこれ読んで」と桜子が指差してくる。

「佳太くん……外国に行くんだ？」

「ここではそう書かれてるね。私も今日、確認しようと思って来たの。海外の工房で勉強したいってインタビューには答えてるけど、具体的になにか決まってるのかなと思って。ねえ美咲、あんたほんとは佳太くんのこと好きなんじゃないの」

「え……。なんで」

「それくらいわかるよ。私たち、何年友達やってると思ってんの。美咲もこの二年間の苦労で、受け身でいたらなにも始まらないってことわかったでしょ？　仕事も恋愛も同じ。動かないとなにも始まらない」

三十四歳にもなってこんなお節介ばかりやきたくないのだけれど、と桜子が真剣な表情で美咲を見てくる。

「親友として最後の大役だと思って、今日は二人を引き合わせたの。だからいま、あんたを帰らせるわけにはいかない」

桜子にそう強く言われ、美咲は佳太の姿を探す。彼はまださっきの外国人と話し込んでいた。

もう一度、チャンスがあるというのだろうか。いや、チャンスなんてなくてもいい。一年前と同じような後悔を、二度もしたくはないだけだ。でも、いま自分の気持ちを伝えるとしたら、なにを言えばいいのだろうか。

大学の教室でそう声をかけられた十四年前に戻れば、なにかが変わるだろうか。

「はじめまして」

と安曇川の駅の改札で美咲が声をかけた日に返って、やり直すのか。

「仁野佳太くん？」

それとも二人で線路を見つめながら、

「十川美咲という女とはとことん縁がない。再会してそう確信したわ」

と言われた時に否定すればよかったのだろうか。

でも過去は変えられない。どんな言葉を使っても時間は戻らない。

自分を変えるのはいつもいまで、いましかなくて、これまでの私はそれが怖くてできなかった。自信を持ちたい。自分を信じたい。いまの気持ちをまっすぐに口にできる人間になりたいと、美咲は深く息を吸い込んだ。

肩にかけていたバッグにそっと手を入れて、プレゼントを包んだ紙に触れた。人生で初めて、好きな人のために作品を作ったのだと、佳太に伝えよう。そしてできれば自分の前でこの服を着てほしい、と。

外国人の男性が、佳太の肩をぽんと軽く叩き、二人がさっきと同じようにがっちりと握手を交わす。佳太が小さく頷いてから、こっちを振り返る。美咲は佳太に向かって笑いかけると、ゆっくりとした足取りで、彼が立つ眩い場所へと歩いていった。

謝辞

本書の執筆にあたり、Read Threadの谷口富美《たにぐちひさみ》さんに、服作りに関するお話を聞かせていただきました。また公益財団法人橋本関雪記念館の代表理事である橋本眞次さんには京都の伝統について、陶芸家の伊東晃さんには陶芸の魅力について教えていただきました。

この場を借りてお礼を申し上げます。本当にありがとうございました。

解説

谷口富美

「ひさみちゃんをモデルに小説を書かせて欲しい」

藤岡陽子先生にそう言われたとき、背中がじんわり熱くなり、「私の人生でこんなに輝かしいことが起こるのか！」と叫び声が、お腹の底から脳に向かって聞こえ、星屑《ほしくず》にあたたかく包まれたようでした。

「ひさみちゃんが前に、『一生懸命に頑張った方が人生は楽しい』って話してくれたやん、そのときからひさみちゃんをモデルに小説を書きたいって思っててん」

いつも前ばかりを見て突っ走ってきた私は、その言葉を聞いたとき、間違ってない、素晴らしいよ、と大きな花丸が貰《もら》えたと感じました。

初めまして。

この物語のいくつかのエピソードの元になりました、ファッションブランド「Read

Thread」（リード スレッド）のデザイナー谷口富美です。

出会った頃の藤岡陽子先生は、四月から大学生になる家庭教師で、毎週、高校生の姉を教えに家に来てくださっていました。お勉強の休憩時間に母がケーキと紅茶を持って部屋へ入って行くのを見て、好奇心旺盛な十一歳の私は後ろからくっ付いて部屋に入り、姉の横にちょこんと座って、一緒にお話をするのがいつものパターンでした。いつしか私も横で宿題などをするようになり、私の先生にもなってくださったのです。

その頃の藤岡先生は、十八歳のまだあどけない少女でした。でも小学生の私から見たら大人のお姉さん。大学生活の話や恋の話を、小さい子どもに話すのではなく、気心の知れた友だちに話すかのように、いつも楽しそうに話してくださり、私はドキドキしながら、いつか見たテレビドラマのシーンと重ねてお話を聞くのです。夏休みには、藤岡先生と、生まれて初めてのCDショップへ行ったり、顔よりも大きな宇治金時《うじきんとき》のかき氷を食べに行ったり、少し背伸びをしたお姉さん経験を一緒にたくさんしました。

その頃、藤岡先生から贈っていただいた小説が、私にとって初めての、児童文学ではない、挿絵のない物語でした。そして、ゆくゆくは小説家になりたいの、って夢を語ってもらいました。

藤岡先生が大学を卒業された後も、家族ぐるみでお食事に行ったり、交流は続きました。いつしか私の身長が先生より大きくなった頃、先生はアフリカへ留学されます。そのときの、「今は全力でアフリカ留学してくるけれど、この経験はゆくゆく小説を書くときに大いに活《い》きると思う」と目を輝かせていらした姿が、今でも目に焼き付いています。

藤岡先生は、東京へ引っ越しされたとき、看護学校へ入学されたとき、どんなときも今あることにポジティブに全力で取り組みながら、小説家になるという夢を大切に胸で温めておられるようでした。

藤岡先生の小説が初めて文芸誌に掲載されたときは、何度も何度も読み返しました。あの十八歳の頃からの先生の夢が叶ったんだ！　夢って本当に叶うんだ！　と、感動しました。看護師として働いているからこその視点の小説であり、今までしてきたことで無駄なことは何一つない、全てが肥やしとなっている、と言われているようで、まだ何者でもない私にとって、夢は諦めたら終わりだけど、大切に持ち続けて、叶えるための努力を少しずつでも続けていれば、いつかきっと叶うんだ！　と希望になりました。

藤岡先生の小説に出てくる主人公は、いつもポジティブに夢に向かって邁進《まいしん》し、一生懸命な姿がとても美しく輝いています。そのキラキラした登場人物の姿に憧れ、自分にも出来るのではないか、と勇気も湧いてきます。

特に、『メイド・イン京都』の主人公の美咲《みさき》ちゃんが、目まぐるしく変わってゆく環境に戸惑いながらも果敢に挑んでいく様子には勇気付けられてきて、その姿は夢に向かって進み続けた藤岡先生と重なります。美咲ちゃんは、私にとっては先生そのものの姿です。

物語のモデルになった私の実際の人生は、美術の大学を卒業したのち、ニューヨークに七年ほど住み、帰国後、洋服のブランド「Read Thread」を京都を拠点に立ち上げました。その活動は模索の毎日で、挑戦しては反省、改善点を見つけては修正、そしてまた挑戦するの連続です。小説に何度も出てくる美咲ちゃんの一心不乱に制作している姿は、どこか私に似ているようです。

制作していても、「これは、天才的に素敵なものが出来た！」と小躍りする日もあれば、制作してきたものが、とてつもなく瑣末《さまつ》なもの、色褪《いろあ》せたものに見え、イベントの出展前に「こんなに大量にしょうもないものを作ってしまって、どうするの⁉」と自分に幻滅し、不安に押しつぶされそうになったりもしています。それでも、人前に発表すると、「これ、すごい好き」「SNSとかやってないの？　他の作品もぜひ見たい」と、お客様からお言葉をいただいて、また少しずつ自信を取り戻すのです。そんな姿を誰にも見せたことがないはずなのに、作中で美咲ちゃんが、同じように葛藤していて、藤岡先生の観察眼に感服し、思わずクスッと微笑《ほほえ》んでしまいました。

『メイド・イン京都』には、執筆される為《ため》の取材で、私が藤岡先生に語ったエピソードが、色鮮やかに美咲ちゃんの人生に組み込まれています。淡々と語ったお話が、温度や香り、手触りまでも感じるものになり、その上、お話ししていないのに私っぽいなぁと思えるところがいくつかあり、ちょっぴりこしょばいですがとても嬉しいです。例えば、婚約者の姪《めい》の乃亜《のあ》ちゃんがお部屋に入って来ているにもかかわらず、美咲ちゃんが制作の楽しさに没頭しているところなど、身に覚えのあるシチュエーションです。なんでもない日常が、小説となって現れると宝物のような時間に感じられます。

作中の木下《きのした》さんの言葉で、次のようなものがあります。

「運というものは、どこかから降ってきたりはしません…運は、人が人に与えるものなのです…運を良くしたいと思うならば、人に信用されることです。運は信用に値する人間のもとにしか訪れません。あなたがこれまで運が良かったというのであれば、それはあなたが周りの人に信用されていたからですよ」

本作を読んで以来、この言葉が私の胸に強く刻まれ、つい楽な方を選択したくなったり、その場さえ良ければいいか、という考えがよぎったり、怠けたくなったときに、その言葉が天使の声のようにささやかれて、私を立ち止まらせてくれます。そして、それじゃあダメだと、邪《よこしま》な考えを退治してくれて、ひとつひとつ丁寧に、心を込めて制作する気持ちへと戻らせてくれます。

物語の後半では、美咲ちゃんは、ビジネスチャンスを摑《つか》むため、急成長を遂げていきます。その瞬く間に私のビジネスを超えていく様子に、羨望の眼差《まなざ》しを向けながら、私も頑張ろうと奮起しています。この小説が出版されてから数年が経《た》ち、私は発表する場所や機会も増え、お取り扱いいただいているセレクトショップさんも出来たり、一緒に出展しないかとお誘いをいただくことも増えました。そして、今は新たな目標や夢もあります。取材を受けた頃と比べたとき、美咲ちゃんのように成長できていたら嬉しいです。

私の制作活動は、パターンを引いて布を裁断し、お洋服を縫い合わせるものでもなければ、年に二回、春夏と秋冬に発表するアパレル業界のスタイルでもありません。一点もののお洋服をさまざまに制作し、月に一、二回、百貨店やギャラリーで、まるでアート作品を発表するかのように出展しています。そんな私のエピソードがモデルになっている為、『メイド・イン京都』は、アパレルビジネスのあるべき姿とは違うかもしれません。

しかし、夢を実現させる上での大切な心根の持ち方が、たくさん書かれています。十代の頃からの夢を実現された藤岡先生が書かれたものなので、作中に出てくる困難な場面や、チャンスを掴むときの心の持ち方はとても信用できるものだ、と太鼓判を押します。

今まさにやりたい事に邁進されている方のお守りになるような本だと思います。私にとってそうであるように。

（たにぐち ひさみ／デザイナー）

メイド・イン京都《きょうと》　朝日文庫

2024年4月30日　第1刷発行

著　者　藤《ふじ》岡《おか》陽《よう》子《こ》

発 行 者　宇都宮健太朗
発 行 所　朝日新聞出版
〒104-8011　東京都中央区築地5-3-2
電話　03-5541-8832(編集)
03-5540-7793(販売)

印刷製本　大日本印刷株式会社

Published in Japan by Asahi Shimbun Publications Inc.
定価はカバーに表示してあります

ISBN978-4-02-265143-3

朝井 リョウ
スター
〝国民的〟スターなき時代に、あなたの心を動かすのは誰だ？ 誰もが発信者となった現代の光と歪みを問う新世代の物語。《解説・南沢奈央》

辻村 深月
傲慢と善良
婚約者・坂庭真実が忽然と姿を消した。その居場所を探すため、西澤架は、彼女の「過去」と向き合うことになる――。《解説・朝井リョウ》

津村 記久子
ディス・イズ・ザ・デイ
《サッカー本大賞受賞作》
全国各地のサッカーファン二二人の人生を、二部リーグ最終節の一日を通して温かく繊細に描く。各紙誌大絶賛の連作小説。《解説・星野智幸》

湊 かなえ
物語のおわり
悩みを抱えた者たちが北海道へひとり旅をする。道中に手渡されたのは結末の書かれていない小説だった。本当の結末とは――。《解説・藤村忠寿》

森 絵都
カザアナ
女子中学生の里宇と家族は不思議な庭師〝カザアナ〟と出会い、周りの人を笑顔にしていく。驚きのハッピー・エンターテインメント！《解説・芦沢 央》

柚木 麻子
マジカルグランマ
「理想のおばあちゃん」は、もううんざり。夫の死をきっかけに、心も体も身軽になっていく、七五歳・正子の波乱万丈。《解説・宇垣美里》